rororo

rororo

Der Autor Christian Jacq, geboren 1947 bei Paris, schrieb mit siebzehn Jahren seinen ersten Roman und promovierte in Ägyptologie an der Sorbonne. Er veröffentlichte zahlreiche wissenschaftliche Aufsätze und wurde von der Académie française ausgezeichnet. Im Zuge seiner Forschungen gründete er das «Institut Ramsès», das sich insbesondere der Erhaltung gefährdeter Baudenkmäler der Antike widmet. Neben Beiträgen zur Fachliteratur schrieb er mehrere erfolgreiche Romane. Mit seiner fünfbändigen Ramses-Biographie, die nun bei Wunderlich erscheint, gelang ihm auf Anhieb der Sprung an die Spitze der französischen Bestsellerlisten. Christian Jacq lebt in Genf.

Als Taschenbuch liegen die Romane *Der Ägypter* (Wunderlich Taschenbuch Nr. 26027), *Der lange Weg nach Ägypten* (rororo Nr. 22227) und *Die letzten Tage von Philae* (rororo Nr. 22228) vor sowie Band 1 der Romanbiographie *Ramses. Der Sohn des Lichts* (Wunderlich Taschenbuch Nr. 26082).

Christian Jacq

Der Mönch und der Meister

Roman

Deutsch von Riek Walther

Rowohlt Taschenbuch Verlag

Deutsche Erstausgabe
Veröffentlicht im Rowohlt Taschenbuch Verlag
GmbH, Reinbek bei Hamburg, Dezember 1998

Gesamtherstellung Clausen & Bosse, Leck
Printed in Germany
ISBN 3 499 22430-5

Christian Jacq **Der Mönch und der Meister**

Vorwort

Der Mönch und der Meister ist ein Roman, ein fiktionales Werk, in dem vieles frei erfunden ist. Doch er beruht auf Tatsachen, und zu denen möchte ich einiges anmerken.

Der Mönch und der Meister handelt während des Zweiten Weltkriegs. Die Ideologie der Nationalsozialisten wollte eine neue Form von Religion und Kultur begründen. Darum mußten alle vorangegangenen Glaubensrichtungen ausgemerzt werden. Von ihren als positiv betrachteten Elementen wollte man jedoch profitieren. Himmler gründete eine Forschungsgesellschaft namens Ahnenerbe, die beauftragt wurde, sich um die Geheimgesellschaften und ihre Anhänger zu «kümmern», bei denen man beträchtliche Macht vermutete. Diese wenig bekannte und noch kaum erforschte Spezialabteilung veranlaßte die Festnahme von Wahrsagern, Astrologen und Magiern, um ihnen ihre Techniken zu entlocken und deren Wirksamkeit zu prüfen. Man betrachtete diese übersinnlichen Fähigkeiten als leistungsstarke Waffen, die man einsetzen wollte, um die Vormachtstellung des Reichs zu festigen. Auch Priester und Geistliche wurden festgenommen und in Lager verschleppt, die eigens für den Umgang mit jenen «Hochbegabten» Sonderbereiche eingerichtet hatten.

Als das Naziregime in Deutschland Fuß faßte, wurden auch die Freimaurerlogen geschlossen und ihre Mitglieder verhaftet. Zwar scheint es, als sei Hitlers Aufstieg durch Freimaurer unterstützt worden, doch es ging ihnen nicht anders als Goethes Zauberlehrling: Sie konnten das Ungeheuer, zu dessen Erweckung sie beigetragen hatten, bald nicht mehr unter Kontrolle halten.

Innerhalb der SS gründete der Nationalsozialismus seine eigene Geheimgesellschaft, den «Schwarzen Orden». Die Existenz einer anderen esoterischen Organisation auf Reichsboden konnte nicht geduldet werden. Himmler befahl die Zerschlagung der Freimaurerei, nicht ohne sich ihre brauchbaren Schätze anzueignen. In Frankreich erhielt der deutsche Sicherheitsdienst die Aufgabe, Treffpunkte von Freimaurern zu umstellen, ihre Archive und Rituale aufzudecken. Er fand Unterstützung bei zweifelhaften Persönlichkeiten wie Bernard Fay, dem Leiter der Nationalbibliothek, gelangte jedoch nur zu verhältnismäßig enttäuschenden Ergebnissen.

Schuld an diesem Mißerfolg war die Tatsache, daß es innerhalb der institutionellen Freimaurerei einen völlig unabhängigen geheimen Zweig gab. Hinter der geschäftemacherischen Fassade der Freimaurerorganisationen überlebten sogenannte «Winkellogen» als Erben der seit der Antike von Stuhlmeister zu Stuhlmeister überlieferten Einweihungslehren. Eine dieser Logen verwahrte die ursprüngliche Regel der mittelalterlichen Dombauhütten und das Geheimnis der Zahl, mit der alles erschaffen und alles erbaut werden kann. In unserer Erzählung haben wir diese Loge, die dem «Alten und Angenommenen Schottischen Ritus» angehört,* Erkenntnis *genannt.*

Über viele Jahre hinweg wurde sie von einer beeindrukkenden Persönlichkeit geleitet. Dieser Ehrwürdige Meister vom Stuhl hat mir berichtet, was ein Freimaurer und ein Benediktinermönch, deren Wege sich in der Deportation kreuzten, gemeinsam erlebten. Alles trennte sie, alles stand zwischen ihnen, und doch mußten sie in der Hölle eines Konzentrationslagers miteinander leben und überleben.

* Vorsteher einer Loge; Anrede: Ehrwürdiger Meister (A. d. Ü.).

Dem einen bot der Allmächtige Baumeister aller Welten den einzigen Halt, dem anderen der Gott der Christen. Sie kamen einander näher, boten sich jedoch im Namen ihres jeweiligen Glaubens die Stirn. Der Roman schildert, welcher unmenschlichen Prüfung sie sich stellen mußten. Diese verbürgte Herausforderung äußerte sich in dem, was manche eine «Wette», andere ein «Gelübde» nennen mögen.

Alles, was hier über Riten, Grade und Symbole der Freimaurer enthüllt wird, entspricht der Wirklichkeit. Die innere Struktur einer «Winkelloge», die meines Wissens niemals bekannt geworden ist, wird hier soweit als möglich offengelegt.

Die Begegnung zwischen Mönch und Meister hat tatsächlich in einem Rahmen stattgefunden, der dem hier dargestellten vergleichbar ist; die «Erkenntnisloge» hat es gegeben, wenn auch unter anderem Namen.

Mein Beitrag als Schriftsteller bestand darin, verstreute Elemente zusammenzutragen und das zugängliche Hintergrundwissen einzuflechten, um die Geschichte zweier Menschen zu erzählen, die der denkbar unerbittlichsten Wirklichkeit ausgesetzt waren.

Es war mir vergönnt, den Mönch und den Meister, die meinen Protagonisten als Vorbild gedient haben, persönlich zu kennen. Beide weilen heute nicht mehr unter den Lebenden. Darum darf ich das Schweigen brechen.

Kapitel 1

Paris, eine kleine Seitenstraße im XVIII. Arrondissement, in einer Märznacht des Jahres 1944: Es regnete. Wolken verbargen den Mond.

François Branier vergewisserte sich noch einmal, daß ihm niemand folgte, und trat unter den Torbogen eines heruntergekommenen Gebäudes. Mit fünfundfünfzig Jahren hatte sich der grauhaarige Arzt seine kraftvolle Gestalt bewahrt, und er besaß eine vertrauenerweckende Ausstrahlung, die Strenge und Herzlichkeit vereinte.

Er ließ das Tor hinter sich zufallen und wartete minutenlang in der Dunkelheit. Sicherheit war oberstes Gebot. Branier hatte ein gewagtes Abenteuer vor sich. Zum erstenmal seit Wochen hatte er seine Brüder zu einem Arbeitstreffen zusammengerufen, das von Eingeweihten «Sitzung» genannt wurde. Zahlreiche Entscheidungen mußten gefällt werden, einstimmig, wie es die Regel verlangte.

In letzter Zeit waren mehrere Brüder der Loge «Erkenntnis», die im Orient von Paris tätig waren, als subversive Elemente oder Widerstandskämpfer verhaftet worden. Nur sieben Mitglieder waren noch übrig, um zu Ehren des Allmächtigen Baumeisters aller Welten zu arbeiten. Sie mußten sich versteckt halten und für jede «Sitzung» einen neuen Versammlungsort wählen. Nach der Machtergreifung der Nationalsozialisten in Deutschland hatten die Freimaurer zu den ersten Verfolgten gehört. Die Logen galten als staatsgefährdend und wurden aufgelöst. Viele der deutschen Brüder waren festgenommen, ohne Gerichtsverhandlung hingerichtet oder deportiert worden.

«Erkenntnis» war keine gewöhnliche Loge. Ihr war sogar

eine einmalige Besonderheit eigen. Sie hütete das Geheimnis der Zahl, das einzige bedeutsame Geheimnis des Ordens, das von Generation zu Generation überliefert wurde. Dieses Vermächtnis war nur wenigen Brüdern anvertraut worden, die über die ganze Welt verstreut lebten. Seit Kriegsbeginn waren viele von ihnen umgekommen. François Branier, Meister vom Stuhl der Erkenntnisloge, war möglicherweise der letzte Überlebende, der die Zahl kannte, auf deren Basis alles neu erbaut werden konnte. Nun mußte es auch ihm gelingen, dieses Geheimnis weiterzugeben, um es bei seinem Tode nicht mit ins Grab zu nehmen.

Alles war ruhig. Branier trat aus dem Schutz des Torbogens in einen kleinen, dunklen Innenhof. Linker Hand, eine Stahltür. Der Arzt klopfte das verabredete Zeichen. Eine Stimme sagte: «Herein.»

Branier erfaßte sofort, daß er verraten worden war. Wer da gesprochen hatte, war kein Freimaurer. Ein Bruder hätte anders geantwortet. Er mußte schleunigst verschwinden. Branier stürzte zum Tor und stieß es auf.

Seine Flucht fand ein jähes Ende. Vor dem Haus erwarteten ihn fünf Männer in dunkelgrünen Wettermänteln. Gestapo. Schwarze Wagen blockierten die Straße. Branier ballte die Fäuste. Kalte Wut stieg in ihm auf. Zu kämpfen wäre aussichtslos gewesen, reiner Selbstmord. Er verharrte unbeweglich und hoffte auf ein Wunder.

«Glückwunsch, Monsieur Branier», sagte ein Deutscher mit glattem, blassem Gesicht und kleinen, funkelnden Augen. «Sie zeigen Vernunft. Ihr Ruf ist nicht unbegründet.»

Zwischen zwei Wolken erschien der Mond, und in dem fahlen Licht blickte Branier sein Gegenüber durchdringend an. Es gab nur eine Frage zu stellen.

«Wo sind meine ... meine Freunde?»

«In Sicherheit, wie Sie, Monsieur Branier. Seien Sie unbesorgt. Wenn Sie so freundlich wären, in meinen Wagen zu steigen ...»

Der Deutsche sprach in ehrerbietigem Ton, und sein Französisch war akzentfrei.

François Branier hatte sich eine Verhaftung durch die Gestapo völlig anders vorgestellt: Handschellen, Schläge, herrische Befehle ... Weshalb diese ausgesuchte Höflichkeit, dieser unvermutete Respekt? Bei dem, was er zu ahnen glaubte, krampfte sich sein Magen vor Entsetzen zusammen.

Bevor er in den schwarzen Mercedes stieg, hob der Meister den Blick. Im dritten Stock des gegenüberliegenden Hauses war ein Fenster schwach erleuchtet. Eine Ecke des Vorhangs war angehoben, dahinter war das Gesicht eines Mannes zu erkennen. Von François Braniers Blick überrascht, ließ der Beobachter den Vorhang fallen und löschte das Licht.

Branier wandte sich an den Deutschen, dem die Szene nicht entgangen war.

«Hat er mich verraten?»

«Genau.»

«Wer ist es?»

«Ich weiß nicht», log der Deutsche beinahe belustigt. «Ich kann Ihnen nur sagen, daß er Freimaurer ist. Er kennt Sie aus einer anderen Loge. Mit seiner Hilfe haben wir Ihre Spur wiedergefunden. Steigen Sie ein.»

Als der Wagen anfuhr, wußte der Meister, daß er den Kelch bis zur Neige leeren würde.

«Schnell, Herrgott noch mal!»

Bruder Benoît, ein Benediktiner, hatte schon wieder geflucht und es nicht einmal bemerkt. Die Zeiten waren nicht danach, sich mit schönen Reden aufzuhalten. Er sorgte sich zu sehr um die beiden jungen Juden, deren Flucht er organisiert hatte und die nun schleunigst in den bestellten Langholztransporter klettern mußten. Bruder Benoît hielt sie seit zwei Tagen in den Wäldern um Morienval versteckt. Vor einem Jahr hatte er diese altehrwürdige Abtei übernommen.

Die Bevölkerung schätzte Benoîts Gaben: Er war ein Heiler, Rutengänger und Magnetiseur. Entsprechend der alten Tradition seines Ordens pflegte er die tätige Fürsorge für Leib und Seele. Der Benediktiner stand einem Netz von Fluchthelfern vor und hatte auf diese Weise schon ein Dutzend Verfolgter vor den Deutschen gerettet.

Der Lastwagen kam in Sicht. Er war von einem Sträßchen in den Waldweg eingebogen. Benoît schob die jüdischen Jungen voran, die auf die Ladefläche kletterten und sich in ein Versteck am Fahrzeugboden zwängten. Mit ein wenig Glück würden diese beiden nicht in einem jener «Selektionslager» der Gegend um Compiègne landen. Die Räder des Lastwagens drehten im Schlamm durch. Benoît fürchtete, er werde steckenbleiben wie beim letzten Mal. Der Fahrer schaltete, trat das Gaspedal durch, und der Wagen arbeitete sich aus der weichen Erde. Der Geistliche winkte den beiden nach, obwohl sie ihn nicht mehr sehen konnten. Schon heute abend würden sie die freie Zone erreichen und den Kampf gegen die Besatzer weiterführen.

Wie immer trug Bruder Benoît seine wollene Kutte und als Gürtel einen großperligen Rosenkranz. Er war ein wahrer Hüne von Statur, trug einen rötlichen Bart und fror niemals. Er liebte die Eiseskälte dieser frühen Morgenstunden, in denen der Wald noch zu schlafen schien, in denen die Einsamkeit nahezu vollkommen war. Hier fühlte er die Gegenwart Gottes. Welche Freude, die Füße auf den Laubteppich zu setzen, im Vorübergehen die prallen Knospen zu betrachten, den Frühling zu spüren, der bald Einzug halten würde. Nur Mut! Es gab noch Hoffnung; früher oder später würde Frankreich sich befreien und die Welt endlich das grausamste Joch abschütteln, das die Menschheit je erduldet hatte. Kaum zu fassen, daß mancher es sogar als Fortschritt bezeichnete ...

Benoît lief rasch. Gegen Mittag würden drei weitere Widerstandskämpfer eintreffen, denen die Deutschen auf den Fersen waren. Bis dahin mußte er Kleider besorgt haben, einen Fluchthelfer, Geld. Gott würde ihm beistehen.

Der Mönch lebte in einem alten Steinhaus hinter der Abtei. Er freute sich auf den dampfenden Kaffee, den er sich gönnen würde. Das war sein einziger Luxus.

Er stieg die Stufen der steinernen Außentreppe hinauf, öffnete die Tür, durchquerte mit drei Schritten den Flur und trat in die Küche.

Vor ihm standen drei Männer in grünen Wettermänteln. Der Geistliche reagierte sofort. Er packte einen Stuhl und schlug ihn dem nächststehenden Deutschen über den Kopf. Zwei andere Gestapomänner fielen ihm von hinten in die Arme. Der Hüne hätte sie beinahe abgeschüttelt, doch die auf ihn gerichteten Waffen zwangen ihn, den Kampf aufzugeben. Ein Mann Gottes darf keinen Selbstmord begehen.

«Fassen Sie sich», sagte ein Deutscher mit glattem, blassem Gesicht und kleinen, funkelnden Augen.

«Was soll diese Festnahme?» empörte sich Benoît. «Ich habe mir nichts zuschulden kommen lassen.»

«Und das hier?»

Auf dem Küchentisch hatte der Deutsche eine Wünschelrute zurechtgelegt, ein siderisches Pendel, mehrere Bücher über Heilkräuterkunde.

Bruder Benoît verschlug es die Sprache. Deshalb wollte man ihn verhaften? Kein Wort über seine Tätigkeit im Widerstand ... Ein absurder Alptraum!

«Für einen unbescholtenen Geistlichen scheinen Sie über seltsame Kräfte zu verfügen ... Man hat uns gesagt, Sie seien der beste Heiler Frankreichs und stünden in Kontakt mit übersinnlichen Mächten. Das wollen wir genauer wissen.»

Benoît traute seinen Ohren nicht. Wie konnten Handlanger der verrufenen Gestapo sich für solche Fragen interessieren?

«Sie werden doch nicht an dieses Gerede glauben!» empörte sich der Mönch.

«Ich glaube, was ich sehe», gab der Deutsche zurück. «Ich verstehe, daß Sie meine Fragen nicht beantworten möchten. Wir nehmen Sie mit und bringen Sie zu Spezialisten, die Ihrer Kooperationsbereitschaft auf die Sprünge helfen werden.»

Bruder Benoît gab kein Wort mehr von sich. Auf Verhandlungen würden sich diese Barbaren nicht einlassen. Schon sann er auf Flucht. Doch vorher wollte er wissen, weshalb man so fadenscheinige Gründe vorschob, um ihn zu verhaften.

Als die Bewohner von Morienval Bruder Benoît unter polizeilicher Bewachung in den Wagen der Gestapo steigen sahen, glaubten sie, der Geistliche sei wegen seiner Tätigkeit im Widerstand verraten worden. Keiner ahnte den wahren Grund.

Kapitel 2

François Branier liebte Compiègne. Als Kind hatte er hier bei seinem Onkel oft die Ferien verbracht. Gemeinsam waren sie durch die Wälder gestreift, hatten in Bächen geangelt, Dutzende von Kilometern mit dem Fahrrad zurückgelegt, um voller Freude entlegene Täler zu entdekken, alte Landstriche, die bei den Städtern in Vergessenheit geraten waren. Doch heute war Compiègne vom Schrekken beherrscht. Von hier aus wurden die Gefangenen wie Schlachtvieh in die Vernichtungslager der Nazis transportiert.

Der Meister zweifelte nicht daran, daß ihm das entsetzliche Schicksal all jener bevorstand, die es wagten, Hitlerdeutschland die Stirn zu bieten.

Um so überraschter war er, als der Mercedes der Gestapo vor einem zentral gelegenen, stattlichen Herrenhaus anhielt. Man ließ Branier aussteigen und führte ihn in den ersten Stock. Die einstigen Wohn- und Schlafräume dienten als Büros. Man hatte Zwischenwände herausgebrochen und Zierleisten abgerissen und die Zimmer mit Aktenschränken bestückt. Trotz der späten Stunde saßen Soldaten an den Schreibmaschinen und arbeiteten.

Der Meister wurde in ein luxuriös eingerichtetes Büro geführt, sicher das Arbeitszimmer des ehemaligen Hausherrn. An den Wänden hingen Lithographien und Radierungen von Denkmälern und historischen Bauten aus Compiègne. Blankpoliertes Parkett, Empiremöbel. In einem hochlehnigen roten Sessel saß ein Mann um die Vierzig in SS-Uniform. Er hatte schwarzes Haar und grobe Gesichtszüge.

«Setzen Sie sich, Monsieur Branier. Ich habe gehört, Sie waren vernünftig. Eine kluge Entscheidung.»

Der Meister starrte den Deutschen durchdringend an.

«Wo sind meine Freunde?»

«Sie sind schon unterwegs zu ihrem künftigen Aufenthaltsort, Monsieur Branier. Mit einem Sonderzug, der vor etwa einer Viertelstunde abgefahren ist. Ich gebe zu, der Komfort ist mäßig. Doch Krieg ist Krieg, wie man so sagt.»

Der SS-Offizier stand auf und lief mit der selbstsicheren Ruhe eines Dompteurs im Zimmer auf und ab. Sein Kollege von der Gestapo hielt sich im Hintergrund.

«Sie sind Arzt, Monsieur Branier?»

François Branier hatte sich in einem Sessel niedergelassen. Er saß aufrecht, die Hände auf den Armlehnen, und fühlte sich wie ein Todeskandidat auf dem elektrischen Stuhl. Der SS-Mann spielte mit ihm wie eine Katze mit der gefangenen Maus. In seinen gedämpften Worten lag hundertmal mehr Grausamkeit als in der unmenschlichsten Folter. Der Deutsche hatte alle Zeit der Welt. Er suchte nach den schwachen Stellen seines Gegners, um ihm mit desto größerer Präzision den Todesstoß zu versetzen. Branier durfte seine Wachsamkeit keinen Augenblick erlahmen lassen.

«Besser, Sie antworten, Monsieur Branier. Verstockt zu schweigen ist eine schlechte Taktik. Ich könnte Ihnen mit Vergeltungsmaßnahmen an Ihren Brüdern drohen. Sind Sie Arzt?»

«Ja.»

«Facharzt?»

«Nein. Allgemeinmediziner.»

«Verheiratet?»

«Witwer.»

«Kinder?»

«Nein.»

«Sie haben Ihre Praxis und Ihre Wohnung in Paris unmittelbar nach Kriegsausbruch aufgegeben. Mit Fünfundzwanzig sind Sie der Freimaurerei beigetreten, der Großloge von Frankreich. Dort wurde man bald auf Sie aufmerksam. Sie haben alle Ämter und Würden abgelehnt, doch Sie haben sich den Respekt der Logen in ganz Europa erarbeitet. Sie haben es vermieden, sich in die offizielle Hierarchie einzugliedern, und sind statt dessen zum Oberhaupt der geheimen Freimaurerei geworden. Sie haben eine Loge mit Namen ‹Erkenntnis› gegründet, die die wahren Geheimnisse des Ordens hütet. Seit langem sind wir dieser Loge auf der Spur ... Ständig wechselnde Versammlungsorte, unregelmäßige Treffen, rein mündliche Absprachen. Sie haben selten zwei Nächte hintereinander im selben Bett geschlafen, Monsieur Branier. Ihre Loge bestand nie aus mehr als zwanzig Brüdern. Viele davon sind tot oder verschwunden. Einen konnten wir festnehmen, doch er hat während des Verhörs Selbstmord begangen. Ohne den Hinweis des verdienstvollen Freimaurers, der Ihnen die Räumlichkeiten für Ihre gestrige Versammlung zur Verfügung gestellt hat, wäre uns niemals ein so guter Fang ins Netz gegangen. Ein Glücksfall, der an höchster Stelle angemessene Würdigung gefunden hat. Ist meine Zusammenfassung der Tatsachen zutreffend, Monsieur Branier? Sind Einzelheiten korrekturbedürftig?»

«Alles korrekt.»

Mit zufriedener Miene setzte sich der SS-Mann wieder an seinen Schreibtisch.

«Danke für Ihre Aufrichtigkeit. Das Gegenteil zu behaupten wäre kindisch. Alles, was ich gesagt habe, ist äußerst sorgfältig überprüft. Doch es gibt noch viele unklare

Punkte. Ich spreche nicht von Ihrer Tätigkeit im Widerstand ... unbedeutend. Sie wird lediglich als offizieller Anklagepunkt dienen.»

Die Nerven des Meisters waren zum Zerreißen gespannt. Wie gerne hätte er sich von dieser Spannung befreit. Schreien, zuschlagen ... Der Schraubstock packte ihn mit jeder Sekunde fester. Nicht nur ihn, den Menschen François Branier, sondern auch sein Amt als Meister vom Stuhl, das Geheimnis, dessen Hüter er war. Ebensowenig wie ein Priester durfte er Hand an sich legen. Er mußte alles daransetzen, sein Wissen weiterzugeben, damit die Einweihungstradition des Ordens bewahrt werden konnte, damit das Licht nicht verschwand.

«Trotz des Kontrollnetzes um Ihre Person haben wir Ihre Spur regelmäßig verloren. Wir wissen nichts Genaues über die Häufigkeit und Dauer der Versammlungen Ihrer Loge ‹Erkenntnis›. Ihre Vorsichtsmaßnahmen sind ebenso außergewöhnlich wie wirkungsvoll. Sie müssen vor der Reichsregierung einiges zu verbergen haben.»

Blitzschnell wog der Meister ein Dutzend verschiedener Taktiken ab. Er mußte Zugeständnisse machen, ohne Wesentliches zu enthüllen, mit heiler Haut davonkommen, ohne seinen Eid zu brechen.

«Wieso ‹außergewöhnlich›?»

Der SS-Mann lächelte.

«Versuchen Sie nicht, mir weiszumachen, ‹Erkenntnis› sei eine gewöhnliche Freimaurerloge, nur eine Gemeinschaft von Humanisten mit vagen Idealen von Freiheit und Toleranz. Sie sind ein Revolutionär, Monsieur Branier, Sie wollen die Welt verändern, den Menschen verändern. Wahnsinn, Utopie vielleicht ... aber vielleicht auch nicht. Eher nicht, wenn man bedenkt, wie ernst Sie die Sache nehmen, Sie und Ihre sorgfältig ausgewählten Brüder.

Nichts ist schwieriger, als in Ihre Loge aufgenommen zu werden. Mindestens fünf Jahre Vorbereitung auf die Einweihung, wenigstens sieben Jahre Lehrzeit, mehrere Jahre Gesellenschaft bis zum Meistergrad ... Was den ernannten Meister vom Stuhl betrifft, so muß er zwangsläufig ein Mensch mit außerordentlichen Fähigkeiten sein ...»

«Falsch. Ein Bruder wie jeder andere, der einstimmig gewählt wurde. Mehr nicht.»

Der SS-Mann griff nach einem Papiermesser und ließ die Klinge im Licht der Schreibtischlampe aufblitzen.

«Ihre Bescheidenheit ehrt Sie, Monsieur Branier. Doch sie erscheint mir nicht glaubhaft. Ihre Loge hat selbst unter Freimaurern einige Neider auf den Plan gerufen. Als Meister vom Stuhl haben Sie Besucher aus fremden Logen systematisch abgewiesen. Dieses Recht ist zwar verbrieft, doch keine andere Loge macht davon Gebrauch. Nur wer Mitglied von ‹Erkenntnis› war und sich Prüfungen unterzogen hatte, deren Natur wir nicht kennen, durfte an Ihren ‹Sitzungen› teilnehmen. Kein einziger der verhafteten Freimaurer konnte uns Nennenswertes über das Innenleben Ihrer Loge enthüllen. Sie waren das Oberhaupt eines Staates im Staat. Weshalb diese Geheimniskrämerei, wenn Sie nicht etwas Wesentliches zu verbergen haben? Und alles Wesentliche geht das Reich an, Monsieur Branier.»

Der Meister richtete sich auf, reckte seine breiten Schultern und schlug seinen überzeugendsten Ton an.

«Wir sind reine Spiritualisten. Wir wollten lediglich in Frieden arbeiten, abseits von den üblichen Intrigen.»

«Ich glaube Ihnen kein Wort», gab der SS-Mann barsch zurück. «Spiritualisten ... die haben nichts zu verheimlichen. Es sind harmlose Mystiker. Sie und Ihre Brüder sind von anderem Schlag. Lassen Sie sich ein besseres Argument einfallen.»

Hinter sich hörte der Meister das unverkennbare Knistern eines Wettermantels. Der Gestapomann hatte sich bewegt. Branier zwang sich, ruhig, beinahe gleichgültig zu bleiben. Der SS-Offizier war erstaunlich gut informiert. Er mußte in mühsamer Kleinarbeit selbst bruchstückhafte Informationen gesammelt haben, und inzwischen wußte er mehr als die meisten Freimaurer. Wahrscheinlich war das noch nicht alles.

«Wenn Sie meine Loge so genau kennen», sagte der Meister, «wissen Sie sicher auch, daß jedes Geheimnis unter den Brüdern aufgeteilt wird. Ich alleine nütze Ihnen gar nichts.»

Der SS-Mann strich mit dem Zeigefinger über die Klinge seines Papiermessers und setzte eine sorgenvolle Miene auf.

«Das ist allerdings ein Problem, über das ich mir schon seit langem Gedanken mache. Wenn Sie lügen, sind Sie die einzige Schlüsselfigur, und wir können Ihre Brüder erschießen lassen. Wenn Sie die Wahrheit sagen, ist es unerläßlich, daß Sie alle an einem sicheren Ort zusammenkommen, damit wir endlich Ihr Geheimnis erfahren. Ich will kein Risiko eingehen. Darum habe ich die zweite Lösung gewählt. Heinrich Himmler selbst hat mich mit dieser Mission betraut. Ich lege Wert darauf, ihn nicht zu enttäuschen. Also werden wir Sie zu Ihren Brüdern bringen, Monsieur Branier. In einer Viertelstunde fahren wir ab.»

Entmutigt sackte der Meister in sich zusammen. Der SS-Mann betrachtete ihn voller Verachtung. Dieser Franzose war wohl doch nicht so außergewöhnlich, wie man behauptete. Oder er war ein vorzüglicher Schauspieler.

Der SS-Mann griff zum Telefon, um die Abfahrt des Sonderzuges zu bestätigen, den François Branier besteigen würde. Zum ersten Mal ließ er seinen Gefangenen aus den Augen.

Branier schnellte hoch wie ein Raubtier. Er verdrehte dem SS-Mann den Arm, riß ihm das Papiermesser aus der Hand und drückte seine Stirn auf die Schreibtischplatte. Die Spitze der behelfsmäßigen Waffe preßte er ihm auf Höhe der Schädelbasis in den Nacken. Überraschend behende glitt Branier um den Schreibtisch herum hinter den SS-Mann. Nun war er in der Position des Stärkeren. Alles war so schnell gegangen, daß der Gestapomann nicht hatte eingreifen können.

«Sie bringen mich hier heraus, oder ich töte ihn.»

«Sie können ihn ruhig töten, Branier. Das ändert nichts. Er wird ersetzt. Sie werden dieses Haus nur verlassen, um in einen Zug zu steigen.»

«Sie bluffen. Besorgen Sie mir einen Wagen.»

Der SS-Offizier keuchte, sein Gesicht war auf die Schreibunterlage gepreßt. Er hatte geglaubt, der Meister fühle sich in die Enge getrieben und habe aufgegeben. Er hatte ihn gehörig unterschätzt.

Gelassen rief der Gestapomann die Wachsoldaten. Sie kamen zu dritt, die Maschinenpistolen über der Schulter.

«Lassen Sie das Papiermesser fallen, Monsieur Branier. Sonst gebe ich Befehl zu schießen. Sie werden beide sterben.»

«Nur zu!»

Branier packte den SS-Mann an den Haaren und zog seinen Kopf nach oben. Er drehte ihm den linken Arm auf den Rücken und zwang ihn aufzustehen. Die Spitze des Papiermessers lag an der Halsschlagader. Der SS-Mann konnte ein Zittern nicht unterdrücken. Branier war zu allem entschlossen. Dieser Mann verstand zu töten.

«Den Wagen, schnell.»

«Wollen Sie Ihre Brüder wirklich im Stich lassen?» fragte der Gestapomann.

Dem Meister stockte das Blut in den Adern. Mit seiner Flucht gestand er ein, daß er allein das Geheimnis hütete. Damit verurteilte er seine Brüder zum Tod. Wenn er sich von den Nazis an einen Ort bringen ließ, an dem er sie wiedersah, bewies er, daß die Gemeinschaft vollzählig sein mußte, um die Mysterien preiszugeben.

Das Papiermesser klirrte aufs Parkett. Branier ließ den Arm des SS-Mannes los und trat einen Schritt zurück. Schweigend rief er den Allmächtigen Baumeister aller Welten an und duckte sich unter den Schlägen.

Kapitel 3

Die Nacht war bitter kalt. Im Bahnhof von Compiègne stand ein Gefangenenkonvoi aus fünf Güterwagen bereit. Der Gestapomann und zwei SS-Männer begleiteten François Branier. Man hatte dem Meister keine Handschellen angelegt.

Im menschenleeren Bahnhof wirkte der Zug wie ein bedrohliches Ungeheuer. Als der Meister am ersten Waggon entlanglief, glitt die Schiebetür plötzlich auf. Ein junger nackter Mann sprang auf den Bahnsteig und schrie: «Ich will nicht weg!» Der Gestapomann riß den Meister zur Seite, die zwei SS-Männer schossen auf den Flüchtigen, der sich quälend lange Sekunden auf dem Bahnsteig krümmte, bis er reglos liegenblieb. Einer der SS-Männer feuerte mit seiner Maschinenpistole ins Innere des Güterwagens. Schmerzensschreie, übereinanderstürzende Körper. Heftig schob der SS-Mann die Tür zu und ließ das Vorhängeschloß einschnappen.

«Einsteigen», befahl der Gestapomann Branier, als sie am letzten Wagen angelangt waren, in dem mehrere Abteile durch einfache Holzwände abgetrennt waren.

Der Meister wurde ins mittlere, sehr schmale Abteil geführt. Zum Glück war er darin allein, während die Deportierten unter schlimmsten Bedingungen zusammengepfercht waren. Der Meister setzte sich auf das feuchte Stroh am Boden. Ein strenger Geruch stieg ihm in die Nase. Die Tür wurde geschlossen, und er saß im Dunkeln. Der Zug fuhr an. Es war drei Uhr morgens.

Branier wunderte sich, daß man ihm seinen Mantel gelassen hatte, seinen Anzug, seine Krawatte, als schicke man ihn auf einen Vergnügungsausflug. Der Tod schreckte ihn nicht. Wie jeder Mensch hatte er Angst vor dem Leiden, doch er hatte gelernt, sie zu bezähmen. Was er fürchtete, war, Verrat zu begehen. Aus Schwäche. Aus Erschöpfung. Weil sein Geist zu tief ins Dunkel gesunken wäre, weil sein gemarterter Körper um Erbarmen flehen, der Tod ihn nicht rechtzeitig erlösen würde. Das Schlimmste wäre es zu sterben, ohne sein Geheimnis weitergegeben zu haben.

Gerade am Abend seiner Verhaftung hatte François Branier seinen Nachfolger ins Amt des Ehrwürdigen Meisters vom Stuhl einweihen und ihm das Geheimnis der Zahl anvertrauen wollen.

Er war nicht müde. Erinnerungen bestürmten seinen Geist. Seine unbeschwerte Kindheit in einem Dorf in der Savoie, sein Aufbruch nach Paris, die Jahre des Medizinstudiums, die Begegnung mit der Frau, die er geheiratet hatte, die Leidenschaft des Lesens ... diese Leidenschaft, die ihn nach aufreibenden Arbeitstagen dicke Bände über die Mysterien der Antike verschlingen ließ, über die mittelalterliche Bildhauerkunst, über die heilige Geometrie; vielleicht eine Flucht aus einer Welt, die dem Wahnsinn anheimgefallen war, vor allem aber die Entdeckung der zeitlosen Gesetze, ohne die der Mensch weniger ist als ein Tier. François Branier hatte damals schon von der Freimaurerei gehört. Er verabscheute sie wegen ihrer Machenschaften, ihres kleinbürgerlichen, politisierenden Geistes, ihrer falschen Geheimnisse. Zehnmal, zwanzigmal hatte man ihn eingeladen, einer der großen «Obödienzen» beizutreten. Barsch hatte er die schäbigen Angebote zurückgewiesen, in denen nur von der Höhe der Beitragszahlungen, von gesellschaftlichem Ehrgeiz, nützlichen Beziehungen und hochtrabenden Titeln die Rede war.

Wenige Tage nach dem Tod seiner Frau, der schrecklichsten Tragödie seines Lebens, über die er nie ganz hinweggekommen war, hatte Branier einen alten Französischlehrer behandelt, der nicht mehr lange zu leben hatte und sich dessen auch bewußt war.

Über drei Stunden war der Patient geblieben. Sie hatten gemeinsam zu Abend gegessen und sich über die unterschiedlichsten Themen unterhalten, doch nicht über die Freimaurerei. Am Tag darauf hatte Branier um Aufnahme in die Loge gebeten, der der alte Lehrer vorstand.

Es war eine bunt zusammengewürfelte Gruppe, in der die verschiedensten Geisteshaltungen aufeinandertrafen. Als der Greis in den Ewigen Osten eingegangen war, wurde Branier in den Meistergrad erhoben. Er widmete der Loge seine gesamte Freizeit und entdeckte die «Alten Pflichten» neu, die man praktiziert hatte, bevor die Freimaurerei in Materialismus und Geschäftemacherei abgeglitten war. Als sich die Gelegenheit bot, gründete Branier innerhalb des Orients von Paris eine eigene Loge, «Erkenntnis», in der er einige außergewöhnliche Brüder versammelte.

«Erkenntnis» wurde von der Verwaltungsobrigkeit der Freimaurerei scharf kritisiert. Man warf der Loge ihr elitäres System und ihren Intellektualismus vor. Doch man fürchtete sie aufgrund ihrer Macht. Der Ehrwürdige Meister Branier fühlte sich in der Wahl seines Weges bestätigt, als am Winterjohannistag des Jahres 1936 ein Bruder aus Deutschland ihm Archivakten und das Geheimnis der Zahl anvertraute. Seit der Machtergreifung der Nationalsozialisten wurden die deutschen Logen verfolgt. Die wenigen Brüder, die die wahren Schätze des Ordens hüteten, mußten um ihr Leben fürchten. Braniers Loge, die sich aus fruchtlosen Streitereien herauszuhalten pflegte, war für würdig befunden worden, das heilige Vermächtnis der geheimen Freimaurerei übertragen zu bekommen. Zunächst hatte Branier abgelehnt. Er fühlte sich noch nicht bereit. Seine Loge war zu jung, zu unerfahren. Doch dann hatte er sich von seinem Gesprächspartner überzeugen lassen. Im Grunde hatte er gar keine Wahl ... Einen Monat später war der Abgesandte aus Deutschland hingerichtet worden. Man hatte ihn bei einer Razzia aufgegriffen und gefoltert, doch er hatte geschwiegen.

Seit jenem Tag hatte sich der Meister keine Ruhe mehr gegönnt. Mit Hilfe von Widerstandsorganisationen, Ärzteverbänden und freundschaftlichen Kontakten war er durch ganz Europa gereist. Er hatte ständig seinen Aufenthaltsort gewechselt und zahlreiche Versammlungen einberufen, um verstreute Brüder auf die Aufgaben vorzubereiten, die sie erwarteten.

Dann war der Krieg ausgebrochen. Branier hatte damit gerechnet. Alle Vorbereitungen für eine Existenz im Untergrund waren getroffen. «Erkenntnis» war den Nazis nicht ins Netz gegangen, bis zu jener Märznacht im Jahre 1944, in der ein hoher Würdenträger der Freimaurer die Loge aus Neid auf Branier an die Deutschen verraten hatte.

Branier hörte schmerzliches Stöhnen. Im Abteil links von ihm, hinter der Holzwand. Eine tiefe Stimme rief: «Halt die Klappe!» Doch das Wehklagen wurde eindringlicher. «Halt's Maul, oder es setzt was!» drohte die tiefe Stimme. Weinen wurde laut. Die Nerven lagen blank. Ein Körper wurde gegen die Holzwand geschleudert. Ein Handgemenge entbrannte. Es war ebenso kurz wie heftig. Der Tag brach an. Durch einen Spalt zwischen zwei Brettern sah Branier rund fünfzig nackte Männer in einem Abteil zusammengepfercht, das nur einem Dutzend Raum bot. Auf dem feuchten Stroh am Boden lagen zwei Tote.

Der Meister setzte sich wieder und schlug die Hände vors Gesicht. Er wenigstens sah noch aus wie ein Mensch. Er, der Bevorzugte. Wie lange noch?

François Branier war eingenickt. Das monotone Rattern der Räder auf den Schienen wirkte wie eine Droge. Der Zug hielt an, und Branier wurde nach vorn geschleudert. Seine Stirn schlug heftig gegen die Holzwand.

Langsam stand der Meister auf. Er schaute auf seine Armbanduhr. Sie war stehengeblieben. Er hatte vergessen, sie aufzuziehen. Trotz seines Mantels fröstelte er. Draußen hallten deutsche Befehle. Branier legte sich flach auf den Boden. Der Spalt unter der Tür war so breit, daß er das Geschehen verfolgen konnte.

Auf dem Bahnsteig trieben SS-Männer mit Schäferhunden Dutzende von Gefangenen vor sich her und ließen sie in einer Reihe Aufstellung nehmen. Sie waren teils nackt, teils trugen sie gestreifte Anzüge. Keiner begehrte auf, keiner wagte zu murren. Ein Greis brach zusammen. Die Langsamsten wurden mit Gewehrkolbenhieben traktiert. Kaum zehn Minuten später setzte sich die Kolonne in Bewegung und wurde zu planenbedeckten Lastwagen getrieben, die mit laufenden Motoren bereitstanden. Als die Fahrzeuge verschwunden waren, wurde es still. Auf dem Bahnsteig war weit und breit kein Mensch mehr zu sehen. Die Zeit schien stehengeblieben, es war, als habe man Branier vergessen, als existiere er nicht mehr. Irrwitzige Hoffnung packte ihn. Schließlich konnten jeder Armeeverwaltung Fehler unterlaufen, die mitunter auch aussichtslose Fluchtversuche gelingen ließen. Branier suchte nach einem Gegenstand, mit dem er die Waggontür aufbrechen konnte. Er durchstöberte das Stroh. Nichts. Die Holzwand ... sie war nicht allzu stark. Mit Fußtritten bearbeitete er das schwächste Brett. Beim zehnten Tritt, ein Krachen. Es brach knapp über dem Boden. Wenn er ins benachbarte Abteil gelangen konnte, würde er bestimmt einen Weg nach draußen finden. Vielleicht hatten die Deutschen, nachdem sie ihre Gefangenen ausgeladen hatten, diesen Wagenteil nicht wieder verschlossen. Der untere Teil des Brettes gab nach. Ohne sich um die Splitter zu kümmern, zerrte Branier am Holz. Seine Rückenmuskeln spannten sich.

Er war schweißgebadet und rang nach Luft. Das Brett ächzte und lockerte sich weiter.

«Nun komm schon», murmelte er.

Plötzlich glitt die Waggontür auf. Die eiskalte Luft traf den Meister ins Gesicht. Er ließ das Brett fahren, es splitterte endgültig und landete im Nachbarabteil.

Auf dem Bahnsteig stand der SS-Offizier, der den Meister in Compiègne verhört hatte.

«Sie enttäuschen mich, Monsieur Branier. Dieser Fluchtversuch ist lächerlich. Folgen Sie mir.»

Unendlich langsam trat Branier auf den Bahnsteig hinunter, als bewege er sich in Zeitlupe. Zwischen zwei SS-Männern, deren starre und verschlossene Gesichter sich seltsam ähnelten, lief er zu dem schwarzen Mercedes. Der Blick auf die Landschaft wurde frei. Der winzige Bahnhof wirkte verloren in einem Rund von hohen, schneebedeckten Bergen. Österreich vielleicht ... Branier setzte sich auf die Rückbank. Die SS-Männer nahmen ihn in die Mitte.

Der Offizier stieg vorne ein. Während der Fahrt, die etwa eine Stunde dauerte, sprach er kein Wort. Langsam schob sich der Mercedes ein steiles Sträßchen mit unzähligen Haarnadelkurven hinauf. In den Schneefeldern an den Berghängen tauchten hier und da grüne Grasflecken auf. Vorboten des Frühlings. Der Wagen fuhr durch ein malerisches Dorf mit buntgestrichenen Holzchalets. Eine romanische Abtei, gemauerte Brunnen, auffallend saubere Straßen. Dann eine Obstbaumplantage kurz vor der Blüte. Das Leben, das neu geboren wurde. Das Glück, es zu betrachten. Die Lust, zu rennen, aus diesem Auto zu entkommen, das düster war wie ein Sarg.

Gierig sog der Meister den Anblick dieses Frühlings in sich auf. Die alte Freimaurerdevise kam ihm in den Sinn: «Es braucht nicht Hoffnung, um zu beginnen, noch Erfolg, um fortzufahren.» Dort, wo er hingebracht wurde, gab es keine Hoffnung. Er würde sie erfinden, sie erschaffen müssen. Er ließ sich vom steigenden Saft der Bäume durchdringen, von ihm würde er sich in den trostlosesten Augenblicken nähren.

Das Gesicht seiner verstorbenen Frau stand ihm vor Augen. Der Frühling war ihre liebste Jahreszeit gewesen. Gemeinsam waren sie stundenlang durch die Wälder gewandert, hatten nach den ersten aufbrechenden Knospen, dem ersten Blattgrün Ausschau gehalten und den Vögeln gelauscht. Diese wilde Berglandschaft, aus der der Winter sich nur widerwillig zurückzog, in der jede Spanne Leben hartnäckig, geduldig erkämpft werden mußte, hätte ihr gefallen. Sie hätte gelächelt angesichts des Frühlings, in dem er sterben würde. In dem er sie endlich wiedersehen würde.

Der SS-Mann links neben Branier bewegte sich. Berge, Sonne, Bäume verschwanden. Es gab nur noch die schwarzen, tadellos sitzenden Uniformen.

Am Ausgang der letzten Kurve erblickte Branier die Burg. Eine mittelalterliche Festung mit zinnenbewehrten Türmen und klobigen, von Schießscharten durchbrochenen Mauern. Eine Zugbrücke verschloß das Eingangstor, über dem sich ein Wachturm erhob. Der Fahrer hupte mehrmals. Die Zugbrücke wurde heruntergelassen. Ihre perfekt instand gehaltenen Ketten quietschten nicht. Langsam rollte der Wagen durch das riesige Tor.

Der Meister schloß die Augen. Nicht aus Angst, sondern weil er sich den letzten Anblick der Freiheit, der Natur, des weiten Raumes einprägen wollte. Eine letzte Erinnerung, bevor er diese Hölle betrat, aus der niemand zurückkehrte.

Kapitel 4

François Branier hatte ein Deportiertenlager mit trostlos grauen Baracken erwartet, Schlamm, Sträflinge in Ketten, Kontrolltürme. Als er die Augen öffnete, war er sprachlos. In der Mitte der Festung erblickte er ein massiges weißes Steingebäude. Schmale Fenster, eine Außentreppe, die zum einzigen Eingang führte. Direkt unter dem Dach ein Wehrgang, der mit Scheinwerfern und Maschinengewehren bestückt war. Von diesem beinahe verspielt wirkenden Turm konnte innerhalb der Festungsmauern alles kontrolliert werden. In deren weitläufigem Rechteck waren streng symmetrisch kleine, grün-, rot- und gelbgestrichene Holzchalets angeordnet. Ohne die Waffen hoch auf dem Mittelturm und die SS-Soldaten, die im fahlen Licht dieses kalten Tages auf und ab gingen, hätte das Ganze an eine Ferienkolonie in einem alten Schloß in gesunder Gebirgsluft erinnert. Rund um die Chalets waren Blumenbeete angelegt, die dem Gesamtbild eine beinahe heitere Note verliehen.

Der Mercedes fuhr über den Kiesbelag einer Allee auf den Turm zu, steuerte um ihn herum und rollte die Einfahrt zu einer Tiefgarage hinunter. Aufmerksam hatte Branier sich diese und viele andere Kleinigkeiten eingeprägt. Vielleicht würden sie ihm nützlich sein. Zunächst die eindrucksvolle Höhe der Umfassungsmauer, deren Oberkante mit Stacheldraht bewehrt war, vermutlich stromführend. Dann hinter dem Turm zwei nüchterne Steingebäude, eines davon eine SS-Kaserne.

Neben einem Lastwagen hielt der Mercedes an. Die Parkfläche umfaßte nur einen Teil der Tiefgarage, der Rest wurde als Werkstatt genutzt. Das gesamte Lager wirkte wie ausgestorben. Eine seltsam unwirkliche Atmosphäre lag über den Gebäuden, als seien die Nazis samt ihrer Festung nur Trugbilder.

«Aussteigen!» befahl der Offizier.

Die Stimme klang schneidend wie ein Peitschenhieb. Das Gesicht des Deutschen war hart geworden.

Immer noch von seinen Leibwächtern flankiert, wurde Branier in den ersten Stock des Mittelturmes geführt. Er fühlte sich von einem höllischen Karussell erfaßt. Man degradierte ihn zum Hampelmann, ohne sichtbaren Haß, ohne Gewalt. Er war nicht mehr Herr seiner selbst.

Erst als er über eine Stufe stolperte, schrak der Meister aus seinem Alptraum auf. Der stechende Schmerz in den Zehen riß ihn aus seiner Benommenheit. Sein Kampfgeist erwachte. Er würde kämpfen! Er würde sich diesem Universum des Wahnsinns nicht beugen, auch wenn es unablässig versuchen würde, ihm sein Leben zu stehlen.

François Branier wurde in ein großes Zimmer geführt. Gewachstes Parkett, gekalkte Mauern. Im Hintergrund ein langer Tisch, der einem über Eintragebücher gebeugten SS-Soldaten als Schreibtisch diente. Rechts davon standen in einer Art dunkelgrauer Uniform jene, die der Meister für immer verloren geglaubt hatte: die sechs überlebenden Brüder der Erkenntnisloge.

Sie standen in einer Reihe hintereinander mit dem Gesicht zum Tisch des Nazischreibers und hatten Branier nicht hereinkommen sehen. Es drängte den Meister, zu ihnen zu laufen, sie zu umarmen, seine Freude herauszuschreien. Doch er verharrte unbeweglich, wie gebannt von einem unsichtbaren Widerstand. Als er den Kopf zur Seite wandte, begriff er, daß sein Instinkt ihn nicht getrogen hatte: Der SS-Offizier beobachtete ihn. Er wartete auf seine Reaktion. Branier spürte förmlich, wie enttäuscht er war. Wie gerne hätte der Deutsche gesehen, daß er die Nerven verlor.

Branier wurde als letzter in die Reihe geschoben. Der Meister war bei seinen Brüdern, doch sie wußten es nicht. In der nüchternen Schreibstube herrschte tiefe Stille, nur unterbrochen vom Klang der Stiefelabsätze auf dem Parkett. Der Offizier postierte sich neben dem Schreiber, der ein neues Eintragebuch aufschlug. Als Überschrift notierte er: *Erkenntnisloge*, *Paris*; darunter: *Namen der Brüder.*

«Meine Herren», begann der Offizier, «wir werden Sie registrieren. Geben Sie dem Schreiber Namen, Alter und Beruf an.»

Die Spannung stieg. Die Mienen der Brüder verschlossen sich. Binnen wenigen Augenblicken würden sie zu Nummern in einem Vernichtungsregister werden, in einem Buch der Finsternis. Der Offizier genoß den Anblick der Angst auf den Gesichtern.

Der erste Bruder trat vor den Schreiber.

«Pierre Laniel, 52, Unternehmer.»

Laniel war ein kleiner Mann mit schütterem Haar und schmaler Stirn. Keine auffallende Persönlichkeit. Er war gewissenhaft, genau, lebhaft und gehörte zu jenen unscheinbar wirkenden Menschen, die die Fähigkeit besitzen, andere zu führen, ohne laut zu werden oder Druck auszuüben.

«In welcher Branche?»

«Metallbearbeitung.»

Ein veralteter Familienbetrieb, den Pierre aus eigener Kraft wieder aufgebaut hatte.

«Ich muß Ihnen noch eine weit wichtigere Auskunft abverlangen», eröffnete der Offizier mit einer Stimme, in der Erregung mitschwang. «Ihren Grad und Ihre Funktion innerhalb der Loge ‹Erkenntnis›!»

«Ich verstehe nicht.»

Der Nazi fixierte den Unternehmer streng.

«Lassen Sie die Komödie, Laniel. Wir wissen alles. Wenn Sie um den heißen Brei herumreden, werden Sie alle die Folgen zu tragen haben!»

«Nun, ich war zwar Freimaurermeister, aber Sie wissen sicher, daß meine Loge sich seit Kriegsbeginn nicht mehr trifft.»

«Lüge!» empörte sich der Deutsche.

Pierre Laniel verzog keine Miene. Daß er Meister war, konnte dem Nazi nicht neu sein, denn er besaß sicher die Namen, Anschriften und Grade von nahezu allen französischen Freimaurern. Die Karteien waren der Gestapo von «Brüdern» zugänglich gemacht worden, die damit ihre eigene Sicherheit erkaufen wollten. Seine Rolle innerhalb der Einweihungsrituale dagegen gehörte zu jenen Geheimnissen, die er keinem Außenstehenden preisgeben würde, und sei es sein eigener Henker. Mit dieser Antwort gab Laniel seinen Brüdern den Weg vor.

«Lüge!» wiederholte der Offizier. «Die ‹Erkenntnisloge› hat ihre Treffen nie eingestellt! Als wir Sie verhaftet haben, bereiteten Sie gerade eine ‹Sitzung› vor.»

«Durchaus nicht», widersprach Laniel. «Nur einen geselligen Abend unter Freunden, die sich aus den Augen verloren hatten. ‹Erkenntnis› existiert nicht mehr. Andernfalls hätten wir die Großloge über die Einberufung informieren müssen. Von dieser Pflicht sind wir selbst unter schwierigsten Umständen nicht entbunden.»

Branier hielt den Atem an. Er hoffte, daß der SS-Mann nichts über den Sonderstatus von «Erkenntnis» wußte. Schon lange vor Kriegsausbruch hatte der Ehrwürdige Meister Branier alle Verbindungen mit den verschiedenen Verwaltungsinstanzen der Obödienzen abgebrochen, damit «Erkenntnis» in Ruhe arbeiten konnte, unbehelligt von politischen Machenschaften, der Jagd auf Titel und persönlichen Intrigen.

Laniels Argument brachte den SS-Mann nicht lange in Verlegenheit.

«Sie sind eine Winkelloge, Sie arbeiten im geheimen ... Versuchen Sie nicht, mich in die Irre zu führen. Hier wird Ihnen letzten Endes doch nichts anderes übrigbleiben, als alles zu gestehen.»

Der Meister begriff, wie sehr dieser cholerische Mensch zu fürchten war, der seine Grausamkeit nur schlecht unter aufgesetzter Höflichkeit verbarg. Von Himmler beauftragt, hatte er monatelange Mühe darauf verwandt, die Brüder von «Erkenntnis» zu ergreifen.

Der zweite Bruder trat vor den Schreiber, während ein Soldat Pierre Laniel zwang, sich mit dem Gesicht zur Wand auf die andere Seite des Zimmers zu stellen.

«Dieter Eckart, 43, Geschichtslehrer, Freimaurermeister.»

Innerlich lächelte Branier. Eckart paßte sich der Linie an, die Laniel vorgegeben hatte: die Fragen sachlich, doch ohne allzu großes Entgegenkommen zu beantworten.

«Deutscher ... Sie sind Deutscher», bemerkte der Offizier.

«Meine Mutter ist Deutsche, mein Vater ist Franzose. Ich habe einen französischen Paß.»

Dieter Eckart war groß und schlank. Er hatte etwas Aristokratisches an sich. Er gab sich distanziert, kühl, wirkte oft hochmütig und weckte in seinem Gegenüber eher Furcht als Zuneigung. Seine weiße Haarmähne, sein feingeschnittenes, kantiges Gesicht, sein durchdringender Blick verliehen ihm das Äußere eines Inquisitors.

«Ihre Funktion innerhalb der Loge?»

«Die Loge ist schon seit langem nicht mehr aktiv.»

Der Nazioffizier kümmerte sich nicht weiter um Eckart. Zwei Soldaten nahmen ihn in die Mitte und führten ihn neben Pierre Laniel. Verstohlen tauschten die beiden Brüder einen verschwörerischen Blick.

Der dritte Bruder trat vor den Schreiber, der die Angaben in gleichmäßiger Schrift notierte.

«Guy Forgeaud, 40, Autoschlosser, Freimaurermeister.»

Forgeaud war ein großer, sympathischer Bursche, stämmig und selbstsicher. Als Fürsorgekind konnte er sein Alter nur schätzen. Mit seinem rötlichen, fleischigen Gesicht, seiner breiten Nase, seinen wulstigen Lippen wirkte er wie ein Mensch, dem man nichts anderes zutraut, als an Motoren herumzubasteln und dabei an die Mädchen oder an ein gutes Essen zu denken.

«Forgeaud ... Sie haben die Zwangsverpflichtung zum Arbeitsdienst nach Deutschland verweigert. Sie haben Bürokratie immer verabscheut, soweit ich weiß ... Unmöglich herauszufinden, wann Sie der Erkenntnisloge beigetreten sind ...»

Guy Forgeaud wirkte verlegen, unbeholfen.

«Wann ... ich weiß nicht mehr ... Ich habe ein schlechtes Gedächtnis. Wissen Sie, ich habe die Schule mit zehn Jahren verlassen ...»

Mit einer Kopfbewegung befahl der Offizier seinen Männern, Forgeaud neben die anderen zu stellen.

Der Schreiber hob seinen Stift und wartete auf die Angaben des vierten Bruders, der vortrat.

«André Spinot, 35, Brillenmacher, Geselle.»

Der Offizier lächelte spöttisch.

«Geselle ... haben Sie es noch nicht bis zum Meister gebracht?»

André Spinot war hager, klein, untersetzt. Er hatte rabenschwarzes, schütteres Haar. Er wirkte immer ein wenig schmutzig und schlecht rasiert. In seinen Augen lag ängstliche Neugier. Er hatte größte Mühe stillzustehen. Seine Zunge verursachte ein schnalzendes Geräusch, doch er brachte kein Wort heraus.

«Keine weiteren Angaben?»

Spinot schüttelte den Kopf. Er stellte sich neben seine Brüder, während sich ein wahrer Hüne vor dem Schreiber aufbaute.

«Raoul Brissac, 25, Steinmetz, Freimaurergeselle und Mitglied der Gesellenschaft ‹Der Gute Stern›.»

Brissac war ein robuster Naturbursche. Er hatte mehr Tage und Nächte unter freiem Himmel zugebracht als unter einem Dach. Er war stolz, impulsiv und selbstsicher.

«Ich dachte, die Gesellenschaften stünden nicht gerade auf gutem Fuß mit den Freimaurern», wunderte sich der Offizier.

«Schwachköpfe gibt es überall», antwortete Brissac.

Beklommene Stille. Die SS-Männer erstarrten. Der Schreiber steckte die Nase in sein Eintragebuch. Der Meister erwartete einen Wutausbruch. Wieder einmal hatte Brissac seine Zunge nicht im Zaum gehalten und den Bogen überspannt. Er fürchtete weder Tod noch Teufel. Er fühlte sich imstande, alle und jeden herauszufordern, selbst einen SS-Offizier mitten in einem Nazigefängnis. Seine Unbesonnenheit konnte die ganze Loge teuer zu stehen kommen.

Nichts geschah. Geselle Brissac nahm Aufstellung an der Wand. Nach ihm kam der sechste Bruder, der letzte vor dem Ehrwürdigen Meister.

«Jean Serval, 25, Schriftsteller. Lehrling.»

Serval war alles Blut aus dem Gesicht gewichen. Er war

recht groß, mit braunem Haar und Stirnglatze, hochgezogenen Schultern und dürren Beinen und wirkte wie ein schmächtiger, unterernährter Halbwüchsiger.

«Schriftsteller ... Haben Sie Bücher veröffentlicht?»

«Das erste sollte im November 1939 erscheinen. Aber der Krieg ...»

«Wovon handelte es?»

«Ein Liebesroman.»

«Lehrling ... Sie sind also erst vor kurzem in die Loge eingetreten?»

«Vor gut fünf Jahren, kurz bevor sie ihre Arbeit eingestellt hat.»

Der SS-Offizier vermerkte bei sich, daß der junge Mann das schwächste Glied in der Kette war. Empfindsam, übersensibel, ohne körperliche Widerstandskraft.

Jean Serval nahm seinen Platz an der Wand ein. François Branier war der letzte. Der Offizier winkte ihn vor den Schreiber.

Der Meister fühlte sich unpassend gekleidet mit seinem Anzug und Mantel, während seine Brüder die graue Sträflingsuniform der Festung trugen.

Als sein Blick den des SS-Mannes traf, las er darin seine Verurteilung.

Nun konnte er sich nicht mehr von Hoffnung nähren, sondern nur noch von Ewigkeit. Vorausgesetzt, der Allmächtige Baumeister aller Welten verlieh ihm die Kraft, die verzweifelte Gegenwart zu ertragen.

«François Branier, 55, Arzt, Meister vom Stuhl.»

Alle Brüder wandten den Kopf. Die Soldaten zwangen sie, wieder zur Mauer zu schauen. Doch sie hatten ihren Ehrwürdigen Meister gesehen.

Der Schreiber beendete seine Aufzeichnungen, legte ein Löschblatt auf die Seite und schlug das Eintragebuch zu.

«Ausgezeichnet, meine Herren», schloß der Offizier. «Sie haben sich kooperativ gezeigt. Doch ich erwarte mehr von Ihnen. Weitaus mehr.»

Kapitel 5

Jean Serval schrie. Ein stechender Schmerz in der Nierengegend. Ein heftiger Schlag mit dem Gewehrkolben. Die erste Äußerung von Gewalt. Und ein deutscher Befehl, den der Meister nicht verstand. Die Brüder hatten gehofft, der Meister würde nun bei ihnen bleiben, und die Loge wäre wieder vereint. Doch sie wurden enttäuscht. Die SS-Männer führten sie aus dem Raum, in dem sie zu bloßen Nummern geworden waren. François Branier war unbeweglich vor dem Schreiber und dem Offizier stehengeblieben.

«Ihre Brüder werden in ihren Block gebracht, Monsieur Branier. Ich hoffe, Sie werden ihnen mehr Sinn für Disziplin beibringen. Ich finde sie arrogant. Der Lagerkommandant wird eine solche Haltung nicht lange dulden.»

Die Hände hinter dem Rücken verschränkt, knallte der SS-Mann seine Absätze aufs Parkett und verließ den Raum. Zwei Soldaten führten Branier ihm nach. Sie stiegen ins Obergeschoß des Turmes hinauf. Hinterherlaufen, Treppe hoch, Treppe runter, wieder hinunter, wieder hinauf, hinterherlaufen ... Würde ihm das Schicksal noch einmal etwas anderes bescheren? Der Meister lief zwischen grauen Mauern entlang. Die Holzstufen knarrten unter seinen Schritten. Immer noch diese diffuse Angst, die ihm auf der Haut klebte. Zuwenig Alltagsgeräusche, zuwenig menschliches Atmen. Diese Soldaten in schwarzer Uniform waren seelenlos. Sie hatten keine Gedanken, keine Gefühle mehr, sie hatten verlernt, zu lieben und zu hassen. Sie führten Befehle aus, weil es Befehle waren. Weil es die Doktrin war.

Dennoch stellte sich der Meister, wie vor jedem Menschen, dem er begegnete, die Frage: Konnte dieser Soldat, der ihn ohne Zögern niederschießen würde, Bewußtsein erlangen, könnte er die Pforte des Tempels überschreiten, eingeweiht werden? Normalerweise spürte François Branier ein Echo, auch wenn es negativ war. Doch diesmal empfand er nur eisige Leere. Unter diesen Uniformen steckten keine Wesen aus Fleisch und Blut. Roboter mit Menschengesicht. Welcher Teufel hatte sie erschaffen? Welche unheilvolle Macht hatte diese Festung erdacht, in der selbst das reichste Innenleben sich innerhalb von Stunden zersetzen und zu Staub zerfallen mußte? Als Arzt hatte François Branier das Leiden in jeder Gestalt kennengelernt. Mitunter hatte er es nicht lindern können. Doch zum erstenmal begegnete er dem unmaskierten Bösen.

Niemand hatte ihn geschlagen. Er trug noch seinen Anzug, wie ein freier Mensch. Doch das Böse war da, heimtückisch, beharrlich.

Auf dem Flur im obersten Stock kamen sie an eine offene Tür. Der Offizier ließ den Meister in ein großes Büro eintreten. An den Wänden hingen gerahmte Fotografien. Porträts von Hitler, von Himmler, von SS-Bataillonen, von Menschenmassen, die den Führer grüßten, doch auch vom Inneren der Festung aus allen Blickwinkeln. Die «Chalets» der Gefangenen, die SS-Kaserne, die Duschen, der Stacheldraht, der Hof …

In einem alten Stilsessel mit hoher Rückenlehne saß der Lagerkommandant und las einen Bericht, den ihm sein Adjutant überreicht hatte, ein blonder junger Mann, der bewegungslos hinter ihm stand. Auf der schweren Eichenplatte des Schreibtischs standen Kerzenleuchter aus massivem Silber. Offenbar hegte der Lagerkommandant eine Vorliebe für ausgefallene Stücke. Er blickte auf.

«Monsieur Branier ... herzlich willkommen in diesem Reichsschloß.»

Der zuckersüße Alptraum ging weiter. Nun war man nicht mehr in einem Gefängnis, sondern in einem Schloß. Mit seiner gutmütigen Miene, dem graumelierten Haar, dem beinahe herzlichen Ton wirkte der Lagerkommandant wie das Musterbeispiel eines biederen Beamten.

«Lassen Sie uns bitte allein, Klaus. Ich werde Monsieur Branier selbst verhören. Mein Adjutant wird seine Antworten notieren.»

Der Kommandant hatte einen scharfen Ton angeschlagen. Der höhere Offizier, dessen Vornamen der Meister soeben erfahren hatte, schlug die Hacken zusammen, grüßte und verließ das Büro. Branier glaubte zu spüren, daß der Deutsche diesen Ausschluß nicht schätzte.

«Sie bleiben stehen, Monsieur Branier. In diesem Büro bin ich der einzige, der sitzt. Eine Frage der Hierarchie.»

Erst jetzt, als ihm bewußt wurde, daß er stand, spürte er, wie seine Beine schmerzten. Um sich abzulenken, wandte der Meister seine Aufmerksamkeit dem Adjutanten zu, der sich mit einem Gänsekiel in der Hand an ein Schreibpult gestellt hatte, auf dem ein schwarzes Eintragebuch lag. «Das grenzt an Wahnsinn», dachte François Branier. «Ein Tyrann in mittelalterlichem Dekor. Ein SS-Mann, der sich ausstaffiert wie ein klösterlicher Kopist, während sein Vorgesetzter sich für einen Edelmann hält.»

«Wer hat Ihnen erlaubt, diese Kleider anzubehalten?»

«Eigentlich niemand», antwortete François Branier.

Der Kommandant zündete sich an einer der Kerzen eine Zigarette an. Er hatte keine Eile. Eine Schlange, die ihr Opfer hypnotisiert.

«Wir haben Sie lange gesucht, Monsieur Branier ... Was haben Sie in den letzten Monaten gemacht?»

«Ich habe Kranke behandelt. Ich bin Arzt.»

Der Kommandant drückte seine Zigarette aus. Der Adjutant wagte nicht, die Antwort aufzuschreiben. Der Meister hielt den Atem an.

«Was für Kranke? Deutsche Soldaten vielleicht? Soldaten, die Sie vom Leben in den Tod gebracht haben? Ich fürchte, Sie schätzen Ihre Lage falsch ein, Monsieur Branier. Die Zeit der Lügen ist vorbei. Hier lassen wir nur die Wahrheit gelten. Sie haben sich versteckt, weil Sie allen Grund dazu haben. Sie sind Freimaurer. Schlimmer, Meister vom Stuhl. Schlimmer noch, Meister einer Loge, die glaubt, sie könne ihr Geheimnis bewahren. Für die Menschen des neuen Zeitalters darf es aber keine Geheimnisse geben. Das Reich duldet keine Verschwörer.»

Fieberhaft schrieb der Adjutant die Rede seines Vorgesetzten mit. Der Meister rang nach Atem. Jedes Verlies hätte er diesem Büro vorgezogen. Durchhalten. An nichts anderes denken.

«Ich bin überzeugt», fuhr der SS-Mann fort, «daß Sie die Größe der neu angebrochenen Ära nicht erkannt haben. Unser Führer ist keiner jener dekadenten und korrupten Politiker, von denen es in Ihrem verkommenen Europa nur so wimmelte. Er ist der Hohepriester der einzig wahren Religion. Christen und Juden sind mit dem Teufel im Bunde. Die Freimaurer ebenfalls. Sie müssen vernichtet werden. Das besorgen andere als ich. Hier, Monsieur Branier, befinden Sie sich an einem privilegierten Ort. Ich habe nur Elitemenschen ausgewählt. Solche, die über Macht und Geheimnisse verfügen.»

«Da muß ich Sie leider enttäuschen», unterbrach der Meister. «Keiner von uns besitzt besondere Macht. Das Geheimnis meiner Loge ist verlorengegangen, als sie ihre Treffen eingestellt hat, zu Kriegsbeginn.»

Der Lagerkommandant beugte sich vor und schlug mit der Faust auf den Eichentisch.

«Der Krieg! Sie reden von nichts anderem! Es gibt keinen Krieg mehr. Das Reich hat gesiegt. Belügen Sie sich nicht länger! Glauben Sie, Ihre Verteidigungsmanöver hätten irgendeinen Wert? Ich habe Zeit ... irgendwann werden Sie sprechen. Sie werden mir alles sagen. Um Ihr Gewissen zu erleichtern.»

Der Kommandant wandte sich an seinen Adjutanten.

«Bringen Sie Meister Branier in seinen Block.»

Noch immer von zwei SS-Soldaten begleitet, wurde der Meister zum roten Block geführt. Er versuchte, seine Sinne für die dämonische Welt ringsumher zu verschließen, die grauen Mauern, die knarrenden Stufen, den Boden im Hof, den Stacheldraht nicht wahrzunehmen, um nicht selbst zu seinem eigenen Gefängnis zu werden.

Der rote Block erinnerte an ein kleines Chalet. Von nahem sah man, daß er in aller Eile errichtet worden war. Durch die Spalten zwischen den Brettern pfiff der eisige Wind. Die beiden Fenster auf den Hof waren schlecht eingepaßt. Das Dach war an einigen Stellen undicht. Stümperische, flüchtig zusammengezimmerte Arbeit.

Die Tür hatte keinen Griff. Mit einem Fußtritt stieß ein SS-Mann sie auf. Der Meister trat ein. Ein großer, kahler Raum, vielleicht dreißig Quadratmeter. Holzboden. Darauf als Schlafstellen sieben Strohsäcke.

Sie waren alle da. Der Unternehmer Pierre Laniel, der Lehrer Dieter Eckart, der Schlosser Guy Forgeaud, der Brillenmacher André Spinot, der Steinmetz Raoul Brissac, der Schriftsteller Jean Serval. Alle, die das Nichts überlebt hatten.

Die Tür fiel hinter dem Meister zu. Endlich war er mit

seinen Brüdern allein. Dieter Eckart erhob sich als erster und trat zutiefst bewegt vor François Branier.

«Wir sind glücklich, dich wiederzusehen, Ehrwürdiger Meister.»

Die beiden Männer umarmten sich feierlich und küßten sich dreimal auf die Wangen. Die anderen Brüder begrüßten ihn ebenso. André Spinot weinte. Vor Angst und vor Freude. Der Meister spürte, daß sie neue Hoffnung schöpften, daß seine Gegenwart ihnen unverzichtbare Zuversicht verlieh, so als habe er eine Lösung parat, als könne er ihnen einen Weg in die Freiheit bahnen. Selbst wenn es keinen gab. Wie sehr ihn auch Zweifel und Sorgen quälen mochten, der Meister durfte sie nicht äußern. Die Last auf seinen Schultern wurde ihm noch erdrückender.

«Meine Brüder», bat der Meister, «bilden wir die Kette.»

Im Block einer entlegenen Nazifestung in unbekannten Bergen bildeten sieben Freimaurer die Bruderkette, die, wie es die Überlieferung besagte, seit Anbeginn der Welt vollzogen wurde. Ihre Füße berührten sich, ihre Hände verschränkten sich, sie schlossen die Augen, um tiefer eins zu werden, tiefer die Lebensenergie ihrer wiedervereinten Gemeinschaft zu spüren.

«Möge der Allmächtige Baumeister aller Welten stets unter uns weilen», sprach der Ehrwürdige Meister.

Wie seine Brüder fühlte François Branier die alles durchdringende Wärme, die von dieser kleinen Menschengruppe in den Klauen eines übermächtigen Ungeheuers ausging. Von diesem Augenblick an existierte die Loge «Erkenntnis» an diesem Ort, in diesem Orient des Exils; und sie existierte in ihrer vollen Souveränität. Die sieben gefangenen Brüder waren wieder frei, fähig, ihr Wissen weiterzugeben.

Ein Geräusch von draußen. Schritte knirschten über den Kies. Die Brüder lösten die Kette. Die Tür des Blocks öffnete sich. Die Gestalt des SS-Offiziers erschien. Auf der Schwelle blieb er breitbeinig stehen, die Hände hinter dem Rücken verschränkt. Spöttisch betrachtete er die Freimaurer, als habe er sie beim Vollzug ihres Rituals belauscht. Künftig würde der Meister Vorsichtsmaßnahmen treffen müssen. Doch er hatte dem Drang nicht widerstehen können, seine Bruderschaft zu einem einzigen Wesen verschmelzen zu lassen.

«Sie legen umgehend alle Metallgegenstände ab, die Sie an sich tragen. Uhren, Eheringe, Siegelringe ...»

Der Offizier ließ einen SS-Aufseher mit einem Weidenkörbchen vortreten. Ein schmerbäuchiger, schlechtrasierter Mann, dessen breite Stirn von einem Feuermal verunstaltet war.

Der Meister kam dem Befehl als erster nach. Er legte seine Armbanduhr in den Korb. Einen Ehering hatte er nie getragen. Seine Brüder zeigten sich ebenso gefügig. Der Korb füllte sich. Der Unternehmer Pierre Laniel trennte sich nur widerstrebend von seinem Ehering, den er seit fünfundzwanzig Jahren trug. Er würde seine Frau nicht wiedersehen, das spürte er. Gerne hätte er dieses Erinnerungsstück an sie behalten, um seinen Blick auf diesen Goldring zu heften, wenn die letzten Augenblicke kamen. Als er ihn vom Finger zog, fühlte er sich wie verstümmelt.

Vor Raoul Brissac, dem Steinmetz, blieb der Aufseher stehen. Mit einer raschen Bewegung riß er ihm den Metallring aus dem rechten Ohrläppchen. Blut quoll hervor. Der SS-Mann schwenkte seine Beute, an der noch ein Hautfetzen hing, und warf sie in den Korb.

«Befehl ist Befehl», sagte der Offizier trocken.

Brissac bot all seine Selbstbeherrschung auf, um nicht zu

schreien vor Schmerz. Sein Körper spannte sich, er war bereit, sich auf den Aufseher zu stürzen und ihn zu Tode zu prügeln. Doch sein Blick kreuzte den des Ehrwürdigen. Der Stuhlmeister befahl ihm, nicht zu reagieren. Der Hierarchie der Gemeinschaft hatte sich jedes Mitglied freiwillig unterstellt, und sie wurde niemals angefochten. Raoul Brissac rührte sich nicht. Er wandte die Augen zur Decke und biß sich die Lippen blutig, um den Schmerz zu vergessen, der seinen Kopf durchzuckte. Der Aufseher hatte ihm das Symbol für seine Einweihung in den Gesellenstand entrissen. Den Ohrring, den ihm sein Steinmetzmeister überreicht hatte, als er sein Gesellenstück vollendet hatte, eine doppelt gewendelte Treppe. Kurz bevor er François Branier begegnet und in die Erkenntnisloge aufgenommen worden war.

Von Brissacs ausbleibender Reaktion sichtlich enttäuscht, wandte sich der Aufseher ab und ging hinaus, gefolgt von Klaus. Die Tür des Blocks fiel zu.

Die Folterknechte waren verschwunden. Sekundenlang verharrten die Freimaurer unbeweglich. Der Meister riß sich als erster aus dieser Betäubung. Sofort untersuchte er die Verletzung von Raoul Brissac, der es mit starrem Blick geschehen ließ. Der Geselle war hart im Nehmen.

«Halb so schlimm», kommentierte der Meister und tupfte die Wunde mit einem sauberen Taschentuch ab, eines seiner letzten Besitztümer.

Brissac besaß außerordentliche Selbstbeherrschung. Doch François Branier fürchtete seinen impulsiven Charakter. Der Geselle sah Duldsamkeit als Feigheit an und konnte keine Kränkung auf sich sitzenlassen. Der Meister mußte ihn dazu bringen, trotz der Grausamkeit des Aufsehers zuerst an die Gemeinschaft zu denken.

«Sie werden versuchen, uns zu spalten, Raoul, uns gegeneinander auszuspielen. Sie werden sich jeden einzeln vorknöpfen. Wenn du aufmüpfig geworden wärst, hätten sie uns alle zusammengeschlagen. Wir dürfen auf ihre Provokationen nicht reagieren.»

«Solange es möglich ist», bemerkte Laniel.

«Selbst dann noch, wenn es unmöglich zu sein scheint», antwortete der Meister ernst. «Hier sind wir im Unmöglichen, im Unvorstellbaren. Wir müssen uns anpassen, Pierre. Wir haben die Kraft dazu.»

Pierre Laniel verstand, was der Meister sagen wollte. François Branier verfügte über das Geheimnis der Zahl. Das Wichtigste war es, den Stuhlmeister zu schützen. Doch dieser hatte nur im Sinn, seine Brüder zu retten.

«Wir sind erledigt», stöhnte der Brillenmacher André Spinot, der sich in einem Winkel des Raumes niederkauerte und die Hände vors Gesicht schlug.

«Das ist gut möglich», stimmte Dieter Eckart zu. «Trotzdem müssen wir kämpfen.»

«Und wie?» fragte der Lehrling Jean Serval.

«Flucht.»

«Ihr träumt!» entgegnete der Schlosser Guy Forgeaud. «Über die Mauern klettern können wir nicht!»

Auf Forgeauds Urteil war Verlaß. Er war ein begnadeter Bastler und Tüftler.

«Hast du eine Idee?» fragte der Meister.

«Noch nicht. Wir müßten uns im Lager besser auskennen. Es muß auf Anhieb klappen. Zwei Versuche können wir uns nicht leisten.»

«Alles hängt von dem Moment ab, in dem die eigentlichen Verhöre beginnen», bemerkte Jean Serval und sprach damit aus, was alle fürchteten.

«Ja und nein», kommentierte Dieter Eckart, der seitlich an einem Fenster stand, um zu beobachten, was im Hof vor sich ging. «Die Frage ist, was sie genau von uns erwarten.»

Alle Köpfe, selbst der von Raoul Brissac, wandten sich dem Meister zu. Wenn jemand die Antwort kannte, dann er. Zwar durfte er aufgrund seines Eides nicht alles enthüllen, doch er war seinen Brüdern eine Erklärung schuldig.

François Branier setzte eine bärbeißige Miene auf. Seit fünfzehn Jahren bei jeder Wahl am Winterjohannistag als Stuhlmeister von «Erkenntnis» bestätigt, hatte er gehofft, sein Amt bald einem anderen übertragen zu können. Doch die Gestapo hatte diese Pläne durchkreuzt.

«‹Erkenntnis› ist keine gewöhnliche Loge», begann der Meister. «Sie ist Hüterin eines Mysteriums. Wenn wir sterben, stirbt es mit uns.»

«Seit du diese Loge leitest», bemerkte Dieter Eckart, «arbeiten wir nach anderen Methoden. Wir sind zu den Ursprüngen zurückgekehrt. Wir erbauen keine Steinkathedralen mehr, doch was wir tun, ist nicht weniger bedeutsam.»

«Vorausgesetzt, einer bleibt übrig, um unsere Arbeit zu vollenden», schaltete sich Pierre Laniel bitter ein. «Wir sind nur noch zu siebt. Die vier anderen Lehrlinge, drei Gesellen und vier Meister sind tot oder verschwunden. Und wir … um uns steht es auch nicht viel besser.»

«Wer hat uns verraten?» fragte Raoul Brissac mit tonloser Stimme.

Das Blut begann zu trocknen. Doch das Gesicht des Steinmetzen war vom Schmerz gezeichnet.

«Ein Freimaurer», antwortete der Meister. «Der, der uns das Haus zur Verfügung gestellt hat.»

Eine Falle. Sie waren von einem «Bruder» in eine Falle gelockt worden. Dieter Eckart wischte sich mit dem Handrücken eine Träne aus dem Augenwinkel. Laniel fühlte, wie sein Mut zerrann. Forgeaud bedauerte, nicht schon tot zu sein. Brissac vergaß vor Empörung sein verletztes Ohr. Spinot hielt die Augen geschlossen. Serval blickte stumpfsinnig vor sich hin, ohne etwas zu sehen.

«Wir sind allein», sagte der Meister. «Vollkommen allein. Und wir sind es schon immer gewesen.»

Kapitel 6

Sie schwiegen mehr als eine Stunde lang. Der Meister ließ sie ausruhen. Sie saßen an den Wänden des Blocks nebeneinander, und jeder wartete darauf, daß einer der Brüder einen Grund zur Hoffnung fand.

Branier beobachtete sie. Pierre Laniel ... fair, ein Menschenführer, fähig, alles zu ertragen, dem Bösen gegenüber mitunter hilflos. Ein erfahrener Meister, reif, das Geheimnis zu empfangen. Dieter Eckart ... unter seiner aristokratischen Maske verbargen sich tiefe Empfindsamkeit und überragende Intelligenz. Auch er hatte das Zeug zu einem Ehrwürdigen Meister. Guy Forgeaud ... der Findigste von allen. Er würde in jeder Situation zurechtkommen; der Anarchist schlechthin, mit einer tiefen Bindung zur Gemeinschaft. André Spinot ... der Empfindsamste und der Zerbrechlichste. Vom Leben oft verwundet, tausendmal niedergeschlagen, niemals besiegt. Viele Jahre hatte er hart an sich gearbeitet, um seiner inneren Unruhe Herr zu werden. Raoul Brissac ... mit Leib und Seele ein Anhänger seiner Gesellenschaft, der auch die Freimaurerei hatte kennenlernen wollen. Eine schwierige Verwandlung voller Aufbegehren, ein impulsiver Charakter, ein Herz aus Gold, unbeugsamer Lebenswille. Jean Serval ... ein brillanter Lehrling, ein Anfänger, der die Fähigkeit in sich trug, den Weg bis zum Ende zu gehen, wenn er sich nicht ablenken ließ.

Er urteilte nicht über sie. Er liebte sie. Und deshalb mußte er einen klaren Kopf bewahren. Brüder, ja, sie waren Brüder im Geiste, die einander frei gewählt hatten, um gemeinsam dem schmalen Pfad zu folgen, der aus der

Dunkelheit ins Licht führte. Brüder, die sich heute verängstigt zusammenkauerten wie Schlachtvieh.

«Dieses Schwein, den mach ich fertig», sagte Raoul Brissac plötzlich in die Stille hinein. «Ein Fausthieb auf seinen dreckigen Schädel. Ein einziger. Er wird platzen wie eine faule Melone.»

«Du hast kein Recht, so zu sprechen», mischte sich Laniel ein. «Er muß auch zu Wort kommen, selbst wenn er uns verraten hat. Er ist ein Bruder, er ...»

«Nein», unterbrach ihn André Spinot. Er wirkte noch immer niedergeschlagen, doch seine Stimme hallte klar durch den Raum. «Die Freimaurerei ist tot. Es gibt keine Brüder mehr. Sie haben nichts mehr zu sagen, nichts mehr zu beweisen. Die Logen sind nur noch leere Hüllen. Der erste Sturm hat sie davongeweht. Und wir, wir werden sterben, weil wir die letzten sind, die das Geheimnis besitzen.»

«Du hast recht», bestätigte Dieter Eckart.

Nie war ihnen der Lehrer so selbstsicher, so gelassen erschienen.

«Komisches Lager und komische Deutsche», bemerkte Guy Forgeaud beinahe spöttisch, wie es seine Art war.

«Was meinst du damit?» fragte Pierre Laniel.

«Die Deutschen lieben es, mit Titeln um sich zu werfen. Sie sind alle ‹Oberstammführer› oder so was Ähnliches. Sie lieben Disziplin, tragen den Finger immer korrekt an der Hosennaht. Es kommt nicht in Frage, ihnen Rede und Antwort zu stehen. Hier brauchen wir nur höflich zu sein und uns ihr beinahe akzentfreies Französisch anzuhören.»

«Sie haben Angst», sagte der Meister.

Sechs erstaunte Augenpaare wandten sich ihm zu.

«Sie glauben, daß wir Macht haben. Sie sind zwar allmächtig, aber man weiß ja nie ...»

«Und, stimmt es?» fragte der Lehrling Serval halb ironisch, halb im Ernst. «Haben wir denn Macht?»

«Nicht genug, um hier herauszukommen ... Wir müssen uns eher auf unsere Wachsamkeit verlassen und die kleinste Fluchtmöglichkeit nutzen.»

«Es gibt keine», urteilte der Brillenmacher Spinot.

«Halt's Maul», schrie Brissac, sprang auf und baute sich vor Spinot auf. «Fang bloß nicht an, Trübsal zu blasen!»

«Aber es ist doch wahr», gab Spinot nervös zurück.

«Das reicht», griff der Meister ein. «Redet gefälligst nicht in diesem Ton miteinander. Uns zu zerstreiten wäre das Dümmste, was wir tun können. Darauf warten sie doch nur.»

«Ich denke gar nicht daran, hier ewig untätig herumzusitzen. Außerdem muß ich pinkeln.»

Raoul Brissac öffnete die Tür des Blocks.

Ein Schwall frischer Luft.

Eine Sirene ging los. Das metallische Klacken der Karabiner. Aus einem Lautsprecher ertönte ein scharfer Befehl: «Halt!»

Wie ernüchtert blieb der Geselle stehen. Mehrere SS-Soldaten rannten aus der Kaserne. Sie umringten ihn, die Waffen im Anschlag. Blinde Wut stieg in Brissac hoch. Er war bereit, sich mit bloßen Händen gegen diese Schreckgespenster zu behaupten.

«Mach keinen Blödsinn, Raoul!» schrie Guy Forgeaud.

«Was gibt es, Brissac?»

Der Offizier, der hinter seinen Männern in Deckung stand, beobachtete den Gesellen spöttisch, wie ein Tier, das ihm in die Falle gegangen war.

«Ein natürliches Bedürfnis.»

Der Offizier gab zweien seiner Männer einen deutschen

Befehl. Einer stieß Brissac in den Rücken, der andere wies ihm die Richtung der sanitären Anlagen.

Die Tür des roten Blocks wurde geschlossen.

«Was, wenn Raoul nicht zurückkommt?» fragte Pierre Laniel mit heiserer Stimme.

«Vereinen wir unsere Herzen in Brüderlichkeit», sprach der Meister, als könnten diese rituellen Worte die Angst bannen, als könnten sie einem Bruder in Bedrängnis zu Hilfe eilen. Vor seinem inneren Auge sah er, wie Raoul Brissac mit Kolbenhieben niedergeschlagen wurde und endlich doch schrie …

Fünf Minuten später öffnete sich die Tür des roten Blocks erneut. Zuerst tauchte eine SS-Uniform auf. Dann Raoul Brissac, unversehrt.

Als sie wieder unter sich waren, ließ der Geselle einen Stoßseufzer hören. Auch er hatte gefürchtet, er werde nicht zurückkommen.

«Völlig bescheuert», bemerkte Guy Forgeaud. «Man darf sogar pinkeln. Am Ende ist es doch nur eine Ferienkolonie … fehlt nur noch, daß sie uns das Frühstück ans Bett bringen.»

«Konntest du dich umschauen?» fragte der Ehrwürdige Brissac.

«Ja … nicht berauschend. Über die Mauern kommt man nicht. Zu hoch. Mit Stacheldraht. Sicher unter Strom. Die SS-Kaserne liegt neben unserem Block. Rechts die Toiletten. Daneben die Duschen. Dahinter vielleicht noch ein anderes Gebäude. Sonst habe ich nichts gesehen.»

«Keine anderen Gefangenen?»

«Nein. Möglicherweise in den Blocks. Brüder vielleicht, wer weiß … Womöglich ist es ein Knast für Freimaurer …»

Der Meister spürte, wie seine Brüder von dumpfer Panik

ergriffen wurden. Wenn Raoul Brissac die Lage als aussichtslos einschätzte, dann war sie es wirklich.

«Wir werden eine Versammlung der Meister abhalten», verkündete er. «Die anderen Brüder werden Tür und Fenster bewachen.»

Das Leben fand in seine alltäglichen Bahnen zurück. Sobald die Gemeinschaft eine Entscheidung zu treffen hatte, war es die Pflicht des Ehrwürdigen, die «Mittlere Kammer» einzuberufen, die aus den Meistern der Loge bestand. Seit eh und je war sie das einzige entscheidungsbefugte Gremium der Einweihungsbruderschaften. Ihre goldene Regel lautete: Einstimmigkeit.

Vier Meister der Erkenntnisloge waren den Kriegswirren entkommen: der Ehrwürdige Branier, Pierre Laniel, Guy Forgeaud, Dieter Eckart. Letzterer war für die Einweihung der Gesellen zuständig. Guy Forgeaud hatte eine vergleichbare Aufgabe gegenüber den Lehrlingen inne. Laniel wachte über die strikte Einhaltung der Regel. Wenn die «Mittlere Kammer» sich traf, pflegten Gesellen und Lehrlinge den Tempel zu verlassen. Hier, im kahlen Raum des roten Blocks, würden sie sich darauf beschränken, den Meistern den Rücken zu kehren, solange diese in einem Winkel des Gefängnisses ihre geheime Versammlung abhielten.

«Beim Schlag meines Hammers», sagte der Ehrwürdige, «ist die ‹Mittlere Kammer› eröffnet.»

Mit der rechten Faust schlug François Branier gegen die Wand. Er hatte weder Hammer noch Schurz, Zirkel, Winkelmaß, flammendes Schwert oder Altar ... es war die ärmlichste «Sitzung», die er jemals zelebriert hatte.

In seinem zerknitterten Anzug fühlte er sich beinahe unpassend gekleidet gegenüber seinen Brüdern in ihrer einheitlichen grauen Uniform.

«Meine lieben Meisterbrüder, wir haben eine wichtige Entscheidung zu treffen. Gemäß unserer Regel muß ich euch befragen und meine Vorschläge der Abstimmung unterwerfen.»

Pierre Laniel fand die Szenerie unglaublich. Da saßen sie nun alle vier, Gespenster von Freimaurern, die sich in die Hölle verirrt hatten. Und diese Gespenster wollten einen skelettartigen Ritus abhalten ... Laniel hatte das Gefühl, verrückt zu werden. Mühsam schluckte er seinen Speichel. Der gewohnte Rahmen einer maurerischen Sitzung, die Magie der Bekleidung, der Symbole fehlten ihm allzusehr. Die frustrierende Atmosphäre des Blocks hinderte ihn daran, sich zu konzentrieren.

Der Ehrwürdige spürte die Verwirrung seines Bruders Laniel. Er fragte sich, ob die scheinbare Ruhe der beiden anderen nicht ebenso tiefe Angst überdeckte. Auch er fühlte, wie die Furcht allmählich von ihm Besitz ergriff.

«Als die Gestapo uns verhaftet hat», fuhr er fort, «wollten wir zusammenkommen, um einen neuen Meister vom Stuhl zu wählen. Wie es die Regel verlangt, lege ich mein Amt in eure Hände. Wir sind nur noch vier Meister, die einzigen, die abstimmen dürfen. Die Wahl ist gültig, wenn das Gebot der Einstimmigkeit gewahrt wird. Der Ort, an dem wir uns befinden, ist zum Tempel geworden. Nichts anderes zählt. Selbst wenn der Übergaberitus sich auf ein Minimum beschränkt, wird er in all seiner Gültigkeit vollzogen. Ein Kandidat möge sich melden.»

Guy Forgeaud war erst seit kurzer Zeit Meister und hatte nicht genügend Aufgaben innerhalb der Loge erfüllt, um Ehrwürdiger zu werden. Pierre Laniel mied François Braniers Blick. Niemals hätte er geglaubt, daß dieses geheimnisvolle Amt, in dem man die letzten Schlüssel der Einweihung erhielt, für ihn einst in greifbare Nähe rücken würde. Der Meistergrad genügte ihm vollauf. Noch lange hatte er nicht all seine Geheimnisse durchdrungen. Gut, er war Betriebsleiter. Er hatte gelernt, Menschen zu führen, Ingenieure wie einfache Arbeiter. Es war ihm gelungen, Zuneigung zu wecken und sich Respekt zu verschaffen, die Achse eines gesellschaftlichen Bauwerks zu werden, in dem jeder seinen Platz fand. Wie viele alltägliche Konflikte hatte er beigelegt, teils durch Härte, teils durch Diplomatie? Es hatte Krisen gegeben, schwierige Zeiten, doch er hatte alles durchgestanden. Laniel glaubte, die Menschen einigermaßen zu kennen, ihre Leidenschaften, ihre Schwächen, ihren Ehrgeiz, ihre oft überraschende Größe. Doch Brüder zu führen, sie anzuleiten, als Mittler zwischen ihnen und dem Allmächtigen Baumeister aller Welten zu dienen ... dazu fühlte er sich noch nicht reif. Der einzige, der François Branier nachfolgen konnte, war Dieter Eckart.

Mit halbgeschlossenen Augen, den Kopf leicht nach vorn geneigt, schien Dieter Eckart zu meditieren. Sein Geist war weit, sehr weit von dieser Nazifestung entfernt. Er besaß eine solche Konzentrationsfähigkeit, eine solche Charakterstärke, daß er sich aus jeder noch so schlimmen Situation innerlich zurückziehen konnte. Ebensowenig wie Laniel hatte er das Hauptanliegen der «Sitzung» vergessen, die die Loge am Abend der Razzia hatte zelebrieren wollen. Eckart wußte, daß die Brüder von «Erkenntnis» ihn schätzten und ihm vertrauten. Er wußte außerdem, daß er der Nachfolger war, den Branier sich wünschte, auch wenn der amtierende Stuhlmeister ihn nicht selbst benennen durfte. Sicher, er hätte sich den Rahmen für eine solche Entscheidung anders vorgestellt. Selbst aus dem Untergrund heraus hatte die Loge immer akzeptable Räumlichkeiten für ihre magischen Rituale gefunden. Doch hier ... Eckart dachte an die wenigen Männer, die seit Bestehen der Einweihung die Aufgabe erhalten hatten, eine Gemeinschaft wie diese zu führen. Ungeachtet ihrer Volkszugehörigkeit, ihrer Kultur, ihres Charakters waren sie ausgewählt worden, um das Licht weiterzugeben. Um das Leben zum Leben zu erwecken und den Tod zu töten.

«Ehrwürdiger Meister», begann Dieter Eckart, «wir alle wissen, daß der Ehrwürdige von ‹Erkenntnis› kein gewöhnlicher Stuhlmeister ist. Es geht nicht nur um eine Übertragung von Macht. Es geht auch um das Geheimnis der Zahl, den Grundstein der Bruderschaft.»

Branier nickte.

«Handeln wir also gemäß der Regel», schlug Eckart vor. «Stimmen wir wohlbedacht ab.»

François Branier war erleichtert. Er ließ sich durchaus gern von seiner schweren Bürde befreien.

«Ich erkläre das Amt des Meisters vom Stuhl für vakant. Ich bitte einen der erfahrenen Meister der Loge, dem all ihre Arbeiten vertraut sind, den seine Brüder im Meistergrad bestätigen, der die Arbeit der Gesellen und der Lehrlinge geleitet hat, seine Kandidatur in die Hände des Allmächtigen Baumeisters aller Welten zu legen.»

Pierre Laniel schwieg. Er zog es vor, im Hintergrund zu bleiben und den künftigen Stuhlmeister zu unterstützen. Branier, der sein Amt innerlich schon hinter sich gelassen hatte, wartete darauf, daß Dieter Eckart sich meldete. Endlich ergriff dieser das Wort.

«Für das kommende Jahr des Lichts schlage ich als Meister vom Stuhl vor ... François Branier.»

Dieter Eckart hatte mit ruhiger, verhaltener Freude gesprochen, in einem Ton, der jede Widerrede ausschloß. Pierre Laniel war zunächst überrascht und urteilte dann, daß sein Bruder einer ausgezeichneten Eingebung gefolgt war. Guy Forgeaud verbarg seine Freude nicht. Er lächelte zustimmend.

«Ich befürworte diese Kandidatur», sagte er. «Mein Bruder François, kannst du uns versichern, daß du über die geistige und körperliche Kraft verfügst, um dein Amt zu erfüllen?»

François Branier war zusammengesunken, hatte den Kopf zwischen die Schultern gezogen und blickte mürrisch vor sich hin. Seine Brüder kannten diese Haltung zur Genüge. Sie bedeutete, daß der Ehrwürdige angestrengt nachdachte.

«Und wenn ich euch gestehen würde, daß ich diese Kraft nicht mehr habe? Daß ich ein alter, verbrauchter Mann bin, erschöpft und unfähig, diese Loge noch länger zu leiten, ohne alle Dummheiten der Welt zu begehen?»

Pierre Laniel war erschüttert. Ein Stuhlmeister konnte sein Amt in die Hände seiner Brüder legen, wenn er sich unfähig fühlte, es zu erfüllen. Dieter Eckart antwortete gelassen: «Wenn du uns das gestehen würdest, würden wir dir nicht glauben. Du warst niemals besser in Form. Das Alter kann dir nichts anhaben. In einem solchen Augenblick darfst du dein Amt nicht niederlegen. Ich will gar nicht von deiner Weisheit sprechen, deiner Erfahrung, deiner Ausstrahlung ... wir pflegen uns nicht mit Komplimenten zu überhäufen. Wir alle wissen, daß weder Pierre noch ich fähig sind, dich zu ersetzen. Auch ich will dir etwas gestehen: Selbst unter gewöhnlichen Bedingungen hätte ich deine Kandidatur unterstützt und nicht meine. Du hast noch viel Arbeit, um deinen Nachfolger auszubilden, Ehrwürdiger Meister. Bleib nicht auf halbem Weg stehen.»

«Es regnet!» rief der Lehrling Jean Serval, der an einem der Fenster Wache stand.

Kein Tropfen fiel. Aber zwei SS-Soldaten und hinter

ihnen der Offizier näherten sich dem roten Block. Serval hatte die rituelle Formel verwendet, die die Brüder vor der Ankunft eines Außenstehenden warnte.

«Beim Schlag meines Hammers», verkündete der Ehrwürdige, «ist unsere Arbeit unterbrochen.» Er schlug mit der rechten Faust gegen die Wand, Sekunden bevor die Tür des Blocks aufgestoßen wurde und der Offizier eintrat.

Klaus ließ den Blick über seine Gefangenen schweifen und bemerkte, daß die Meister sich abgesondert hatten.

«Ich hoffe, Sie gewöhnen sich an Ihre neue Sommerfrische», sagte er. «Ich habe Ihnen eine Einladung zum Abendessen zu überbringen. Vom Kommandanten dieser Festung. Man wird Sie abholen.»

Keine Spur von deutschem Akzent. Immer noch keine hochtrabenden Titel, die die SS doch so liebte. Und obendrein eine «Einladung zum Abendessen» ... da stimmte doch etwas nicht! Als würde der Schrecken sich zurückziehen, um zu wachsen, um sie hinterrücks zu packen. Der Offizier schloß eigenhändig die Tür.

«Beim Schlag meines Hammers», verkündete der Ehrwürdige, «steht die Loge dem Lehrlingsgrad offen.»

Noch einmal schlug er an die Wand.

Alle Blicke wandten sich ihm zu.

«Mein Bruder Raoul, du wirst die Aufgabe des Wachhabenden übernehmen.»

Der Geselle Raoul Brissac postierte sich am Fenster, entschlossen, kein profanes Wesen in diesen Tempel zu lassen.

«Nehmt Platz, meine Brüder.»

Die Magie der alten Formeln schnürte den Brüdern die Kehle zu. Der Ehrwürdige stand in der Mitte der rückwärtigen Wand. Zu seiner Linken saßen Pierre Laniel, Guy Forgeaud, André Spinot. Zu seiner Rechten Jean Serval und Dieter Eckart. Ihm gegenüber Raoul Brissac.

«Das Vordringlichste ist es, die Gegenstände zu besorgen, die wir für unser Ritual benötigen, meine Brüder. Wir müssen alles daransetzen, unserer Einweihung hier Gestalt zu verleihen.»

In die Augen trat hoffnungsvoller Glanz. Der Ehrwürdige weckte in seinen Brüdern die Lust, zu kämpfen, unermeßliche Schätze wie Kreide oder Kerzen aufzutreiben.

Pierre Laniel hob die rechte Hand und bat um das Wort.

«Das größte Problem ist es, aus diesem Block herauszukommen. Vielleicht haben sie beschlossen, uns hier versauern zu lassen.»

«Wohl kaum», antwortete der Ehrwürdige. «Sonst würden sie uns nicht zum Abendessen holen. Ich hoffe, daß wir etwas zu uns nehmen können. Tragen wir zusammen, was wir über das Lager wissen. Jeder von uns hat andere Einzelheiten bemerkt. Zählt sie auf. Guy, du faßt zusammen.»

Die Brüder berichteten. Guy Forgeaud merkte sich das Wesentliche. Entgegen seiner Behauptung vor dem SS-Offizier besaß der Schlosser ein ausgezeichnetes Gedächtnis. Mit der Erlaubnis des Stuhlmeisters ergriff er das Wort, als alle Brüder geendet hatten.

«Ich habe dem Gesagten nichts hinzuzufügen ... Aus euren Berichten und durch die Fotografien, die unser Ehrwürdiger Meister im Büro des Kommandanten gesehen hat, wissen wir, daß der Mittelturm der Festung die Verwaltungsabteilung und die Räumlichkeiten für Verhöre beherbergt. Ganz oben liegt ein Wehrgang mit Scheinwerfern und schweren Maschinengewehren. Von diesem Wachturm aus läßt sich das gesamte Lager kontrollieren. Die Blocks sind entlang der Festungsmauer angeordnet. Die Mauern sind sehr hoch und mit stromführendem Stacheldraht bewehrt. Die Blocks haben verschiedene Farben.

Unserer ist der einzige mit zwei Fenstern. Auf dem Weg zum Toilettenblock, der neben dem Block mit den Duschen liegt, hat Raoul bemerkt, daß die Fenster der anderen Hütten zugenagelt sind. Wir wissen nicht, ob sich noch weitere Gefangene im Lager befinden. Außerdem liegt zwischen den ‹Chalets› und den sanitären Anlagen eine SS-Kaserne. Die höheren Dienstgrade sind vermutlich im Turm untergebracht.»

André Spinot hob die Hand.

«Dieses Lager ist ungewöhnlich.»

«Inwiefern ungewöhnlich?» fragte der Lehrling Serval, dem der Stuhlmeister ausnahmsweise das Wort erteilt hatte. «Wir sind in dieser Baracke zusammengepfercht, man bringt uns nicht mal etwas zu trinken, wir werden von diesen Irren in Uniform angegriffen ...»

«Angegriffen ... bisher hält es sich in Grenzen. Nichts gegen das, was man von Nazizuchthäusern so hört.»

André Spinots Worte wirkten ernüchternd wie ein kalter Lufthauch. Jedem Bruder wurde bewußt, daß hinter dem schönen Schein die Kreise der Hölle lauerten. Wann würden die Masken fallen?

Für den Brillenmacher André Spinot war Klarsichtigkeit die höchste aller Tugenden. Die Wirklichkeit zu beschönigen, und sei es aus Angst oder Verzweiflung, empfand er als schändliche Feigheit.

«Uns fehlt eine entscheidende Information», schaltete sich der Ehrwürdige ein.

«Und welche?» fragte Forgeaud.

«Die Lage der Krankenstation. Es gibt sicher eine. Ich bin Arzt. Ich muß mir Zutritt zu ihr verschaffen und, wenn möglich, sogar ihre Betreuung übernehmen.»

Ein Traum. Doch Spinot fand keinen Einwand. Der Ehrwürdige hatte einen neuen Weg entdeckt.

Kapitel 7

Bis zum Abend mußten sie warten. Alle Brüder hatten Erholung nötig. Sie schliefen. Einer übernahm die Wache. Abwechselnd waren sie auf die Toilette gegangen, nach einem immer gleichen Ablauf. Die Tür des Blocks öffnen. Unbeweglich auf der Schwelle stehenbleiben. Auf zwei SS-Männer warten. Sich hinführen und zurückbringen lassen. Keine Gewalt. Man mußte sich nur beeilen, durfte unterwegs nicht trödeln, sich nicht umschauen. Keiner der Brüder bemerkte andere Gefangene. In der Festung herrschte Ruhe. Selbst die umliegenden Berge blieben stumm.

«Schläfst du auch nicht?» fragte Laniel den Ehrwürdigen neben sich leise.

«Ich kann nicht.»

«Glaubst du, wir kommen hier raus, François?»

«Wir müssen. Es geht nicht anders.»

Laniel schaute an die Decke. Er wollte François Braniers Worten glauben. Ein Meister vom Stuhl lügt schließlich nie.

«Verdammter Mist ... sich einfach so schnappen zu lassen, ohne eine Chance, sich zur Wehr zu setzen ...»

Pierre Laniel hatte oft eine derbe Ausdrucksweise an sich. Eine alte Gewohnheit. Seine Arbeiter faßte er auch nicht mit Samthandschuhen an.

«Das kommt drauf an, Pierre ...»

Verblüfft stützte sich Laniel auf den Ellenbogen, richtete sich auf und sah Branier an, der unbeweglich blieb wie eine Statue.

«Kommt auf was an?»

«Seit Kriegsbeginn hat sich die Loge dezimiert. Zwölf Brüder haben wir verloren. Hier sind wir alle vereint. Darin liegt unsere Kraft.»

Pierre Laniel fragte sich, ob der Meister nicht allmählich den Verstand verlor. Dabei paßte das gar nicht zu ihm ... Der Unternehmer glaubte, die Menschen einigermaßen zu kennen, doch François Branier versetzte ihn immer wieder in Erstaunen. Noch nie hatte er einen Menschen getroffen, der so gelassen war, so unerschütterlich gegenüber den Prüfungen des Lebens. Er hatte eine ungeheuer beruhigende Ausstrahlung. In Braniers Nähe glaubte man an das Unmögliche. Und es funktionierte.

«Wir müssen hier raus, François. Abhauen, irgendwie. Sie überraschen. Wenn wir uns auf ihr Spiel einlassen, machen sie uns fertig, ohne mit der Wimper zu zucken.»

«Nichts überstürzen, Pierre. Vor allem müssen wir eine Sitzung abhalten. Dieses Zuchthaus heiligen. Damit der Allmächtige Baumeister aller Welten unter uns ist und uns die Lösung zeigt.»

«Glaubst du nicht ...»

«Nein, ich glaube nicht. Es ist eine Gewißheit, kein Glaube.»

Pierre Laniel schauderte. Der Ehrwürdige Meister pflegte sich selten so festzulegen. Wer sagte: «Ich weiß», war in seinen Augen leichtfertig oder ein Betrüger. Er zitierte oft und gerne die Worte des alten Philosophen: «Ich weiß, daß ich nichts weiß, und nicht einmal dessen bin ich sicher.» Und doch hatte er das Wort «Gewißheit» gerade eben mit absoluter Überzeugung ausgesprochen, wie der Jäger, der weiß, daß sein Schuß ins Schwarze treffen wird, noch bevor er geschossen hat.

«Erinnerst du dich, François, als wir diese verdammte Loge gegründet haben ... niemand hat an sie geglaubt.

Niemand wollte sie. Die ‹Brüder› ... von wegen! Sie haben alles versucht, um uns loszuwerden! Denen würde es gefallen, uns hier zu sehen ...»

Die Tür des Blocks wurde mit einem Fußtritt aufgestoßen. Klaus, der SS-Offizier, erschien.

«Aufstehen, meine Herren. Man erwartet Sie zum Abendessen. Der Kommandant legt Wert auf Pünktlichkeit.»

Die sieben Brüder der Erkenntnisloge erhoben sich beinahe gleichzeitig. Hintereinander verließen sie den Block, der Meister als letzter. Die Nacht brach herein. Wolken verdunkelten den Himmel. Eiskalter Wind strich durch den Hof. Die Festung erinnerte an ein Raubtier, das in der zunehmenden Dunkelheit lauert. Noch immer diese unmenschliche Stille, nur unterbrochen durch den Klang der Stiefel. Eingerahmt von SS-Soldaten, die ebenso abweisend wirkten wie die hohen Mauern, näherten sich die sieben Brüder dem Mittelturm.

Unter den Türen der übrigen Blocks drang kein Lichtschimmer nach draußen. Die Brüder wurden ins Erdgeschoß des Turmes geführt. Ein großer Raum, der etwa fünfzig Personen Platz bot.

Branier und seine Brüder standen vor einer verblüffenden Szenerie. Eine lange Tafel mit makellos weißer Tischdecke. Porzellanteller und vergoldetes Besteck. Dreiarmige Kerzenleuchter aus Silber. Auf dem Tisch ausgestreut, violette Blüten. Am Kopfende des Tisches saß unter einem Hitlerporträt der Lagerkommandant auf einem hochlehnigen mittelalterlichen Thronsessel. Zu seiner Linken auf einem Podium, ein kleines Orchester unter der Leitung des Adjutanten. Als die Brüder eintraten, begann es mit der Maurerischen Trauermusik, komponiert vom Freimaurer Mozart. Jedem Bruder war sein Platz durch eine Tischkarte zugeteilt. Sie setzten sich, verwirrt und verzaubert von der dramatischen Schönheit der Musik, die den Meistern der Loge vertraut war, weil sie sie häufig in ihren Ritualen verwendet hatten. Das Adagio dauerte gut zehn Minuten, während derer zwei SS-Soldaten schweigend ein Soufflé mit Pfifferlingen servierten, zu dem ein Château-Latour eingeschenkt wurde.

Der Stuhlmeister saß dem Kommandanten gegenüber am anderen Tischende. Links von ihm ein Meister, Dieter Eckart, und die beiden Gesellen, André Spinot und Raoul Brissac; rechts von ihm zwei Meister, Pierre Laniel und Guy Forgeaud, und der Lehrling Jean Serval.

Mozart verklang. Der Ehrwürdige fühlte sich beklommen.

«Ich hoffe, Ihre Loge weiß diese Musik und meine Einladung zum Abendessen zu würdigen», wandte sich der Lagerkommandant an François Branier.

Noch hatte niemand die Speisen angerührt. Die Brüder waren hungrig. Doch hier schien alles vergiftet. Der Ehrwürdige antwortete nicht. Er wartete auf das Ende der Vorrede. SS-Männer hatten sich hinter den Gästen aufgestellt, um gegebenenfalls einzugreifen.

«Sie genießen eine bevorzugte Behandlung», fuhr der Kommandant fort, «und das ist durchaus berechtigt. Sie sind keine Durchschnittsmenschen. Sie besitzen großes Wissen. Dieses Wissen muß dem Reich zur Verfügung gestellt werden. Wozu wäre es sonst nutze? Über dieses Problem läßt sich am besten bei einem guten Essen sprechen. Sind Sie da nicht meiner Meinung, Ehrwürdiger?»

François Branier murmelte etwas, das als Zustimmung gelten konnte. Der Kommandant erhob seine Gabel. Ausgehungert stürzten sich die Brüder auf das Essen, im Bewußtsein, daß sie jederzeit unterbrochen werden konnten.

Der Kommandant ließ sie gewähren. Der Ehrwürdige und er beobachteten sich verstohlen. Sie gönnten einander eine kurze Waffenruhe. François Branier stocherte in seinem Essen herum. Ihm war der Hunger vergangen.

«Es wird einen ganz besonderen Nachtisch geben», verkündete der Kommandant. «Ihre Enthüllungen, Meister.»

Jäh verstummte das Klappern der Gabeln. Die Brüder warteten gespannt, welche Richtung ihr Meister diesem Verhör geben würde.

«Es gibt nichts zu enthüllen. ‹Erkenntnis› existiert nicht mehr. Die Freimaurerei existiert nicht mehr. Wir sind Gefangene wie alle anderen auch.»

Der Meister hatte mit ruhiger, eindringlicher Stimme gesprochen, als wolle er einem etwas zurückgebliebenen Schüler einen einfachen Gedanken nahebringen. Sicher war das der Tropfen, der das Faß zum Überlaufen bringen würde. Die Brüder fühlten sich, als hätten sie einen Gewehrlauf im Genick. Nur ein Schuß, und alles würde vorbei sein. Das war vielleicht besser als endlose Tage der Ungewißheit.

«Ach ja?» sagte der Kommandant. «Sie sind also gute und treue Franzosen. Sie betreiben keine Verschwörung gegen das Reich. Aber die Erkenntnisloge hat doch existiert? Oder habe ich das nur geträumt?»

Ein spöttisches Lächeln spielte auf seinen Lippen. Der Ehrwürdige spürte, daß der Eklat unmittelbar bevorstand.

«Ja, ‹Erkenntnis› hat es gegeben.»

«Nach welchem Ritus arbeitete Ihre Loge?»

«Nach dem Alten und Angenommenen Schottischen Ritus.»

«Der undiszipliniierteste und geheimnisvollste von allen», betonte der Kommandant genüßlich.

Die «Alten und Angenommenen Schotten», wie man sie

nannte, arbeiteten mit den ältesten Ritualen der Freimaurerei. Als Erben der mittelalterlichen Dombauhütten und bewußte Aufrührer fanden sie wenig Geschmack an der Verwaltungsstruktur und der Etikette, die in den Freimaurerlogen Einzug gehalten hatten.

Der Ehrwürdige hatte kein allzu großes Geheimnis verraten. Er war überzeugt, daß der Kommandant nur eine Information überprüfte, die er bereits besaß.

«Welche Grade bearbeitete Ihre Loge?»

Der Ehrwürdige zögerte. Er hätte es vorgezogen, ein so wesentliches Element zu verschweigen, doch damit würde er ein allzu großes Risiko eingehen. Der Lagerkommandant war nicht irgendein Folterknecht. Er hatte die Akten der Logen gründlich studiert. Der Ehrwürdige wußte nicht, über welche Unterlagen und Zeugnisse er verfügte. Sein Handlungsspielraum war klein. Er mußte Zugeständnisse machen, ohne den Anfang des Ariadnefadens preiszugeben, den der Deutsche bis zum Kern zurückverfolgen konnte.

«‹Erkenntnis› bearbeitete den Lehrlings-, Gesellen- und Meistergrad.»

«... und den Meistergrad», wiederholte der Kommandant. «Sehr ungewöhnlich. Hatten Sie denn so viele geheime Unterredungen?»

«Ein Erfordernis rein ritueller Natur. Wenn die Meister sich versammeln, sind Gesellen und Lehrlinge nicht zugelassen.»

«Natürlich nicht, Ehrwürdiger ... aber nichts zwang die Meister von ‹Erkenntnis› dazu, so häufig die ‹Mittlere Kammer› einzuberufen. So lautet der übliche Ausdruck, nicht wahr? An solchen Abenden haben Sie sich doch nicht nur der Rituale wegen getroffen ... Was genau haben Sie getan? Was haben Sie da ausgeheckt?»

Der Ehrwürdige räusperte sich. Nahezu im selben Augenblick glitt der Lehrling Jean Serval von seinem Stuhl und sackte leblos auf das Parkett des Speisezimmers. Seine Brüder wollten ihm zu Hilfe eilen, doch die SS-Soldaten hielten sie zurück. Der Ehrwürdige sprang auf.

«Keiner rührt sich!» befahl der Kommandant.

«Ich bin Meister vom Stuhl und Arzt», gab François Branier in herausforderndem Ton zurück. «Meinem Bruder Serval ist unwohl. Ich lege Wert darauf, ihn selbst zu behandeln. Bringen Sie uns in die Krankenstation. Wir werden unser Gespräch später weiterführen. Andernfalls verlange ich, daß Sie uns sofort niederschießen lassen.»

Der Lagerkommandant wog die Situation in Sekundenschnelle ab. Der Zwischenfall bewies ihm, daß die Brüder von ‹Erkenntnis› nicht getrennt werden wollten. In der Gemeinsamkeit lag ihre Stärke. Wenn er den Ehrwürdigen in der Krankenstation behielt, würde er ihre Widerstandskraft schwächen.

«Das Abendessen ist beendet. Der Meister und der Patient kommen in die Krankenstation. Die anderen in den roten Block.»

Der Kommandant erhob sich steif, würdevoll. Der Meister empfand einen seltsamen Respekt für diesen Mann. Er war nicht zufällig ausgewählt worden. Besessen, aber klug, fanatisch, aber scharfsinnig, war er ein furchteinflößender Gegner. Seine Falle war über «Erkenntnis» zugeschnappt und würde sich nicht mehr öffnen.

Zwei SS-Männer packten Jean Serval und schleppten ihn zur Tür des Speisesaals. Die anderen Brüder mußten sich hintereinander aufreihen. Guy Forgeaud nutzte die Gelegenheit, um schnell noch ein Stück Soufflé herunterzuschlingen.

«Einen Augenblick noch! Helmut ...»

Der Adjutant brachte dem Kommandanten einen Korb mit den Uhren und Ringen der Brüder. Der Kommandant griff hinein und ließ sie aneinanderklirren.

«In der Freimaurerei nennt man das ‹Metalle›. Sie legen sie vor jeder ‹Sitzung› am Tempeleingang ab. Danach erhalten Sie sie zurück ... Diesmal bin ich derjenige, der darüber entscheidet. Versuchen Sie, gute Arbeit zu leisten, wenn Sie die Freiheit wiedererlangen wollen ...»

Der Meister und Jean Serval, der noch immer bewußtlos war, wurden zu einem grünen Block gebracht. Er lag zurückversetzt zwischen der SS-Kaserne und den Duschen. Ein Soldat stand ständig vor dem Eingang Wache. Alles ging sehr schnell, als fürchteten die SS-Männer, sich bei einem der Kranken anzustecken, und wollten diese lästige Aufgabe möglichst rasch hinter sich bringen. Serval wurde unsanft auf den gestampften Lehmboden gelegt. Den Meister stieß man nach vorn. Taumelnd bewahrte er sein Gleichgewicht. Die Tür schlug zu.

Zuerst war es vollkommen dunkel. Nur das Atmen und Stöhnen der Kranken war zu hören. Plötzlich glomm ein schwacher Lichtschein auf. Eine Kerze, versteckt in einem Karton.

Ein Hüne mit rötlichem Bart baute sich vor dem Meister auf. Er war über zwei Meter groß. Er trug eine Kutte und als Gürtel einen Rosenkranz. Ein Mönch.

«Wer sind Sie?», fragte er barsch. «Was haben Sie hier zu suchen?»

«Mein Name ist François Branier. Ich bin Arzt. Ich bringe einen Kranken.»

«Und Sie, sind Sie auch krank?»

«Nein. Ich will meinen Freund behandeln und die Krankenstation übernehmen.»

Lautes, unerwartetes Gelächter dröhnte durch die Dunkelheit. Der riesige Körper bebte.

Der Meister wartete, bis der Geistliche seinen Lachanfall überwunden hatte.

«Ich bin Bruder Benoît», erklärte der Mönch schließlich, «und ich kümmere mich seit vierzehn Tagen um die Krankenstation. Zum Glück gab es keinen Arzt in dieser Festung. Sonst wären all die armen Teufel, die da liegen, längst tot.»

«Wie behandeln Sie die Kranken?»

«Ich behandele nicht, ich heile. Mit Kräutern und Magnetismus. Krank wird man hier von der Kälte oder dem Essen. Mit meinen Händen magnetisiere ich. Mit den Kräutern dräniere ich und beuge Infektionen vor. Wenn Sie etwas Besseres zu bieten haben, überlasse ich Ihnen das Feld.»

«Die Kräuter ... woher bekommen Sie die?»

«Einmal pro Woche darf ich nach draußen, von einem ganzen SS-Bataillon bewacht. An Flucht ist nicht zu denken. Aber die Berge erwachen allmählich aus dem Winterschlaf. Man findet noch nicht alles, aber ich tue, was ich kann. Ich habe auch einen SS-Mann behandelt, der sich heftigen Durchfall und eine beginnende Bronchitis eingefangen hatte ... seitdem habe ich einen guten Ruf. Und das wird mir nützlich sein, wenn ich erst ein paar Burschen mit Mumm in den Knochen gefunden habe.»

«Kennen Sie alle Gefangenen im Lager?»

«Sie und Ihren kranken Freund nicht. Sind Sie mit einem Transport angekommen?»

«Wir sind zu siebt», antwortete der Meister.

«In diesem Gefängnis sitzen mehr als dreihundert Menschen», erläuterte der Mönch, «davon etwa zwanzig in der Krankenstation. Einige Überlebende, die seit einem halben Jahr hier sind, haben berichtet, daß es vor meiner Ankunft gut hundert Todesfälle gegeben hat. Die Kälte, die Unterernährung ...»

«Haben Sie die Krankenstation ins Leben gerufen?»

«Vergrößert. Es war nur ein Kabuff. Sie waren der Ansicht, daß diese Art von Gefangenen gegen gesundheitliche Probleme gefeit sein müßten, selbst unter den schlechtesten Bedingungen.»

«Welche Art von Gefangenen?»

Der Mönch musterte sein Gegenüber argwöhnisch.

«Leute, von denen angenommen wird, daß sie über Macht verfügen ... Magier, Astrologen, Seher ... Die SS glaubt an psychische Energien. Sie ist überzeugt, daß diese armen Teufel großartige Geheimnisse besitzen, die sie als Waffen einsetzen will, um den Krieg zu gewinnen. Beeinflussung auf Distanz, Zauberei und andere Ammenmärchen ... Dabei gibt es nur zwei wahre Geheimnisse: Gott und den Glauben.»

Der Lehrling Jean Serval hörte auf, den Kranken zu mimen. Er öffnete die Augen und richtete sich auf. Die Worte des Mönchs hatten ihm Vertrauen eingeflößt. Um so überraschter war er, als eine eiserne Faust ihn packte und hochhob wie einen Sack Kartoffeln.

«Was soll das denn heißen?» donnerte der Mönch.

«Eine List, um uns Zugang zur Krankenstation zu verschaffen», erklärte der Meister.

Der Mönch stellte Serval wieder auf die Füße.

«Und Sie, über welche Kräfte verfügen Sie?»

«Angeblich besitzen wir ein Geheimnis», antwortete der Meister.

«Nämlich?»

«Reine Einbildung der SS.»

Skeptisch strich sich der Mönch über den Bart.

«Wissen Sie, wer das Lager befehligt?»

«Wir haben mit dem Kommandanten zu tun gehabt, mit seinem Adjutanten und mit einem SS-Offizier, der uns seit Compiègne begleitet. Namen und genauen Rang weiß ich nicht. Ich kenne nur die Vornamen des Adjutanten und des Offiziers, Helmut und Klaus. Sie sprechen ausgezeichnet Französisch, ohne jeden Akzent.»

«Kein Wunder. Dieser SS-Verband ist etwas Besonderes», erklärte der Mönch. «Er gehört zum *Ahnenerbe*: eine Spezialstaffel, die sich mit parapsychischen Fähigkeiten beschäftigt und mit jenen, die sie besitzen. Sie hat ihre eigene Hierarchie und führt ihren eigenen Krieg. Nun, Monsieur Branier, Sie sind also kein gewöhnlicher Bürger. Ebensowenig wie Ihre sechs Kameraden. Hier heißt es mit offenen Karten spielen, oder wir sind erledigt. Ich frage noch einmal: Was ist Ihr Geheimnis?»

«Kümmern Sie sich zuerst um meinen Freund Jean Serval. Danach reden wir weiter. Wenn die Deutschen kontrollieren kommen, müssen sie einen Kranken sehen.»

Die Zornesröte stieg dem Mönch ins Gesicht. Wäre er kein Mann Gottes gewesen, so hätte er diesen bärbeißigen Kerl, der keinen Fußbreit Boden preisgab und ihn überdies für dumm verkaufen wollte, allzugern gepackt und gebeutelt.

«Da lang», befahl der Mönch Jean Serval. «Hinlegen und warten.»

Im rückwärtigen Teil der Krankenstation standen etwa zwanzig Etagenbetten in vier Reihen. Nur eine Decke für jeden Kranken, obwohl die Temperatur zehn Grad nicht überstieg. Jean Serval legte sich auf eines der unteren Betten.

Der Meister registrierte erstaunt, wie sauber die Räumlichkeiten waren. Der Mönch mußte Übermenschliches leisten, um dieses Behelfskrankenhaus zu unterhalten. Der Hüne führte François Branier in eine Kammer, in der ein Strohsack lag, zu kurz, als daß man die Beine hätte ausstrecken können. Der Raum war niedrig und feucht. Der unwirtlichste Winkel der ganzen Krankenstation. Der Mönch hatte die Kerze mitgebracht und ließ die Kranken im Dunkeln ruhen.

«Haben Sie Medikamente?» fragte der Meister.

«Einen kleinen Vorrat. Aspirin und Desinfektionsmittel. Die SS ist besser ausgerüstet. Ich gebe die Hoffnung nicht auf, bei Gelegenheit diskret etwas abzweigen zu können. Mit den Kräutern vollbringe ich wahre Wunder. Irgendwie geht es immer. Gott verläßt uns nicht.»

«Möge er Ihren Worten Gehör schenken ...»

«Wie können Sie daran zweifeln?» fragte der Mönch mit hochgezogenen Augenbrauen.

«Meine sechs Brüder und ich, wir sind Freimaurer. Ich habe das Amt des Meisters vom Stuhl inne. Unsere Loge heißt ‹Erkenntnis› und arbeitet zu Ehren des Allmächtigen Baumeisters aller Welten.»

Ein langes Schweigen folgte diesem Geständnis. Der Mönch war schockiert und wie versteinert. Der Meister wartete geduldig auf eine Reaktion. Er kannte die Feindseligkeit der Kirche gegenüber der Freimaurerei. Doch ihm blieb nichts anderes übrig, als die Wahrheit zu sagen, ohne Beschönigungen. In der gegenwärtigen Situation war es wichtiger denn je, Verbündete und Gegner zu erkennen.

«Als ich hier ankam», sagte der Mönch schließlich, «wußte ich, daß ich dem Teufel begegnen würde. Aber ich wußte noch nicht in welcher Gestalt.»

Der Mönch setzte sich auf den Rand des Strohlagers. Der Meister ebenfalls. Sie saßen beinahe Seite an Seite.

«Der Teufel ... Sie übertreiben.»

«Gott ist kein Freund von Haarspaltereien. Die Lauen speit er aus.»

«Da gibt es für meine Logenbrüder nichts zu fürchten.»

«Weil sie Fanatiker sind?»

«Nein. Männer, die für ihr Ideal und ihre Wahrheit einstehen.»

«Es gibt keine Wahrheit außer in Gott.»

«Das kommt darauf an, was man unter Gott versteht», sagte der Meister. «Doch jetzt gibt es Dringlicheres ... kämpfen wir gemeinsam oder jeder für sich?»

Der Mönch verschränkte die Finger und ließ die Gelenke knacken.

«Ich verbünde mich nicht mit dem Feind.»

«Ich, der Feind! Gestatten Sie mir die Bemerkung, Hochwürden: Sie reden dummes Zeug.»

«Meister vom Stuhl oder nicht, ich glaube, ich werde Ihnen die Fresse polieren.»

«Das wäre ein Jammer für uns beide. Ich habe nämlich nicht die Absicht, die linke Backe auch noch hinzuhalten.»

Der entschlossene Ton des Meisters verblüffte den Mönch.

«Na, Sie haben die Pfaffen wohl gefressen?»

«Da hätte ich mir schön den Magen verdorben, Hochwürden!»

«Aber Christ sind Sie auch nicht gerade, oder?»

«So weit würde ich nicht gehen ... Sie sind auf Gottes Seite, ich auf der des Allmächtigen Baumeisters aller Welten. Die beiden müssen sich keine Schlägerei liefern.»

«Das können sie gar nicht: Gott existiert, der Allmächtige Baumeister nicht. Er ist nur eine Vorstellung.»

«Sie haben mir noch nicht gesagt, ob wir Hand in Hand arbeiten.»

«Haben Sie vergessen, daß Sie exkommuniziert sind?»

«Hier ja.»

«Der Ort tut wenig zur Sache. Sie gehören einer Sekte an, die gegen die Kirche intrigiert. Sie haben Priester verleumdet, Sie haben Mönche vertreiben lassen, die friedlich in ihren Klöstern lebten, Sie haben Gott beleidigt. Und jetzt wollen Sie, daß ich Ihnen die Hand reiche?»

«Glaube sollte nicht blind machen. Einige Bischöfe sind auf haltlose Verleumdungen und antimaurerische Propaganda hereingefallen. In diesem unsinnigen Spiel mit gefälschten Karten zwischen Kirche und Freimaurerei haben sich beide Parteien an Niederträchtigkeit geradezu überboten. Während sie sich gegenseitig zerrissen haben, konnten Materialismus, Faschismus und Wahnsinn unbehelligt gedeihen. Wir sind beide verantwortlich für diesen Krieg und seine Schrecken, Hochwürden. Ihre Kirche und meine Freimaurerei haben ihre Mission verfehlt.»

«Billige Philosophie. Die Kirche ist nie von ihrem Weg abgewichen.»

«Vergessen Sie nicht den einen oder anderen Völkermord im Namen Gottes?»

«Ein Atheist wie Sie kann die Geschichte nicht begreifen. Die Pläne Gottes wirken durch uns und auch gegen unseren Willen.»

«Bequeme Philosophie. Auch die Tradition der Einweihung ist nie von ihrem Weg abgewichen. Es tut wenig zur Sache, was die Freimaurer heute aus der Einweihung machen. Sie steht über den menschlichen Schwächen. Sie hat niemals im Namen eines Dogmas ein Massaker gefordert.»

Die Tür der Krankenstation öffnete sich und ließ einen Schwall kalter Luft herein. Klaus, der höhere Offizier, trat ein. Er warf einen Blick auf die Patienten und entdeckte dann den Mönch und den Meister in der Kammer.

«Geht es unserem kranken Freimaurer besser?» fragte er den Mönch.

«Drei Tage Bettruhe und Kräutertee», brummte Bruder Benoît.

«Konnten Sie sich mit Meister Branier einigen? Wer von Ihnen wird die Krankenstation leiten?»

Der Meister betrachtete angelegentlich seine Schuhe. Der Mönch antwortete.

«Hier gibt es Arbeit für zwei. Zu viele Kranke. Rauhes Klima und ungesunde Ernährung. Ich fürchte eine Epidemie. Sie wird niemanden verschonen.»

Der Mönch galt als ernstzunehmender Mann. Er hatte seine Fähigkeiten unter Beweis gestellt. Der Kommandant hatte angeordnet, ihn nicht zu mißhandeln, bevor er nicht das ganze Ausmaß seiner Kenntnisse enthüllt hatte. Eine Epidemie war eine echte Bedrohung. Keiner der SS-Männer besaß ausreichend medizinische Kenntnisse, um den Ernst der Lage einzuschätzen. Das *Ahnenerbe* hatte sie in anderen Fertigkeiten geschult. Sie wußten, wie man den Geist seziert und den Körper foltert, nicht, wie man ihn heilt. Es war unmöglich, auf einen von der Naziverwaltung entsandten Arzt zu warten.

«Tun Sie, was nötig ist. Ich erwarte tägliche Berichte.»

Eilig verließ der Offizier die Krankenstation, als wolle er vor Pestinfizierten fliehen. Die Tür schlug zu.

«Ich freue mich über unser Bündnis», sagte der Meister.

«Machen Sie sich nichts vor», antwortete der Mönch. «Ich habe durchaus nicht die Absicht, mit Ihnen zusammenzuarbeiten. Doch ich denke nicht daran, Ihnen das letzte Wort zu überlassen. Dieser Dummkopf hat unser Gespräch gerade in dem Moment unterbrochen, als Sie Ungeheuerliches von sich geben wollten.»

«Das wäre?»

«Wir sehen morgen weiter. Jetzt müssen wir schlafen. Das brauchen wir, um durchzuhalten. Sie sind nicht krank, Sie haben in den Betten nichts verloren. Dieses Kabuff dürfte allemal gut genug sein für einen Meister.»

«Und Sie? Wo schlafen Sie?»

«An der Tür. Wenn die SS aufkreuzt, will ich es als erster mitbekommen.»

Der Meister streckte sich aus und gab den Kampf gegen den Schlaf auf. Sein ganzer Körper war verkrampft vor Erschöpfung. Kurz bevor er sich dem erholsamen Nichts überließ, dachte er wie jeden Abend noch einmal an seine Brüder. Er sah sie vor sich, hielt stumme Zwiesprache mit ihnen und versuchte, ihnen das zu übermitteln, was ihm an Hoffnung noch blieb.

Bevor er die Augen schloß, warf er noch einen Blick auf den schweren Körper des Mönchs, der sich an der Tür niedergelegt hatte. Er war sicher, daß tausend SS-Männer nicht die Kraft hätten, ihn dort wegzuschaffen.

Kapitel 8

«Aufstehen!»

Der Meister wurde unsanft gerüttelt. Er schlug die Augen auf, in der Hoffnung, ein behagliches, lichtdurchflutetes Zimmer zu erblicken und den Duft von frischem Kaffee zu riechen. Doch er sah nur die düstere Krankenstation der Nazifestung und das strenge Gesicht des Mönchs.

«Es ist spät. Wachen Sie auf.»

«Wieviel Uhr?»

«Die Sonne dürfte schon vor einer Weile aufgegangen sein. Es gibt viel zu tun. Wenn Sie sich erleichtern müssen, dahinten in der Ecke stehen Eimer. Wir leeren sie, wenn die SS-Männer es uns erlauben.»

Der Meister streckte sich. Der Mönch betrachtete ihn wie einen ungeratenen Schüler.

«Sie haben nicht genug Bewegung, Meister. Sie verbringen zuviel Zeit am Schreibtisch.»

François Branier starrte den Mönch aufgebracht an.

«Seit mehr als zwei Jahren schlafe ich jede Nacht in einem anderen Bett. Ich bin Tausende von Kilometern durch ganz Europa gereist, mit allen erdenklichen Transportmitteln. Und das nennen Sie nicht genug Bewegung?»

Der Mönch lächelte gutmütig.

«Nun fühlen Sie sich mal nicht gleich auf den Schlips getreten, Meister. Sie sind ganz schön empfindlich. Ich bleibe dabei: Ein wenig Gymnastik würde Ihnen guttun. Im Kloster haben wir eine einfache Technik, um nicht einzurosten. Sehen Sie her.»

Der Mönch atmete tief durch, setzte die Hände auf die Hüften und drehte den Oberkörper rasch hin und her.

Dann berührte er mit den Fingerspitzen zehnmal bei durchgestreckten Knien die Zehen.

Der Meister zuckte die Achseln.

«Das sollten Sie täglich machen. Kommen Sie nach hinten, wenn Sie soweit sind. Ein Patient macht mir Sorgen.»

Der Meister wartete, bis der Mönch außer Sichtweite war, und versuchte dann seinerseits, die Zehen mit den Fingerspitzen zu berühren. Doch er mußte die Knie beugen. Verdrossen gab er auf und folgte dem Mönch ans Bett eines schweratmenden Alten.

«Ein Astrologe aus Nizza», erläuterte der Mönch. «Weißrusse. Er hatte den Kriegsausbruch vorhergesagt, doch über sein eigenes Schicksal hat er sich getäuscht.»

Der Meister untersuchte den Astrologen. Er hatte keine Kraft mehr zu sprechen.

«Wir können ihn nur noch in Frieden sterben lassen», befand der Meister leise, als der Mönch und er wieder in der Kammer waren und der Hüne in einem Mörser Kräuter zerstieß, um einen Absud zuzubereiten.

«Ist das Ihre Diagnose?»

«Leider ...»

«Da bin ich anderer Ansicht. Dieser Alte ist zäh. Er hält eine Art Winterschlaf. Das kann er lange durchhalten.»

«Und Serval? Warum schläft er noch? Im Vorbeigehen habe ich ihn gerüttelt, aber er ist nicht aufgewacht.»

«Normal», antwortete der Mönch. «Ich habe ihm eine pflanzliche Droge verabreicht. Ein Freimaurer genügt mir. Ein bißchen krank muß er schon aussehen. Außerdem wird der Schlaf seinen Nerven guttun.»

Der Meister kam nicht dazu, dem Mönch zu sagen, was er von seinen Methoden hielt: Klaus, der höhere Offizier, stürmte in die Krankenstation.

«Den Bericht», verlangte er. «Die Epidemie?»

«Zwei verdächtige Fälle», antwortete der Mönch, ohne seine Arbeit zu unterbrechen. «Eine Art Diphtherie.»

«Ihre Meinung, Doktor Branier?»

«Die Hypothese ist wahrscheinlich zutreffend.»

«Ich will Gewißheit, und zwar schnell», verlangte Klaus.

«Ich brauche frische Kräuter», gab der Mönch zurück.

«In Ordnung», räumte Klaus ein. «Aber Sie teilen sich die Arbeit ja jetzt. Sie waren vor zwei Tagen draußen, Bruder Benoît. Also ist der Meister an der Reihe.»

Der Mönch legte seinen Stößel aus der Hand und wandte sich dem SS-Mann zu.

«Er versteht nichts davon. Er wird mir die falschen Pflanzen bringen.»

«Er wird es schon lernen ... Sie wechseln sich ab: Das ist ein Befehl! Sie gehen zu oft hinaus, Bruder Benoît. Man könnte meinen, Sie hecken einen Fluchtplan aus ...»

Der Blick des Mönchs blieb undurchsichtig.

«Wie Sie wollen. Meister, sammeln Sie dort, wo man Sie hinbringt, so viele Kräuter wie möglich. Was wir nicht brauchen können, sortieren wir dann aus.»

François Branier bedachte den Benediktiner mit einem freundschaftlichen Klaps auf die Schulter.

«Auch wenn Sie mich nicht gerade für einen ausgezeichneten Arzt halten, Hochwürden, an das eine oder andere aus der Kräuterkunde erinnere ich mich noch ... Passen Sie gut auf unsere Patienten auf.»

Als er die Krankenstation unter SS-Bewachung verließ, warf der Meister einen Blick auf den roten Block. Die beiden Fenster waren mit Brettern verbarrikadiert. Der Festungshof war leer.

«Ich brauche Medikamente», sagte der Meister dem Offizier.

«Dafür bin ich nicht zuständig.»

«Wer entscheidet darüber?»

«Der Lagerkommandant.»

«Dann sprechen Sie mit ihm.»

«Ich habe strenge Anweisungen, Meister. Wenn Sie etwas wollen, müssen Sie etwas zum Tausch anbieten.»

Die Morgenluft war kühl, der Himmel blau und wolkenlos. Der Wind brachte Frühlingsdüfte. Neues Leben erwachte. Er verspürte Lust zu schreien, um den Alptraum zu vertreiben, um diese Nachtvögel in ihren schwarzen Uniformen zu verscheuchen.

«Einverstanden. Ich bin bereit zu verhandeln.»

Der Offizier blickte den Meister verächtlich an. Mitten im Hof ließ er ihn stehen und verschwand im Turm.

Die SS-Männer, die François Branier bewachten, ignorierten ihn völlig. Die reinsten Salzsäulen. Der Meister dachte an die Bemerkung des Offiziers: Sicher hatte der Mönch bei seinen Ausflügen zum Kräutersammeln einen Fluchtplan ausgeheckt. Warum gestattete man es nun dem Meister, die Festung zu verlassen? Um ihn diskret zu beseitigen, um die Loge ihres Anführers zu berauben?

Ein paar Minuten später stand François Branier vor dem Kommandanten, flankiert von seinem Adjutanten. Im Büro war es angenehm warm.

«Sie wollten mich sprechen, Meister?»

«Ich brauche Sulfonamide, Analgetika ...»

«Um Versorgungsfragen kümmere ich mich nicht», unterbrach ihn der Kommandant. «Ich will das Wesentliche, Meister. Alles andere ist mir gleichgültig.»

«Können Sie mir die Mittel besorgen?»

Der Kommandant warf seinem Adjutanten einen fragenden Blick zu; der nickte.

«Ihre Ansprüche sind maßlos, Doktor Branier.»

«Was Sie dem Mediziner verweigern, gewähren Sie vielleicht dem Meister?»

Der Kommandant lächelte.

«Das ist durchaus möglich. Reine Verhandlungssache. Was hat mir der Meister zu bieten?»

François Branier sank in sich zusammen.

«Interessieren Sie sich für den letzten Arbeitsplan meiner Loge?»

Die Nasenflügel des Kommandanten bebten. Es war ihm noch nicht gelungen, verläßliche Informationen darüber zu erhalten, mit welchen Themen sich die Brüder von «Erkenntnis» beschäftigten.

«Das wäre ein Anfang, Meister ...»

Die Kehle des Meisters war trocken. Er manövrierte sich in eine Sackgasse. Er murmelte ein paar unverständliche Worte, dann hatte er sich wieder in der Gewalt.

«Wir haben die Menschenrechte studiert, die Einbindung des Individuums in die Gesellschaft und die ...»

«Sie wollen mich zum besten halten, Meister.»

Der Lagerkommandant war blaß geworden. Kalte Wut hatte ihn gepackt.

«Nein!» rief der Meister. «Lassen Sie mich doch ausreden, verdammt!»

François Branier hatte das Unmögliche versucht. Er mußte die Situation retten. Nun blieb ihm nichts anderes übrig, als eine echte Information preiszugeben. Der Kommandant wußte zu gut Bescheid. Er ließ sich nicht hinters Licht führen.

Der Adjutant war angespannt. Er erwartete eine heftige Reaktion seitens des Kommandanten. Niemand hatte jemals gewagt, in diesem Ton mit seinem Vorgesetzten zu sprechen. Doch der SS-Mann blieb starr und belauerte seine Beute.

«Mit ‹wir›», fuhr François Branier fort, «meinte ich die gesamte übrige Freimaurerei, die sich mit Moral beschäftigte, mit Bürgersinn, mit Ausbildung und tausend anderen profanen Themen. Die Erkenntnisloge wurde ins Leben gerufen, um diese Schiene zu verlassen. Ihr letztes Arbeitsthema war die Regel.»

Der Kommandant verbarg seinen Triumph. Die Regel … diese großartige Kriegsmaschine, die Menschen zusammenschweißte, ihnen zu einer unerschütterlichen Einheit verhalf, die sie befähigte, jeden erdenklichen Sieg davonzutragen. Die Regel, die es wenigen Eingeweihten und Mönchen ermöglicht hatte, ganz Europa zu zivilisieren, und mit deren Hilfe sich die Templer zu einer einflußreichen Finanzmacht entwickelt hatten … die Regel, der die Forschungsabteilung des *Ahnenerbe* so viele fruchtlose Recherchen gewidmet hatte.

«Ich brauche Einzelheiten, Meister …»

François Branier registrierte den leicht ironischen Ton des Kommandanten. Sicher hatte der Deutsche kilometerweise Seiten von Regelwerken der Obödienzen gelesen, ganze Bände aus den Verwaltungsarchiven. Doch der SS-Mann hatte diesen schützenden Vorhang aus Schall und Rauch durchdrungen. Vom offiziellen Schmierentheater der «Großmeister» und «Großbeamten», die ordenbehängt nichtssagende Reden hielten, hatte er sich ebensowenig täuschen lassen.

«Wir verwahren ein Dokument mit dem Titel ‹Die Meisterregel›. Es stammt aus der Anfangszeit des Christentums und verwendet Quellen aus dem Nahen Osten. Sein offizieller Teil wurde zur Grundlage der ersten großen Klöster. Sein geheimer Teil ist in die Einweihungstradition der Dombauhütten eingegangen.»

Der Adjutant schrieb mit unglaublicher Geschwindigkeit. Seine Feder flog geradezu übers Papier. Er wußte, der Kommandant würde es ihm nicht verzeihen, wenn auch nur ein Wort aus dem Mund des Meisters fehlte. Endlich würde der Deutsche die Früchte seiner Mühen ernten. Er hatte den Mann und die Loge in Gewahrsam, die ihm das Geheimnis der Freimaurerei enthüllen konnten, das Geheimnis ihrer Macht, ihres Einflusses auf die Welt. Ein Schlüssel, mit dessen Hilfe sich das Reich zum größten Imperium aller Zeiten entwickeln würde. Himmler war überzeugt, daß die Manipulation der Seelen nicht nur das wirksamste Mittel war, um den Krieg zu gewinnen, sondern auch, um danach eine dauerhafte Herrschaft zu begründen.

Der Kommandant hatte in seiner Laufbahn alles auf eine Karte gesetzt: die Freimaurerei. Die anderen Mitglieder des *Ahnenerbe*, dieses Naziorgans, das beauftragt war, die okkulten Kräfte wie Hochpräzisionswaffen einzusetzen, glaubten nur an die nordischen Traditionen und an die tibetanische Mystik. Man hatte sogar ein Sonderkommando nach Lhasa gesandt, um die Geheimnisse der tibetanischen Zauberer zu ergründen. Die Freimaurerei wurde gemeinhin als leere Hülle betrachtet, zwar als eine überstaatliche Gesellschaft, die jedoch nur aus Intriganten und Stammtischphilosophen bestand. Der Kommandant dagegen war überzeugt, daß sie noch eine bedeutsame Botschaft hütete. Als der Sicherheitsdienst das Gebäude des «Großorients von Frankreich» besetzt hatte, waren ihm zahlreiche Dokumente in die Hände gefallen. Die Gründung des *«Service des sociétés secrètes»** im Juni des Jah-

* Etwa «Dienst für Geheimgesellschaften»: von der Vichy-Regierung aufgestellte Spezialeinheit zur Bekämpfung der Freimaurer (A. d. Ü.).

res 1942 mit der Unterstützung von Bernard Fay, dem Leiter der französischen Nationalbibliothek, hatte einen weiteren Schritt hin zur Unterdrückung bedeutet. Der Verrat durch maurerische Würdenträger hatte dieses weitläufige Spinnennetz vervollständigt, und der Kommandant einer abgelegenen Festung in den Bergen bildete dessen Mitte.

Heute konnte er diesen unermeßlichen Sieg auskosten. Der Meister von «Erkenntnis» stand vor ihm, und er war gezwungen zu sprechen.

«Wo befindet sich dieses Dokument, Meister?»

«Nirgends. Es ist nicht niedergeschrieben. Es besteht aus einer Vielzahl von praktischen Anweisungen.»

Der Kommandant verspürte den Freudentaumel all jener, die ihr Ziel in Reichweite sehen. Diese «praktischen Anweisungen» mußten psychische Mittel sein, mit denen man das menschliche Verhalten beeinflussen, ein politisches Programm etablieren, eine geduldig vorbereitete Revolution auslösen konnte.

Der Meister begann, das Wesentliche zu enthüllen. Nun konnte er nicht mehr zurück.

«Ich nehme an, Sie kennen Ihre Regel auswendig.»

«Jeder Bruder verfügt nur über ein Bruchstück dieser Wahrheit. Man muß verstreute Einzelteile sammeln, sie angleichen, sie ordnen ... Doch zuerst will ich meine Pflichten als Arzt erfüllen. Man hat Ihnen sicher von zwei diphtherieverdächtigen Fällen und von der Gefahr einer Epidemie berichtet. Ich brauche Medikamente.»

«Ich habe vollstes Vertrauen in die Fähigkeiten des Mönchs», antwortete der Kommandant. «Er ist ein begabter Heiler. Man wird Sie Kräuter sammeln lassen. Das muß genügen, um Komplikationen zu verhindern. Wir unterhalten uns morgen weiter. Mein Adjutant wird Ihnen unverzüglich ein Arbeitszimmer einrichten lassen, in dem

Sie mit Ihrem Bericht beginnen können. Es wird bald verfügbar sein. Viel Erfolg beim Sammeln, Meister.»

Zwei SS-Leute führten François Branier hinaus.

«Heute ist ein großer Tag», vertraute der Kommandant seinem Adjutanten an. «Ein bahnbrechendes Ereignis, Helmut, ein Meilenstein in der Geschichte des Reiches ... Endlich werde ich das Geheimnis der Freimaurerei lüften.»

Ein trister Spaziergang an der Gebirgsflanke, der Frühling plötzlich wie erstarrt. Der höhere Offizier Klaus und ein Dutzend SS-Männer bewachten den Meister. Über Wiesen stiegen sie zu einem riesigen Felsblock hinauf, hinter dem, vor Wind und Kälte geschützt, ein Kräuterbeet angelegt war. Der Meister ließ sich auf die Knie nieder und begann mit dem Sammeln. Der Mönch hatte recht. Hier wuchsen Pflanzen gegen allerlei Leiden. Er pflückte Schöllkraut, Eisenhut, Quendel, Löwenzahn und Ringelblume. Wenn man wußte, wie Absud und Tee zuzubereiten waren, konnte man damit Wunden desinfizieren, Lebererkrankungen, Erkältungen und Depressionen bekämpfen.

Die Erde war feucht. Die fahle Sonne wärmte noch nicht. Von SS-Männern umringt wie ein Tier in der Falle, verspürte der Meister den Drang, einfach aufzugeben. Ein Fluchtversuch den Hang hinauf, rennen, bis ihn eine befreiende Gewehrsalve zu Boden warf. Das war wohl die einzige Möglichkeit, dieser Hölle zu entkommen. Hoffnung brauchte er nicht. Bei dem, was die Menschen aus dieser Erde gemacht hatten, lohnte es sich nicht, auch nur eine Sekunde länger zu bleiben. Doch da war noch die Loge ... die Loge, der die Nazis, die Gefängnisse, das Böse gleichgültig waren ... die Loge mit ihrer unumstößlichen Regel, die es einem Bruder verbot, seinen Launen nachzugeben.

Der Meister verwahrte die Pflanzen in einem Jutesack, der zuvor von einem SS-Mann kontrolliert worden war, schulterte ihn und begann den Abstieg zur finsteren, massiven Festung, die ihn still und leblos erwartete.

Auf halber Höhe des Hanges, an der Einmündung eines Graswegs, der in ein Fichtenwäldchen führte, lag ein grüngestrichenes Chalet. Ein einziges Fenster. In der Tür stand eine junge blonde Frau in einem rot-weißen Kleid und kehrte den Eingangsbereich, der voller Kiefernnadeln lag, die der Wind herbeigetragen hatte. Sie sah auf, einen Moment nur. Ihre Blicke trafen sich. Nun herrschte zwischen ihnen eine geheime Komplizenschaft, von der niemand etwas ahnte.

Eine Verbündete. Eine Verbündete außerhalb der Festung.

Auf dem Weg zu seinem Kerker versuchte der Meister, diese Wahnidee zu vertreiben, die nur auf einem flüchtigen Eindruck basierte. Es gelang ihm nicht. Hoffnung keimte in ihm.

Kapitel 9

«Guten Tag, Hochwürden. Sie scheinen bei ausgezeichneter Gesundheit.»

«Ausgezeichnet», antwortete der Mönch.

Der Kommandant schob einen Stapel Unterlagen beiseite, den sein Adjutant dienstbeflissen wegräumte.

«Entwickelt sich Ihre Zusammenarbeit mit Doktor Branier zu Ihrer Zufriedenheit?»

«Es fehlt uns an Arzneimitteln.»

«Bedauerlich, Hochwürden. Das sind die Entbehrungen des Krieges. Wir alle leiden darunter. Helmut, bringen Sie mir das Material.»

Der Adjutant legte fünf Spielkarten verdeckt auf dem Schreibtisch aus und reichte dem Kommandanten eine Wünschelrute.

«Wenden wir uns den ernsten Dingen zu», sagte der SS-Mann und sammelte sich.

Der Kommandant faßte die Enden der Rute mit Daumen und Zeigefingern und führte sie langsam über die Karten. Über der letzten Karte schlug die Rute aus. «Ich glaube, ich habe das Pikas gefunden», verkündete er.

Der SS-Mann deckte die Karte auf.

Ein Herzbube.

«Ach», murmelte er enttäuscht. «Ihr Unterricht reicht noch nicht aus, Hochwürden. Wir müssen weiterüben.»

Der Mönch hütete sich, dem Kommandanten die Radiästhesie korrekt beizubringen. Er gab ihm ebenso viele schlechte wie gute Ratschläge. Bisher hatte diese Mischung das erwartete Ergebnis gebracht. Der Deutsche kam keinen Schritt voran.

«Bevor wir mit dem Unterricht beginnen, möchte ich Sie um einen Gefallen bitten, Hochwürden. Es geht um eine Analyse von Handschriften.»

Der Adjutant nahm die Karten vom Tisch und legte statt dessen sieben sorgfältig ausgeschnittene und auf weiße Bögen geklebte Schriftproben aus.

«Nur Ihre Begabung als Rutengänger kann mir helfen, Licht in diese Angelegenheit zu bringen, Hochwürden. Dies sind Schriftzüge von Personen, die des Mordes beschuldigt werden. Eine dieser Personen ist der Anführer einer Bande, ein gefürchteter Verbrecher, bei dem viele Fäden zusammenlaufen. Es gelingt mir nicht, ihn zu identifizieren. Ich habe keine Wahl. Entweder, ich lasse sie alle hinrichten, oder Sie finden heraus, wer der Schuldige ist.»

Der Kommandant reichte dem Mönch die Wünschelrute. Als Bruder Benoît sie ergriff, überkam ihn ein Gefühl der Freiheit.

«Ich habe wenig Zeit, Hochwürden. Beeilen Sie sich.»

«Ihre Angaben sind zu ungenau.»

Der Kommandant zündete sich eine Zigarette an.

«Außerdem verfügt der Mann über ein militärisches Geheimnis und weigert sich zu sprechen. Finden Sie heraus, wer es ist.»

Der Mönch führte die Wünschelrute langsam über die Schriften und dachte dabei «Verbrechen». Nichts geschah. Dann programmierte er sich innerlich auf «Geheimnis». Die Rute schlug über der dritten Schriftprobe aus. Der Mönch wollte weitermachen und diese Reaktion verbergen, doch der Kommandant unterbrach ihn.

«Vielen Dank, Hochwürden. Soeben haben Sie Meister Branier gewählt.»

Ein Tag verstrich. Der Lehrling Jean Serval war für gesund erklärt und in den roten Block zurückgebracht worden.

Der Mönch und der Meister hatten die Kranken versorgt, abwechselnd geschlafen und nur medizinische Befunde über die Patienten ausgetauscht.

Nach den Berechnungen des Mönchs mußte es gegen acht Uhr abends sein. Zeit, sich ablösen zu lassen. Der Meister schlief in der Kammer. Der Mönch weckte ihn und setzte sich neben ihn.

«Ich habe keine Pflanzen mehr, Meister.»

«Dabei wollte ich Sie um einen Absud bitten. Eine Harnwegsinfektion, der Kranke in der ersten Reihe, zweites Bett ...»

«Nichts mehr da. Wir brauchen eine neue Ernte. Oder Medikamente.»

Der Mönch rieb sich die Hände, wie um sich aufzuwärmen.

«Eiskaltes Frühjahr. Sie stehen das ganz gut durch, Meister, für einen Städter.»

«Eine Frage des Glaubens. Die innere Wärme. Kennen Sie das, im Kloster?»

«Ganz sicher gibt es im bescheidensten Kloster mehr inneres Feuer als in allen Freimaurerlogen zusammen.»

«Das würde mich allerdings nicht überraschen, Hochwürden. Die Logen sind nicht dafür geschaffen, zusammengefaßt zu werden. Jedesmal, wenn eine Obödienz sie gruppiert und der Verwaltung unterstellt, ist alles im Eimer. Der Geist bleibt auf der Strecke. Jede Loge hat ihre eigene Seele.»

«Ein schönes Durcheinander ... wir Benediktiner haben die Regel, unsere heilige Mutter die Regel. Mit ihrer Hilfe haben wir Europa zivilisiert.»

«Da müßte man noch einmal ganz von vorn anfangen ...

Aber Sie haben recht. Die eingeweihten Maurer kennen Ihre Regel gut.»

«Blasphemie!»

Dem Mönch stieg das Blut ins Gesicht. An seinem Hals traten die Adern hervor. Unwillkürlich spannten sich seine Muskeln.

«Durchaus keine Blasphemie ... Was haben Sie denn aus Ihrer großartigen Regel gemacht? Glauben Sie, die Kirche habe sie wirklich praktiziert?»

«Die Kirche und der Benediktinerorden», brummte der Mönch, «sind zwei verschiedene Dinge.»

«Die Freimaurerei und meine Loge ebenfalls. Die geheime Regel: Das ist es, was der Lagerkommandant von mir erfahren will. Um sie dem Reich zu Füßen zu legen, darum verfolgt er meine Werkstätte seit Monaten. Heute ist er überzeugt, daß es ihm gelingen wird, diesen Schatz an sich zu reißen.»

«Hier überlebt man nur», sagte der Mönch, «solange man ein Geheimnis hütet. Aber Sie können unmöglich eine echte Regel besitzen.»

«Und weshalb nicht?»

«Weil Sie Atheisten sind, Ungläubige. Gott enthüllt sein Gesetz nur jenen, die ihn in die Tiefe ihrer Seele einlassen.»

«Ungläubige ... das trifft es nicht ganz. Unsere persönlichen Glaubensansichten zählen nicht, das ist wahr. Wir sprechen nicht darüber. In unseren Augen sind sie bedeutungslos. Manche Brüder kenne ich seit fünfzehn Jahren. Und ich weiß nicht, woran sie glauben und wen sie wählen. Ich weiß nur, daß wir alle zu Ehren des Allmächtigen Baumeisters aller Welten arbeiten.»

«Ein Trugbild, ein Hirngespinst, ein ...»

«Nein, Hochwürden. Ein Symbol für den Schöpfer. Den Allgegenwärtigen. Wenn Christus mit einem Zirkel den

Plan des Weltalls entwirft, dann erfüllt er die Aufgabe des Allmächtigen Baumeisters. Und mit diesem Namen benennen ihn auch die ersten christlichen Texte.»

Der Mönch hob die Brauen.

«Haben Sie die etwa gelesen?»

«Alle heiligen Schriften gehen uns an. Alle spirituellen Erfahrungen nähren uns.»

«Ein schönes Durcheinander ...»

«Da gibt es kein Durcheinander», entgegnete der Meister. «Dank der Regel. Mit ihrer Hilfe integrieren wir in unsere Suche, was hineingehört. Und vor allem erschaffen wir Menschen.»

«Nur Gott erschafft!» donnerte der Mönch.

«Die Einweihung ist eine zweite Geburt. So war es auch für Sie, als Sie Mönch geworden sind, als Sie sich von dem alten Menschen befreit haben, um als neuer Mensch wiedergeboren zu werden, um Ihrem Orden beizutreten.»

«Wenn ich auf Ihre Häresien hören würde, könnte ich beinahe glauben, daß uns nichts trennt.»

«Doch, es gibt einen Unterschied ... Sie haben beschlossen, der Welt zu entsagen, ich nicht.»

«Der Welt entsagen, ich?» empörte sich der Mönch. «Möge der Herr das Gegenteil bezeugen!»

«Wenn es so ist», schmunzelte der Meister, «habe ich wohl meine christliche Erziehung vergessen. Ich dachte, Mönche leben zurückgezogen in ihren Klöstern.»

«‹Mönche› ... das heißt gar nichts.»

«‹Freimaurer› ebensowenig ... Lassen wir doch diesen Kampf gegen Windmühlen. Sie sind ein Mönch aus dem Benediktinerorden, ich bin Meister einer Loge aus dem Alten und Angenommenen Schottischen Ritus. Das ist alles, was uns hier noch bleibt. Entweder kehren wir einander den Rücken, oder wir kämpfen gemeinsam.»

Der Mönch überlegte. Der Meister brach das Schweigen nicht. Die Pause tat ihm gut. Die Diskussion war heftig, der Gegner argumentierte hart, intelligent, verbissen. Zum ersten Mal sprach er so mit einem Mönch. Er hatte oft Gelegenheit gehabt, sich mit Geistlichen zu unterhalten, doch noch nie mit einem Benediktiner. François Branier dachte an die Vergangenheit, an jenes goldene Mittelalter, in dem es Mönchen und Baumeistern gelungen war, Hand in Hand zu arbeiten und Europa mit einem weißen Mantel aus Kathedralen zu überziehen. In dieser düsteren Krankenstation im Herzen einer Nazifestung würden der Mönch und der Meister vielleicht an diese einzig wahre Tradition anknüpfen. Doch noch standen so viele Hindernisse zwischen ihnen …

«Was Sie mir da vorschlagen, ist ungeheuerlich, Meister», begann der Mönch. «Mit einem Mann wie Ihnen kann ich nicht zusammenarbeiten. Das einzige, worauf ich mich einlassen kann, ist der Versuch, Sie zu bekehren.»

«Die Wette gilt.»

Das Röcheln eines Kranken unterbrach ihr Gespräch. Gemeinsam standen sie auf und kümmerten sich um ihn. Einfache, präzise Handgriffe. Ein Kräutertee. Tröstende Worte. Eine geschulte Technik, in der die beiden Männer einander ergänzten. Der Mönch hatte Absude zubereitet, die die Schmerzen linderten und die Kranken in Halbschlaf versetzten.

Sie kehrten in die Kammer zurück.

«Viele von ihnen werden nicht mehr lange durchhalten», bemerkte der Meister.

«Einer ist gestorben. Erste Reihe, unten rechts. Heute nacht, wenn die anderen schlafen, bringen wir ihn nach draußen.»

«Werden die SS-Männer das zulassen?»

«Wenn wir die übliche Prozedur einhalten. Wir schieben den Leichnam an den Schultern durch die Tür, so daß seine Füße sichtbar werden. Wir selbst dürfen uns nicht blicken lassen. Man würde uns sofort niederschießen. Ein schweres Maschinengewehr ist Tag und Nacht auf uns gerichtet.»

SS-Männer brachten zwei Töpfe Kohlsuppe. Es gab immer das gleiche. Essen mußte man trotzdem. Um durchzuhalten. Mit Hilfe der Kräuter dämmte der Mönch Magen- und Darmbeschwerden ein. Die unangenehme Aufgabe, die Toiletteneimer unter strenger SS-Bewachung zweimal täglich zu leeren, oblag ihm und dem Meister.

«Mir gehen die Arzneimittel aus, Meister. Sie müssen etwas unternehmen. Sie haben Möglichkeiten, den Kommandanten dazu zu bringen, daß er uns Medikamente bereitstellt.»

«Nämlich?»

«Er hat Fragen an Sie ... Sie müssen antworten und verhandeln.»

«Ich kann mir keine Antworten mehr aus den Fingern saugen. Der Kommandant kennt die tatsächliche Bedeutung meiner Loge. Mir bleibt keine Wahl. Fliehen oder sterben.»

«Selbstmord?»

«Auf keinen Fall.»

«Von hier zu fliehen ist unmöglich», stellte der Mönch fest. «Aus dieser Festung entkommt man nicht. Im Kampf sterben, eine Revolte anzetteln? Das käme einem Selbstmord gleich. Man müßte Waffen stehlen oder sich sonst etwas besorgen, womit man kämpfen kann ...»

«Und wenn der Krieg morgen zu Ende ist? Wenn wir nur durchzuhalten brauchen? Ist Ihr Gott nicht ein Gott der Hoffnung?»

«Kein Mensch kann Gottes Willen begreifen, auch ein Mönch nicht. Er kann sich bemühen, nach ihm zu leben, nicht mehr und nicht weniger. Bitten Sie um eine Unterredung mit dem Kommandanten, Meister. Verlangen Sie ein gutes Abendessen und denken Sie daran, möglichst viel davon zu stehlen. Enthüllen Sie ihm ein paar unbedeutende Geheimnisse. Kommen Sie mit den Medikamenten zurück, die wir brauchen, um Leben zu retten. Das wird eine große Premiere in der Geschichte der Menschheit sein: Ein Freimaurer, der zu etwas nütze ist!»

Im roten Block war die Moral der Brüder seit dem Verschwinden des Ehrwürdigen auf dem Tiefstpunkt.

Die Fenster waren verbarrikadiert. Sie lebten in Dunkelheit. Geduldig hatte der Schlosser Guy Forgeaud kleine Holzsplitter abgelöst, bis ein Spalt entstanden war, durch den man beobachten konnte, was im großen Hof vor sich ging.

Die Brüder hatten sich die Zeit eingeteilt. Sie zwangen sich, zu schlafen oder zu ruhen. Einer blieb wach und saß mit dem Rücken an die Tür gelehnt. Wenn die Essensrationen kamen, wurden sie nicht heruntergeschlungen. Trotz der Abwesenheit des Stuhlmeisters besannen sie sich auf die Regel, teilten die Nahrung und aßen langsam.

Der Lehrling Jean Serval kehrte nach drei Tagen Pflege aus der Krankenstation zurück. Zwei SS-Männer schoben ihn in den roten Block. In jeder gewöhnlichen Gemeinschaft wäre der Ankömmling mit Fragen bestürmt worden. Doch die Erkenntnisloge lebte anders. Zunächst herrschte Stille. Dann setzten sich die Brüder im Halbkreis um den Lehrling. Ein Meister, Pierre Laniel, ergriff das Wort.

«Wir sind glücklich, dich wiederzusehen, Bruder Lehrling. Wenn du uns berichten möchtest ...»

Laniels Stimme zitterte vor Ergriffenheit.

«Der Ehrwürdige lebt», sagte Serval. «Sie haben ihm die Krankenstation übertragen, ihm und einem Mönch, der die Patienten mit Kräutern behandelt. Er hat mich die ganze Zeit mit Arzneien betäubt. Ich habe geschlafen. Dann hat man mich hinausgeworfen.»

Die Brüder schienen enttäuscht.

«Darf er die Festung verlassen?»

«Einmal ist er, glaube ich, nach draußen geführt worden, um Kräuter zu sammeln ... Die hat er dem Mönch gegeben.»

«Wie versteht er sich mit dem Mönch?» fragte Dieter Eckart.

«Sie kümmern sich gemeinsam um die Kranken ... Sie unterhalten sich leise. Ich konnte kaum etwas hören. Der Mönch scheint nicht besonders umgänglich zu sein.»

«Ist er Freund oder Feind?»

«Eher Feind ... vielleicht ein Spitzel. Aber ich bin nicht mit leeren Händen zurückgekommen. Ich habe etwas mitgebracht.»

Lächelnd öffnete der Lehrling die Faust. Er wies drei kleine Kerzen vor. Alle Brüder betrachteten diesen unermeßlichen Schatz eingehend.

«Nun haben wir schon die drei Pfeiler», kommentierte Dieter Eckart. «Auch der Rest wird sich finden.»

«Was bezeichnet man als die drei großen Pfeiler, Meister?»

Wie immer von seinem Adjutanten flankiert, hatte der Kommandant dem Meister nicht die geringste Atempause gegönnt. Kaum war dieser in sein Büro geführt worden, hatte der Deutsche ihn mit Fragen bestürmt.

«Es sind Symbole für Weisheit, Stärke und Schönheit.»

«Stimmt Meister. Sie kennen Ihren Ritus gut», lobte der Kommandant und schlug das vor ihm liegende «Lehrlingshandbuch des Alten und Angenommenen Schottischen Ritus» zu. Das Dokument bestand aus ein paar zusammengehefteten, maschinengeschriebenen Blättern. Es war in den persönlichen Unterlagen eines Freimaurers gefunden worden, den man bei einem Fluchtversuch in seinem Haus erschossen hatte.

«Haben Sie ein Anliegen, Meister?»

«Seit über drei Tagen dürfen der Mönch und ich nicht hinaus. Wir haben keine Kräuter mehr und zuwenig Medikamente, um die Kranken zu versorgen. Ich protestiere in meiner Funktion als Arzt. Uns werden Patienten sterben. Harmlose Erkrankungen werden sich verschlimmern. Unter diesen Umständen kann ich für die Lagerhygiene nicht mehr garantieren.»

Dem Deutschen stieg das Blut ins Gesicht.

«Sie haben nichts zu garantieren! Ich leite dieses Lager, und ich treffe die Entscheidungen! Beschränken Sie sich darauf, meine Fragen zu beantworten, wenn Sie Wert darauf legen, daß Ihre Brüder am Leben bleiben.»

Der Meister spürte, daß er einen bescheidenen Punkt gutgemacht hatte. Der Kommandant hatte für einen Augenblick seine Selbstbeherrschung verloren.

«Die Medikamente sind den deutschen Soldaten vorbehalten.»

«Wie Sie meinen. In weniger als einer Woche wird es auf der Krankenstation mindestens drei Tote geben.»

«Das wären nicht die ersten, Meister! Das Reich verzichtet gern auf schwächliche Kreaturen. Behelfen Sie sich mit dem, was Sie haben. Der Mönch hat mich wissen lassen, daß Sie sich nicht sehr kooperativ zeigen.»

Der Meister erbleichte. Der Mönch war also bestochen.

Der letzte Schweinehund. Einer, der seine Seele verkauft hatte, um seine Haut zu retten. Sein Auftrag bestand darin, sich das Vertrauen des Meisters zu erschleichen und ihn zum Sprechen zu bringen.

«Sie schätzen Ihre Situation falsch ein, Meister. Das Überleben Ihrer Loge steht auf dem Spiel. Sie vergeuden Ihre Zeit, wenn Sie sich um minderwertige Menschen kümmern. Ein falscher Schritt zuviel führt Sie in den Abgrund.»

François Branier hörte diese Drohungen kaum. Er war an einem Punkt angelangt, an dem sie ihn nicht mehr beeindrucken konnten. Er beobachtete den Adjutanten in seinem feierlichen Schweigen. Wozu brauchte der Kommandant diesen stummen Beistand?

«Kommen wir auf die Regel zurück, Meister ... Ich werde allmählich ungeduldig. Helmut, Sie schreiben mit.»

Der Adjutant trat ans Schreibpult und ergriff die goldene Feder.

«Wer trifft in Ihrer Loge die Entscheidungen?»

«Die ‹Mittlere Kammer›.»

«Wie ist sie zusammengesetzt?»

«Aus Meistern.»

«Wie wird man Meister?»

«Man muß mindestens sieben Jahre Lehrling gewesen sein und so lange Geselle, wie es die Meister für richtig halten.»

«Welchen Prüfungen werden die Gesellen unterzogen?»

«Sie müssen ein Meisterstück abliefern.»

«Worin besteht es?»

«Keine Einschränkungen.»

«Ein Beispiel?»

«Die Möglichkeiten reichen von einer Miniaturisierungsarbeit bis hin zum Eiffelturm. Das Wesentliche liegt darin, daß die Gesetze der Schönheit, die uns enthüllt wurden, im Material umgesetzt werden.»

«Und … es ist gleichgültig, was man herstellt? Könnte man die technische Qualität eines Produktes verbessern?»

«Durchaus möglich.»

«Diese berühmten ‹Gesetze der Schönheit› … wie lauten sie?»

«Nichts Theoretisches», antwortete der Meister. «Sie in Formeln zu fassen würde wenig nützen. Es ist eine Frage der praktischen Erfahrung …»

Der Lagerkommandant überlegte. Bei der letzten Antwort hatte der Meister sicherlich gelogen, doch er hatte Wesentliches preisgegeben …

«Einer Ihrer Logenbrüder wird in die Werkstatt der Festung gebracht. Dort wird er Ihre Geheimnisse anwenden. Wir werden sehen, ob Sie sich an die Spielregeln halten, Meister.»

«Und die Medikamente?»

«Helmut wird Ihnen das Nötigste bringen. Morgen haben Sie Ausgang, um Kräuter zu sammeln.»

Dem Kommandanten war ein entscheidender Vorstoß gelungen. Nun war er überzeugt, seinen Gegner beinahe vollständig zu durchschauen. Darauf zu drängen, daß er alles auf einmal gestand, wäre ein schwerer Fehler. Man mußte ihn zermürben, ihn immer wieder Hoffnung schöpfen lassen, ihn in Sicherheit wiegen, doch von Zeit zu Zeit an der Kehle packen, man mußte Geduld aufbringen, eine Enthüllung nach der anderen entgegennehmen, bis schließlich das letzte Geheimnis der Erkenntnisloge offengelegt war.

«Jetzt!» rief Guy Forgeaud, der immer noch durch den Spalt spähte.

«Was ist los?» fragte Dieter Eckart und trat zu ihm.

«Das ist die Gelegenheit, auf die ich gewartet habe. Ein mit Material beladener Jeep parkt vor der Einfahrt zur Garage. Sicher Kriegsbeute. Ich brauche einen Freiwilligen, der pinkeln geht. Während die SS-Männer mit ihm beschäftigt sind, renne ich zum Jeep und bringe mit, was ich schnappen kann.»

«Völlig aussichtslos, Guy ...»

«Nicht im Dämmerlicht und zur Zeit der Wachablösung. Normalerweise sind die Wachen für ein paar Minuten abgelenkt. Ich muß nur schnell genug sein.»

Alle Brüder hatten mitgehört. Die Meister fragten sich, wie der Ehrwürdige in dieser Situation entschieden hätte.

Die Nacht brach herein.

«Es ist machbar», bekräftigte Guy Forgeaud ruhig und überzeugt. «Es könnte klappen.»

«Ich muß sowieso», sagte der Unternehmer Pierre Laniel. «Ich werde unterwegs ein bißchen bummeln.»

Sie sammelten sich. Sie waren sicher, daß der Ehrwürdige den beiden Meistern, die sie aus der Untätigkeit reißen wollten, sein Einverständnis gegeben hätte. Guy Forgeaud spähte noch immer durch den winzigen Spalt. Er konnte das Heck des Jeeps kaum ausmachen. Man hörte Stiefelschritte. Hoch oben auf dem Mittelturm fand die Wachablösung statt.

«Dann mal los, Pierre.»

Nach dem Ritual, das sich im roten Block eingebürgert hatte, öffnete Pierre Laniel die Tür und präsentierte sich auf der Schwelle, die Arme seitlich am Körper herunterhängend, die Brust ungeschützt. Die Reaktion ließ nicht auf sich warten. Mit angelegter Waffe kam ein SS-Mann herüber. Laniel machte eine beredte Geste und wies mit dem Kopf Richtung Toilettenblock.

Der Deutsche zögerte. Er wandte sich um und wartete auf die Zustimmung des Aufsehers, der über den Hof ging. Pierre Laniel dachte bei sich, daß Guy Forgeaud die Situation wie immer richtig eingeschätzt hatte. Die Maschinerie geriet für einen Augenblick ins Stocken. Der SS-Mann führte Laniel zum Aufseher.

Forgeaud hielt den Atem an. Kaum hatte der SS-Mann dem Block den Rücken zugewandt, schlüpfte er geduckt hinaus und eilte zum Jeep. In Strümpfen bewegte er sich geräuschlos. Der Kies im Hof bohrte sich in seine Fußsohlen, aber er vergaß den Schmerz und konzentrierte sich auf sein Ziel. Mit wenigen Schritten erreichte er das Heck des Fahrzeugs. Es war so dunkel, daß er nicht erkennen konnte, was der Jeep an Material enthielt. Seine tastenden Finger erwischten einen Jutesack. Er machte kehrt und trat den Rückweg zum roten Block an.

Der Zwischenfall geschah auf halber Strecke. Guy Forgeaud blieb mit dem Fuß an einem Stein hängen. Er verlor das Gleichgewicht nicht, mußte den Sack jedoch am Boden aufsetzen. Ein leises metallisches Klacken klang durch die eisige Luft.

Pierre Laniel und die beiden SS-Männer erreichten den Toilettenblock. Der Freimaurermeister spürte die Gefahr, noch bevor das Geräusch zu hören war. Eine Katastrophe. Der Aufseher, der an seiner linken Seite ging, wandte den Kopf. Laniel warf sich ihm in die Beine.

Guy Forgeaud rechnete mit einer Gewehrsalve, die ihm den Rücken zerreißen würde. Geduckt rannte er weiter. Er glaubte noch an das Unmögliche. Die Tür des Blocks öffnete sich in dem Augenblick, als er gegen sie taumelte. Er schleuderte den Sack ins Innere und warf sich auf den Boden. Sofort halfen seine Brüder ihm auf.

«Verletzt?»

«Nichts weiter», antwortete Guy Forgeaud keuchend. «Beinahe wäre ich auf die Schnauze gefallen.»

Der Steinmetz Raoul Brissac und der Brillenmacher André Spinot öffneten den Sack. Er enthielt Schraubenschlüssel und einen metallenen Zollstock.

«Großartig», lobte der Geselle Brissac.

Sie alle dachten das gleiche: Bald würden sie alles Nötige haben, um eine «Sitzung» zu zelebrieren.

Vorausgesetzt, der Meister vom Stuhl wäre bei ihnen ...

Eine Viertelstunde verstrich. Angst und Aufregung hatten sich gelegt. Der Lehrling Jean Serval und die Gesellen Spinot und Brissac hatten ein Loch gescharrt und ihre Beute darin vergraben. Im Block herrschte Dunkelheit. Niemand wagte zu sprechen.

Pierre Laniel war nicht zurückgekommen.

Kapitel 10

Die Nacht war schon lange hereingebrochen, als die SS-Männer den Meister durch die Tür der Krankenstation schoben. Der Mönch saß in der Kammer und betete den Rosenkranz ab, der ihm als Gürtel diente.

Der Meister baute sich vor ihm auf und starrte ihn an.

«Stehen Sie auf», befahl François Branier.

«Weshalb?»

«Einen sitzenden Mönch schlage ich nicht, auch wenn er ein Spitzel ist.»

Bruder Benoît ließ seinen Rosenkranz aus der Hand gleiten. «Was ist denn in Sie gefahren?»

«Stehen Sie auf!»

«Ich gehorche nur Gott. Wenn Sie zuschlagen wollen, tun Sie es. Aber ich wüßte gerne, was los ist.»

«Der Festungskommandant hat mich von Ihrem Bericht in Kenntnis gesetzt. Ein feines Spiel haben Sie da mit mir gespielt.»

«Welcher Bericht?»

«Schluß mit dem Theater. Stehen Sie auf.»

Der Mönch erhob sich langsam und strich seine Kutte glatt.

«Spitzel … war es dieses Wort, das Sie gebraucht haben?»

«Das ist allerdings Ihre Rolle.»

Dem Mönch zitterte der Bart.

«Und Sie sind einfältig genug, um einem Nazi-Offizier zu glauben … Sie sind der erbärmlichste Dummkopf, dem ich je begegnet bin. Ehrwürdiger … was gibt es an Ihnen zu ehren?»

Stumm maßen sie ihre Kräfte. Jeder wartete darauf, daß der andere als erster zuschlug.

«Ich bitte Sie um Entschuldigung», sagte François Branier schließlich, ohne den Blick zu senken.

Der Mönch zuckte die Achseln und setzte sich.

«Kein Wunder, bei einem Ungläubigen.»

Der Meister setzte sich ebenfalls.

«Meinen Brüdern vertraue ich blind. Wir haben die gleiche Einweihung erlebt. Die gleichen Prüfungen. Wir befinden uns mitten in der Hölle. Sie nicht. Das entschuldigt meinen Irrtum nicht, aber es erklärt ihn.»

«Ihnen fehlt es an Glauben. Sie zweifeln an anderen und können Freund und Feind nicht auseinanderhalten. Wie auch Ihr Allmächtiger Baumeister an seiner Schöpfung zweifelt. Wenn ich es wagen würde ...»

«Genügt Ihnen meine Reue nicht?»

Der Mönch lächelte.

«Das Vergangene interessiert mich nicht. Ich möchte Ihnen eine Wette vorschlagen, Meister.»

François Branier betrachtete den Mönch neugierig.

«Sie können ablehnen. Sicher wäre es mir gelungen, Sie zu bekehren. Ich habe die Ewigkeit auf meiner Seite. Doch hier sind unsere Tage gezählt. Deshalb will ich wetten. Vorausgesetzt, Sie haben den Mut, alles neu zu überdenken.»

Der Meister fragte sich, worauf der Mönch wohl hinauswollte. Doch er war schon entschlossen, sich auf ihn einzulassen, gleich welches Risiko es auf sich zu nehmen galt. Das war der Preis für seinen Irrtum.

«Glauben Sie wirklich an Ihren Allmächtigen Baumeister aller Welten?»

«Es ist weitaus mehr als nur ein Glaube. Der Allmächtige Baumeister ist das Grundprinzip allen Lebens.»

«Für mich ist Gott Wirklichkeit. Ich glaube an ihn. Ich weiß, daß er mich hier lebend herausbringen wird. Um zu beweisen, daß der Glaube einen Sinn hat. Das ist kein Hochmut, Meister. Es ist ein Akt der Liebe. Wenn dieser Sturm sich gelegt hat, wenn Gott mir gestattet hat, meine Freiheit wiederzuerlangen, werde ich ihm eine Kapelle erbauen. Und Sie werden erkennen, daß Sie unrecht hatten. Sie werden erkennen, daß der Allmächtige Baumeister nicht existiert.»

«Ich nehme die Wette an. Wenn der Allmächtige Baumeister aller Welten mir gestattet, das Licht wiederzusehen, werde ich ihm eine Loge erbauen. Sie werden erkennen, daß Sie sich getäuscht haben. Reichen Sie mir Ihre Rechte, die Handfläche nach oben.»

Der Mönch gehorchte. Nach Art der Alten schlug der Meister ein, um den Pakt zu besiegeln.

«Ich schwöre, unsere gegenseitige Verpflichtung zu respektieren.»

«Ich schwöre es ebenfalls», antwortete der Mönch und schlug seinerseits ein. «Wenn meine Kapelle fertiggestellt ist, werde ich für Sie beten, damit der Herr Ihnen im Jenseits die Augen öffnen möge.»

«Ihr Gott ist ganz schön bedrohlich ... der Allmächtige Baumeister belohnt nicht und bestraft nicht. Doch er ist gegenwärtig unter jenen, die in seinem Namen wirken. Ich werde Ihrer feierlich gedenken, wenn meine Brüder und ich unsere erste Sitzung in unserer neuen Loge zelebrieren.»

Der Mönch schien betrübt.

«Leider bleibt uns diese radikale Lösung nicht erspart ... aber Ihr Allmächtiger Baumeister ist nur eine Illusion des Geistes. Im Augenblick Ihres Todes werden Sie das begreifen, da bin ich sicher. Wenn dieser Zeitpunkt gekommen ist, sollten Sie sich Gott zuwenden. Vielleicht wird er Sie willkommen heißen. Seine Güte ist grenzenlos.»

Der Meister schien ebenso traurig wie der Mönch.

«Und dabei wäre es wirklich so einfach ... Ein Glaubensakt, und alles wäre gesagt. Der Allmächtige Baumeister offenbart sich nur jenen, die dem Weg der Einweihung gefolgt sind. Das werden Sie begreifen, wenn Sie Ihren Glauben verlieren. Doch dann wird es vielleicht zu spät sein, um Einlaß in den Tempel zu erbitten.»

«Das ist bedeutungslos», gab der Mönch zurück. «Als ich diese Kutte angelegt habe, bin ich in den Tempel des Herrn eingetreten. Sie wird mein Leichentuch sein. Mehr brauche ich nicht.»

«Sie haben beschlossen, der Welt zu entsagen, in ein Kloster einzutreten, zu beten, innerhalb Ihrer Ordensgemeinschaft zu arbeiten ... Auch mich hat das einst verlockt. Doch ich habe einen anderen Weg gewählt. Den schwereren: zugleich in einem Tempel und auch außerhalb zu leben. Draußen das weiterzugeben, was mir drinnen weitergegeben wurde.»

«Glauben Sie, Sie könnten die Welt verändern?»

«Warum nicht? Wenigstens kann ich bezeugen, daß es möglich ist ... wie Johannes, der Bekenner des Lichts.»

Dem Mönch schien der Vergleich nicht zu behagen. Er war drauf und dran, den Meister einmal mehr für seine Blasphemien zu verfluchen, als sich die Tür der Krankenstation öffnete und einen eiskalten Luftzug in die Kammer trug. Aufgeregt drängten mehrere SS-Männer herein. Sie ließen den Mönch und den Meister aufstehen.

«Raus. Sofort.»

Den Meister schauderte. Man würde sie beim Anbruch der Nacht kaltblütig exekutieren. Er würde seine Brüder nicht wiedersehen.

Man führte sie vor den Toilettenblock, wo andere SS-Männer einen Kreis gebildet hatten. Unter ihnen stand auch Klaus, der höhere Offizier.

«Schauen Sie sich das an», befahl er.

Der Kreis öffnete sich. Der Mönch und der Meister sahen einen Mann am Boden liegen. Die Augen standen offen, ein schmaler Blutfaden rann an seiner Schläfe herab.

«Pierre ...»

Der Meister hatte den Namen seines Bruders gemurmelt. Für ihn selbst, für die Loge. Schon bevor er sich zu ihm hinunterbeugte, wußte er, daß er tot war. Pierre Laniel, Freimaurermeister der Erkenntnisloge, litt nicht mehr. Der Ehrwürdige kniete nieder, schloß ihm die Augen und zeichnete ihm das Winkelmaß aufs Herz.

«Der Häftling hat den Aufseher angegriffen», erklärte der höhere Offizier verärgert. «Er hat bekommen, was er verdient.»

François Branier erhob sich. Im Inneren weinte er.

Man brachte den Mönch und den Meister zurück in die Krankenstation. Dem Meister schien der Weg endlos. Als die Tür sich hinter ihnen schloß, schlug er die Hände vors Gesicht und lehnte die Stirn gegen die Wand. Der Mönch trat zu ihm.

«Nichts ist unerträglicher als Beileidsbekundungen, Meister ... Ich möchte nur, daß Sie wissen ... ich habe den Körper Ihres Bruders gesegnet.»

«Pierre Laniel hat sich verhalten wie ein Verbrecher.»

Der Lagerkommandant hatte sein Urteil gesprochen, ohne von dem Bericht aufzublicken, der vor ihm lag. François Branier stand vor seinem Schreibtisch. Neben dem Kommandanten standen der höhere Offizier Klaus und der Adjutant Helmut.

Der Meister war wie versteinert.

Der Tod eines Bruders ... der Augenblick, in dem das Unerträgliche unter die Haut, in den Magen dringt, in dem das Leben schal schmeckt. Pierre Laniel ... der kampferprobte Kamerad, der Mann im Schatten, der jeden persönlichen Ehrgeiz abgelegt hatte, um der Loge zu dienen, der hartnäckige, genaue Sucher, der in allen Dingen Vollkommenheit verlangte, ohne andere je unter Druck zu setzen.

Laniel, der wie alle Brüder der Erkenntnisloge am Abend seiner ersten Einweihung einen Eid geschworen hatte: «Ich schwöre, die geheime Gemeinschaft, die mir Leben verleiht, bis zum letzten Blutstropfen zu verteidigen.» Einen Eid, den mancher als Formsache betrachten mochte, der jedoch in dieser eiskalten Nacht seine volle Bedeutung gewonnen hatte, weitab von der Menschheit, fern vom Licht.

«Ihr Bruder Laniel hat meinen Aufseher provoziert», fuhr der Kommandant fort. «Seine Nerven haben ihn im Stich gelassen, auf äußerst dumme Weise. Das überrascht mich bei einem Meister Ihrer Loge ...»

Der Ehrwürdige hörte die vorwurfsvollen, in gedämpftem Ton gesprochenen Worte kaum. Er versuchte, Pierre Laniel nahe zu bleiben, diese Hand nicht loszulassen, die er in der Bruderkette so oft in der seinen gehalten hatte. Wie konnte er ihn vergessen?

«Ich muß Ihnen ins Gedächtnis rufen, Ehrwürdiger, daß Sie und Ihre Brüder hier als absolut privilegierte Gefangene behandelt werden. Ich könnte Sie unverzüglich in ein Umerziehungslager mit strenger Zucht schicken. Einzeln natürlich. Hier bleiben Sie zusammen und genießen einfache Haft. Ihr Arbeitszimmer ist bereit, Meister. Man wird Sie hinbringen. Zeigen Sie sich weiterhin kooperativ. Das ist die einzige Möglichkeit, Ihren Brüdern das Leben zu retten. Haben wir uns verstanden?»

Es gelang dem Kommandanten nicht, den Blick des Meisters auf sich zu lenken. Er fragte sich, ob das Oberhaupt der Erkenntnisloge etwa innerlich zusammengebrochen war, ob es sich in das Gespenst eines Menschen verwandelt hatte. So kurz vor dem Ziel ... Doch vielleicht war es nur eine vorübergehende Reaktion. Die Zeit würde helfen und François Branier zwingen, der Wirklichkeit ins Auge zu sehen. Ein Meister konnte nicht beim ersten Ansturm klein beigeben, auch wenn es sich um den Tod eines Bruders handelte.

Der Kommandant blieb zuversichtlich.

Die Überlebenden der Erkenntnisloge betrachteten ihren Schatz im Licht eines Streichholzes aus einer Schachtel, die der Lehrling Jean Serval in der Krankenstation gestohlen hatte. Auf dem Boden des Blocks hatte Guy Forgeaud den gesamten Inhalt des Jutesacks ausgebreitet, den er bei seiner Expedition erbeutet hatte: Schraubenschlüssel, einen metallenen Maßstab, einen Hammer. Ein Bruder nach dem anderen berührte das kalte Metall ehrfürchtig, als handele es sich um reines Gold.

«Wir werden den Ehrwürdigen niemals wiedersehen», seufzte Guy Forgeaud und strich über einen der Schlüssel. «Sie werden uns einen nach dem anderen erschießen. Aber hiermit können wir wenigstens in Würde sterben.»

Dieter Eckart, der nach François Branier das höchste Amt in der Loge innehatte, reagierte nicht. Er fand keine Worte, um den kalten Zorn seines Bruders zu besänftigen. Er kannte Forgeaud gut genug, um zu wissen, daß er bis zum Äußersten gehen würde, wenn niemand ihn bremste.

«Wenn du das gegen die SS einsetzen willst», sagte der

Geselle und Brillenmacher André Spinot, «dann mußt du wenigstens einen Fluchtplan haben. Sonst wäre es der reine Selbstmord.»

«Ich habe durchaus nicht die Absicht, mich umzubringen», gab Guy Forgeaud zurück. «Aber allein kann ich nicht handeln.»

Raoul Brissac, der Geselle und Steinmetz, trat vor. Wie Guy Forgeaud hatte auch er die Untätigkeit satt. Verloren war verloren ... doch aus dem letzten Kampf der Erkenntnisloge sollten die Folterknechte nicht mit heiler Haut davonkommen!

Dieter Eckart schwieg.

Der Adjutant führte den Meister in «sein» Arbeitszimmer im zweiten Stock des Turms. Ein niedriger, fensterloser Raum. Stuhl und Tisch. Darauf Papier und ein Stift.

«Setzen Sie sich und schreiben Sie», befahl der Adjutant. «In ein paar Stunden komme ich Sie holen.»

Die Tür fiel zu. Der Schlüssel drehte sich im Schloß. Lange blieb der Meister stehen. Zu seiner Überraschung empfand er diese Kammer als einen Ort des Friedens und der Freiheit. Allein mit sich selbst, mit dem Geist seiner Loge, würde er sich ein wenig erholen können.

Das Zimmer erinnerte ihn an den symbolischen Ort, den die Freimaurer «Vorbereitungskammer» nennen und in dem das Leben eines Eingeweihten seinen Anfang nimmt. Nachdem der Profane Branier die drei «Untersuchungen» hinter sich gebracht hatte, bei denen die Logenbrüder ihn über sein Leben und sein Denken befragt hatten, hatte er sich der «Prüfung unter der Augenbinde» unterzogen. Er hatte mit verbundenen Augen auf einem Stuhl gesessen, ohne zu wissen, wo er sich befand, und eine Vielzahl von Fragen beantworten müssen. Dann war er nach

Hause gegangen, ohne zu erfahren, ob er angenommen oder abgewiesen war. Nach drei Tagen und drei Nächten, in denen er kaum Schlaf gefunden hatte, war François Branier angerufen worden. Die Prozedur ging weiter. Bald sollte er seine erste Einweihung erhalten: die zum Lehrlingsgrad.

An jenem Abend regnete es. Vor dem Eingang eines Hauses im XVII. Arrondissement von Paris hatte er beinahe eine Stunde auf dem Bürgersteig gewartet, bis ein älterer Mann ihn abholte. Ohne ein Wort hatte dieser ihn in einen Keller geführt und in einer quadratischen Kammer eingeschlossen. Ein Tisch mit drei Schalen, die Salz, Schwefel und Quecksilber enthielten. An der Wand das Bild eines Hahnes, eine alchimistische Inschrift und ein Aufruf zur Erwekkung des inneren Wesens des Menschen. Branier hatte ein «philosophisches Testament» verfaßt, in dem er sein bisheriges Leben schonungslos prüfte und erkannte, daß es nur unvollendetes Stückwerk war. Er erhoffte sich von der Einweihung ein Licht, einen anderen Blick.

Er war nicht enttäuscht worden. Im Lauf der Jahre waren viele Schleier zerrissen. Er hatte viele aufregende Erkenntnisse gewonnen, viele Emotionen mit seinen Brüdern geteilt, viel Verantwortung auf sich zu nehmen gehabt, um die Regel des Allmächtigen Baumeisters aller Welten zu achten und zu leben. Und schließlich hatten die Meister ihm das Amt des Ehrwürdigen anvertraut.

Die Einsamkeit eines Mannes, dessen Aufgabe darin bestand, Ausdruck einer Gemeinschaft zu sein ... mit diesem schmerzlichen Paradox war François Branier auch im gegenwärtigen Augenblick konfrontiert. Ohne ihren Ehrwürdigen kreiste die Gemeinschaft nur noch um sich selbst, entwickelte sich nicht weiter. Er mußte um jeden Preis wieder zu seinen Brüdern gelangen und mit ihnen ein

Ritual zelebrieren, damit sie gemeinsam auf dem Weg der Symbole entkommen konnten.

Der Meister setzte sich an seinen Foltertisch, auf dem als einziges Marterinstrument ein Füllhalter mit Goldfeder lag.

François Branier schrieb nicht gern. Ein Rezept auszustellen, hatte er schon immer als harte Prüfung empfunden. Nun verlangte man von ihm, die Regel niederzuschreiben, seinen Eid zu brechen, diesen unermeßlich wertvollen Schatz einer Verbrecherbande auszuliefern.

Das Unerträglichste war die Trennung von seinen Logenbrüdern. Gemeinsam im selben Gefängnis und doch so unerreichbar ... Der Meister hatte Angst um sie. Wie wurden sie behandelt? Welche Torturen mußten sie über sich ergehen lassen? Was hatte Pierre Laniel tatsächlich zu seiner Verzweiflungstat bewogen? Er kannte die Eingeweihten der Erkenntnisloge zu gut, um anzunehmen, daß sie untätig und mit verschränkten Armen darauf warteten, daß man sie erschoß wie wehrloses Schlachtvieh. Bestimmt waren sie überzeugt, daß sie ihren Meister niemals wiedersehen würden, daß die Loge ihre letzten Stunden erlebte und daß es besser war, bei einem Fluchtversuch zu sterben.

Der Meister schrieb in die erste Zeile des Blattes «Im Jahre des Lichts 5944» und betitelte das Schriftstück «Testament der Erkenntnisloge, im Orient ...» Er brach ab. Orient, das war der geographische Ort, an dem eine Loge sich versammelte. Aber es war auch der magische Ort, an dem die Brüder in gemeinsamer Arbeit das Licht zu neuem Leben erweckten. Sicher würde der Meister niemals erfahren, an welchem geographischen Ort diese Nazifestung lag. Er schrieb: «im Orient eines Gebirges im Frühling.» Dann flossen die ersten Sätze, die er gegen das Leben seiner Brüder eintauschen mußte:

«Dies ist gewiß das letzte Mal, daß die Regel auf dem Boden des Okzidents festgehalten wird, bevor jene Menschen verschwinden, die ihr Leben der Einweihung gewidmet haben. Von Tempel zu Tempel, von Baustelle zu Baustelle, von Generation zu Generation wurde die Regel weitergegeben, damit der Mensch nicht aufhört, sich zu erbauen. Heute überzieht die Nacht unsere Welt. Sie verschlingt alles. Alles außer dieser Regel, das einzige Schöpfungswerkzeug.»

Der Meister schrieb viel, zerriß Seiten, begann von vorn. Er hatte lange, arbeitsreiche Tage vor sich, um die Aspekte der Regel zu erläutern, welche die Lehrlinge, Gesellen und Meister betrafen, die Johannisfeste, die verschiedenen Arten von «Sitzungen» und Versammlungen, die Arbeit an der Einweihung, deren wahre Natur den meisten Logen unbekannt war. Und wenn er all das preisgegeben hatte, würde der Grundstein des Gebäudes noch fehlen, der allem seinen Sinn verlieh und den kein Logenmeister jemals auch nur andeutungsweise enthüllt hatte.

Wenn François Branier an jener Stelle angelangt war, wäre die Reise unwiderruflich zu Ende. Und er würde die denkbar schrecklichste Entscheidung zu treffen haben: Entweder schweigen und seine Brüder zum Tode verurteilen oder aber sprechen und seinen Eid brechen.

Der Meister streckte sich. Er fühlte sich weniger erschöpft, weniger mutlos. Er hatte keinerlei Hoffnung mehr, der monströsen Maschinerie zu entkommen, die ihn zermalmte, doch er fühlte sich eins mit seinem Weg. Er verfügte wieder über die nötige Kraft, um die Festung herauszufordern.

Plötzlich war die Nacht erfüllt vom schaurigen Heulen einer Sirene.

Kapitel 11

Der Adjutant schloß die Tür des Arbeitszimmers auf. Er war in Begleitung von zwei SS-Männern.

«Folgen Sie mir», befahl er dem Meister.

Bedauernd verließ François Branier diesen friedlichen Ort außerhalb von Raum und Zeit.

«Was ist los?»

Der Adjutant lächelte. Diese Frage hätte der Meister nicht stellen dürfen. Er hatte keine Fragen zu stellen. Damit hatte er dem Deutschen zu erkennen gegeben, daß er noch nicht gebrochen war, daß er seine Kräfte noch beisammen hatte, daß er sich noch nicht als verurteilt betrachtete. Ein schwerer Fehler. François Branier war sich selbst in die Falle gegangen.

«Kein Grund zur Beunruhigung, Monsieur Branier. Probealarm. Über Nacht bringe ich Sie zurück in die Krankenstation.»

Der große Hof war menschenleer. Branier warf einen Blick auf den roten Block, in dem die Brüder eingesperrt waren. Mehrere SS-Männer hatten vor ihren Baracken Aufstellung genommen, die Waffen einsatzbereit.

François Branier kam in die Krankenstation. Der Mönch trat ihm in den Weg.

«Haben Sie die Medikamente?»

Wortlos ging der Meister am Mönch vorbei in die Kammer und setzte sich erschöpft nieder.

«Ich warte schon seit Stunden, Meister», donnerte der Mönch, der sich breitbeinig vor François Branier aufgebaut hatte.

«Nichts zu machen.»

«Wie, nichts zu machen? Haben Sie den Kommandanten nicht gesprochen?»

«Doch.»

«Und weiter? Sind Sie nicht handelseinig geworden?»

Der Meister blickte auf.

«Handelseinig? Glauben Sie denn, hier könnte man etwas erhandeln? Glauben Sie, wir wären auf einem Pfarrfest, bei dem höfliche Floskeln ausgetauscht werden?»

Ruhig betete der Mönch seinen Rosenkranz ab.

«Was haben sie mit Ihnen gemacht?»

«Nichts weiter ... entweder ich verrate alles, oder sie erschießen meine Brüder. Sie haben mich in ein Arbeitszimmer gesetzt, und ich habe angefangen zu schreiben.»

«Das heißt, Sie geben nach ...»

«Keine Ahnung», gestand François Branier.

«Sie sitzen ganz schön in der Klemme, Meister ... Ich hoffe, Ihr Allmächtiger Baumeister vergißt Sie nicht im falschen Augenblick. Und das mit den Medikamenten ist wirklich aussichtslos?»

Das Gesicht des Meisters war eingefallen. Dieser Mönch ließ nicht locker! Er hätte lieber geschlafen, sich dem Nichts überlassen, als endlose Fragen zu beantworten.

«Kommt drauf an ... wenn meine ersten Enthüllungen den Kommandanten gnädig stimmen, wird er sich vielleicht großzügig zeigen.»

«Vielleicht ... glauben Sie, damit gebe ich mich zufrieden?»

«Das tut nichts zur Sache, Hochwürden. Ich tue, was ich kann.»

Ein Klagelaut unterbrach das Gespräch der beiden Männer. Der Mönch eilte in den rückwärtigen Teil der Krankenstation. Der Meister folgte ihm.

Der alte Astrologe aus Nizza hatte die Augen aufgeschlagen. Er starrte an die Decke und stöhnte. Der Mönch trocknete ihm die schweißnasse Stirn.

«Feuer … überall Feuer», stammelte der Sterbende.

Der Mönch legte seine breite Hand auf die Brust des Alten und magnetisierte ihn. Sofort wurde der Kranke ruhiger. Seine Lider schlossen sich. Der Körper entspannte sich und fiel wieder in Betäubung.

«Es dauert, solange es dauert», kommentierte der Mönch. «Mehr kann ich nicht tun.»

«Morgen», sagte der Meister, «werde ich verlangen, den Kommandanten zu sehen, bevor ich weiterschreibe.»

«Das wäre kein Fehler», knurrte der Mönch. «Ich habe drei, die von Tag zu Tag schwächer werden. Und es scheint, daß wir einen neuen Transport Kranke bekommen sollen …»

«Woher wissen Sie das?»

«Ich habe so meine kleinen Geheimnisse. An die Arbeit! Sie nehmen die rechte Reihe. Ich kümmere mich um die linke. Ich habe den Absud auf zwei Töpfe verteilt. Ihrer steht am Fußende des Bettes.»

François Branier ergriff den Topf mit dicker, grünlicher Flüssigkeit. Weiß Gott, was der Mönch da zusammengebraut hatte. Der Meister kostete und spuckte es sofort wieder aus. Ekelhaft.

«Was haben Sie hineingetan?»

«Was wir haben. Kümmern Sie sich um die Kranken.»

Gelegentlich hätte er den Mönch am liebsten verflucht. Doch der Meister zog es vor, nicht zu antworten. Er begann die Litanei der nutzlosen Pflegedienste, gespickt mit tröstenden Worten. Man mußte geben und geben, selbst das, was man gar nicht hatte, jenen, die nichts mehr besaßen, nicht einmal mehr ihr eigenes, in Verzweiflung aufgelöstes Dasein. Der Meister hatte ein waldiges Aroma im

Mund. Vielleicht ein Nachgeschmack der Mischung des Mönchs. Berauschend. Die Krankenstation, die Patienten, der schleichende Tod ... alles verschwamm. Er sah Graswege, Farnbüschel, Moosteppiche, Bäume, durch deren Blattwerk die Sonne blitzte, dichte Äste, die bis auf den Boden hingen. François Branier erlebte diese Bilder mit solcher Intensität, daß sie Wirklichkeit wurden.

«Sie haben einen Kranken vergessen», fuhr ihn der Mönch unwirsch an.

François Branier warf ihm einen wütenden Blick zu. Der Traum war zerbrochen. Er war wieder in der Hölle.

«Können Sie mich nicht in Ruhe lassen?»

Der Mönch blieb unbeeindruckt.

«Sie sind mit Ihren Gedanken sonstwo, Meister. Sie sind nicht bei der Sache. Das ist schlecht. Schlecht für Sie und schlecht für die Kranken.»

«Erteilt man im Kloster den lieben langen Tag Lektionen? Wir in der Loge vermeiden das.»

«Klar. Was sollten Sie auch lehren? Sie wissen ja nichts. Die Maurer sind völlig unfähig.»

«Ach! Sie finden wohl, daß Ihre Religion nicht genügend angerichtet hat auf dieser Welt?»

«Ich bin kein Missionar und kein Pfarrer. Ich bin Benediktinermönch.»

«Und ich der Stuhlmeister einer Einweihungsloge.»

Die beiden Männer starrten sich herausfordernd an. Keiner war bereit, als erster nachzugeben. Die Erschöpfung übermannte sie. Doch nachzugeben hieße, die Überlegenheit des anderen anzuerkennen. Schlimmer noch, die Wahrheit seines Glaubens.

Mit dumpfer Stimme rief ein Kranker.

«Ich kümmere mich um ihn», sagte der Meister.

«Passen Sie diesmal ein bißchen besser auf ...»

François Branier war müde, doch er schlief nicht. Er vermochte nicht einmal, die Augen zu schließen. Neben seinem Kopf lagen die Füße des Mönchs, der leise schnarchte. Sein Gott bewahrte ihn vor der Schlaflosigkeit. Es sei denn, der Benediktiner tat nur so, als ob er schliefe. Der Meister wußte nicht, was er von den «kleinen Geheimnissen» halten sollte.

Wie einfach es wäre, aufzustehen, aus dieser Krankenstation ins Freie zu treten, die Nachtluft einzuatmen, zum roten Block zu eilen, seine Brüder wiederzusehen, mit ihnen zu sterben und dabei die Geschichte, die Zeit, die Menschen auszulöschen. François Branier scheute nicht davor zurück. Doch war es wirklich das, was seine Brüder von ihm erwarteten? Erhofften sie vom Logenmeister eine letzte Verzweiflungstat oder beharrlichen Widerstand? Ganz sicher waren sie davon überzeugt, daß er darum kämpfte, sie aus dieser Festung zu befreien. Und wenn er diesmal scheiterte? Wenn er die erste Niederlage seit seiner Einweihung erleben würde? Es war ein falsches Spiel, er kannte die Spielregeln nicht, und dennoch durfte er nicht verlieren. Alles entschied sich bei einer einzigen Partie, es gab keine Revanche.

«Können Sie dem Kommandanten nicht irgendwelche Märchen erzählen?» Die Stimme des Mönchs klang dumpf und schwerfällig, als käme sie aus dem Jenseits.

«Sie haben mir mein Verhalten nicht vorzuschreiben. Auch Ihr Gott kann mir nicht befehlen.»

«Je mehr Sie Gott lästern, desto geringer sind Ihre Überlebenschancen.»

«Ruhen Sie sich aus, Hochwürden. Wir brauchen all unsere Kräfte.»

«Ich komme mit wenig Schlaf aus, genau wie Sie.» Der Mönch holte tief Luft. «Ist Ihnen schon einmal der Gedanke gekommen, daß sie Sie einfach im Turm behalten könnten? Daß Sie das nächste Mal vielleicht nicht zurückkommen?»

Der Meister war auf diese Frage gefaßt. Auch er hatte schon an jenen Augenblick gedacht, in dem er zur willenlosen Marionette in den Händen des Kommandanten werden würde. Es sei denn, der verlor die Geduld und wandte brutalere Methoden an, auch wenn er damit den Pakt brach, den er mit der Loge geschlossen hatte.

«Ich weiß. Es ist gleichgültig.»

«Und Ihr berühmtes Geheimnis, Meister? Wollen Sie riskieren, es mit sich zu nehmen, wenn Sie krepieren?»

«Haben Sie eine bessere Lösung parat?»

«Die Beichte.»

Verblüfft blickte der Meister den Mönch an, der reglos und mit geschlossenen Augen auf dem Rücken lag. Man hätte schwören können, er schlafe.

«Das würde Ihr Gewissen erleichtern. Sie können mir vertrauen. Das Beichtgeheimnis ist unantastbar. Ganz im Gegensatz zu jenem der Freimaurer.»

Der Meister lächelte in sich hinein.

«Kommt nicht in Frage, Hochwürden. Ich finde die Beichte erniedrigend. Außerdem können Sie sicher sein, daß der Lagerkommandant genau darauf zählt. Er läßt uns nur deshalb beieinander, damit wir uns unterhalten, damit ich Ihnen schließlich beichte. Er muß davon überzeugt sein, daß Sie bereits einen Teil meines Geheimnisses kennen. Wenn ich sterbe, wenn meine Brüder sterben, wird er Sie in die Mangel nehmen. Sie sind zwar kein Freimaurer, Hochwürden, aber Sie sind trotzdem zum Komplizen der Loge geworden.»

Durch einen winzigen Spalt zwischen zwei Brettern drang das erste Tageslicht in den roten Block. Guy Forgeaud war es gelungen, ein größeres Stück herauszubrechen, so daß man die Vorgänge im Hof besser beobachten konnte. Danach klemmte er es wieder in den Spalt. Das genügte als Tarnung. Die fünf Brüder schliefen abwechselnd, stets blieb mindestens einer wach. So hatten sie wenigstens das Gefühl, zu kämpfen, nicht aufzugeben. Auf der Hut zu sein war eine wirksame Waffe. So würde der Tod sie nicht unvorbereitet treffen.

Der Lehrling Jean Serval preßte sein Auge an den Spalt. Vor zehn Minuten hatte Dieter Eckart ihn geweckt. Serval hatte nicht gewagt, ihm anzuvertrauen, daß er unter Magenschmerzen litt. Ein Schmerz, der ihm das Gedärm zerwühlte. Hunger und Angst. Er lebte nur noch durch den Blick seiner Brüder. Er war überzeugt, wenn man ihn von den anderen trennte, würde er sofort zusammenbrechen. Auf eine solche Prüfung hatte man Serval nicht vorbereitet. Früher hatte er ein eher leichtfertiges Leben geführt. Der Eintritt in die Loge hatte sein gesamtes Dasein über den Haufen geworfen. Er, der sich darauf vorbereitete, ein mondäner, mit den kleinen Eitelkeiten des Pariser Lebens vertrauter Schriftsteller zu werden, hatte die Ansprüche der Regel entdeckt. Verloren in der Hölle dieser Nazifestung, bereute er seine Wahl nicht. Er würde niemals ein weltbekannter Literat sein, doch er war ein Eingeweihter geworden, auch wenn er nur die Pforte zum Lehrlingsgrad durchschritten hatte. Es gab nur eines, das er bedauerte: nicht intensiv genug gearbeitet zu haben, um den Gesellengrad zu erreichen.

Uniformen. Schwarze Gestalten vor dem roten Morgenhimmel. Klaus, der SS-Offizier, in Begleitung von vier Soldaten. Jean Serval stürzte zu seinen schlafenden Brüdern, schüttelte sie.

«Auf! Sie kommen!»

Dieter Eckart, Guy Forgeaud, André Spinot und Raoul Brissac waren sofort auf den Beinen. Kaum hatten sie gespürt, wie ihre Muskeln unter der plötzlichen Anstrengung schmerzten, da wurde die Tür des Blocks schon aufgestoßen.

Gleißende Helligkeit blendete sie. Im Gegenlicht war der Offizier nur eine dunkle Silhouette.

«Befehl vom Kommandanten», verkündete er. «Einer von Ihnen wird in die Werkstatt der Festung versetzt.»

Dieter Eckart, der sich vor seine Brüder gestellt hatte, schien keine Gefühlsregung zu empfinden. Mochten sie ihn auswählen, er fühlte sich unfähig, einen solchen Auftrag zu erfüllen. Es käme einer Verurteilung gleich. Der Lehrling Jean Serval zitterte. Seine Zähne schlugen aufeinander. Wenn man ihn von der Gemeinschaft trennte, war er verloren. Der Brillenmacher André Spinot verbarg sich hinter dem beruhigend massigen Körper von Raoul Brissac. Handwerkliche Arbeit schreckte ihn nicht. Doch sich selbst überlassen, ohne den brüderlichen Trost, wie würde er da reagieren? Der Steinmetz Raoul Brissac hoffte, daß sie ihn auswählen würden. Er würde Werkzeug stehlen. Er würde seinen Kampf kämpfen. Er würde mit den Schweinen abrechnen, die Pierre Laniel auf dem Gewissen hatten.

Der Schlosser Guy Forgeaud sorgte sich nur um seine Brüder. Ihn würden die Deutschen nicht wählen. Ihrer Logik entsprechend würden sie den am wenigsten Qualifizierten nehmen, um ihn zu demütigen, zu brechen, ihn dazu zu bringen, Verrat zu begehen.

«Gehen wir, Forgeaud.»

Der Ton des Offiziers war höflich, beinahe freundlich. Guy Forgeaud brauchte einige Sekunden, bis er begriff. Als seien die Deutschen Luft, gab er jedem Logenmitglied den Bruderkuß, ohne Eile. Vielleicht war es das letzte Mal.

«Bis bald, Jungs!»

Seine Stimme war unbeteiligt, tonlos. Er folgte den SS-Männern.

Kapitel 12

«Großputz, Meister. Das ganze Lager kommt dran, Block für Block. Das Personal der Krankenstation zuerst.»

Am frühen Morgen waren der Mönch und der Meister vor den Duschblock geführt worden. Kurz zuvor hatten sie ungewohnte Stiefelgeräusche im großen Hof gehört. François Branier hatte sofort an einen seiner Brüder gedacht. Doch es war unmöglich herauszufinden, was vor sich ging. Keine Stimmen und kein Schuß. Bald herrschte wieder die übliche Stille, als sei die Festung menschenleer.

Klaus war persönlich gekommen, um sie aus der abgeschlossenen Welt der Krankenstation zu reißen. Wie immer hatte der Mönch ihm herausfordernd entgegengeblickt. Er fürchtete den Deutschen nicht. Klaus hatte sie zu den Duschen geschickt. Der Mönch hatte den Meister am Arm gepackt, um ihn an einer unüberlegten Reaktion zu hindern, denn er ahnte, daß der Meister das Schlimmste befürchtete. Branier hatte sich gefügt.

Langsam hatten die beiden Männer den großen Hof überquert. Die Augen des Meisters registrierten wachsam alles, was in seinem Blickfeld vor sich ging. Er bewegte sich scheinbar schwerfällig, doch ohne sich umzuschauen, nahm er alles wahr. Der Mönch hielt den Kopf gesenkt. Man hätte schwören können, daß ihn seine Umgebung nicht interessierte. In Wirklichkeit wiederholte er seine Bestandsaufnahme zum hundertsten Mal. Die SS-Kaserne, die Blocks, der Mittelturm, die Umfassungsmauer ... und dieser Hof, von dem er schon beinahe jeden Quadratzentimeter kannte. Mit benediktinischer Strenge ordnete, verzeichnete er. Der Meister glaubte, der Mönch meditiere, um die Außenwelt zu vergessen. Der Mönch vermutete, der Meister schmiede utopische Fluchtpläne.

Die Luft war beißend kalt, der Himmel makellos blau. Die Tür zum Duschblock war angelehnt und ließ ein Stück Zementboden sehen. Von drinnen war kein Laut zu hören.

Der Mönch und der Meister warteten seit über einer Viertelstunde.

«Das verstehe ich nicht», sagte der Mönch. «Beim letzten Mal haben sie mich direkt hineingeführt.»

«Vielleicht gehen wir gar nicht duschen», bemerkte der Meister.

«Was meinen Sie damit?»

Der Meister antwortete nicht. Der Mönch spürte einen Kloß im Hals. Die Sache gefiel ihm ganz und gar nicht. Die Deutschen hatten unumstößliche Gewohnheiten. Irgend etwas war im Busch. Ein Ereignis, bei dem sie die Hauptdarsteller zu sein schienen. Aus einiger Entfernung wurden sie von reglosen SS-Männern bewacht. Die würden sie doch nicht einfach abschießen wie Hasen …

«Wir könnten in die Duschen flüchten», schlug der Meister vor.

«Da kommen wir nicht raus», wandte der Mönch ein. «Wenn wir uns darin einschließen lassen, sind wir im Eimer.»

«Sind wir doch so oder so …»

«Machen Sie keine Dummheiten, Meister. Vielleicht ist nur ein Sandkorn ins Getriebe geraten. Sie und ich, wir dürfen keinen Fehler machen. Wir warten.»

«Warten … auf eine Kugel im Rücken?»

«So schnell werden wir nicht sterben, das wäre zu einfach. Das würde dem Kommandanten nicht gefallen.»

«Man kann nie wissen.»

Sie unterhielten sich, beinahe ohne die Lippen zu bewegen. Ein kaum hörbares Murmeln genügte ihnen, um sich zu verständigen.

«Tun Sie's nicht, Meister! Das ist eine Falle.»

François Braniers Gesicht war hart geworden. Er spannte sich, um loszuschnellen. Der Mönch spürte es.

«Wenn Sie das tun, sind wir alle verloren ... Ihre Brüder, Sie und ich ...»

François Branier war kein zögerlicher Mensch. Wenn er einen Entschluß gefaßt hatte, führte er ihn auch aus. Doch er konnte die Unsicherheit in seinem Inneren nicht zerstreuen.

«Was schlagen Sie vor, Hochwürden?»

«Nichts, Meister. Setzen Sie Ihr Vertrauen in Gott. Für den Augenblick wird das genügen.»

«Wenn ich Ihnen damit einen Gefallen tun kann ...»

Die Nerven des Meisters entspannten sich. Der Mönch fühlte es. Er begriff, daß er gewonnen hatte. François Branier warf sich sein Nachgeben vor, das er im ersten Moment als feige empfand. Er war dem Einfluß eines Profanen erlegen. Doch konnte der Benediktiner tatsächlich als ein Profaner angesehen werden? Den Meister schwindelte. Es gab die Eingeweihten und die Profanen. Zwischen ihnen eine unüberwindliche Kluft. So war es schon seit Anbeginn aller Zeit, und so würde es immer bleiben. Wo stand der Mönch in dieser ewigen Ordnung? Warum störte er sie, indem er eine Zwischenwelt verkörperte, nicht wirklich eingeweiht und nicht wirklich profan? Er besaß eine innere Kraft und einen Seelenfrieden, wie sie der Meister nur bei wenigen Brüdern erlebt hatte. Sicher hatte er sie erlangt, indem er eine Regel befolgte, indem er im Namen eines höheren Prinzips lebte, das er Gott nannte. Doch es mußte noch eine andere Erklärung geben. Viele Geistliche lebten ein ähnliches Leben und glichen ihm doch nicht.

Der Mönch war seiner selbst weniger sicher denn je. Er betete. Er rührte sich nicht, nahm nichts wahr, zwang sich, in sein Inneres einzukehren, um dort unerschütterliche Gelassenheit zu schöpfen. Er hatte nicht daran geglaubt, daß es ihm gelingen würde, den Meister zurückzuhalten; der war ein unbeugsamer Mensch, in seiner Gemeinschaft verwurzelt wie in einem unantastbaren Paradies. Hatte er ihn vor einem schweren Fehler bewahrt? Irrte er sich, wenn er behauptete, diese Wartezeit sei eine Falle? Der einzige Pluspunkt: Er hatte die Situation im Griff behalten. Der Meister hatte sich ihm untergeordnet. Der erstaunlichste Mensch, dem er außerhalb seines Klosters je begegnet war. Der Mönch zweifelte nicht daran, daß die Freimaurer mit dem Teufel im Bunde waren, doch dieser war anders als seine Kumpane. Er sprach von der Regel wie ein Mönch … die Regel, die er als sein größtes Geheimnis betrachtete. Welch ein Schwindel! Den aufzuklären hatte der Mönch sich vorgenommen. Er würde den Meister dazu bringen, ihm Tag für Tag ein wenig mehr preiszugeben, und schließlich würde er ihn durchschauen.

Der Tag hatte den Hof erobert. Soldaten liefen vorbei. Ein Fahrzeug wurde angelassen, kam die Auffahrt der Tiefgarage herauf und verließ die Festung durch das große Tor, das sogleich wieder geschlossen wurde. Ein ganz gewöhnlicher Tag.

«Ich habe spüre einen Krampf», sagte der Meister.

«Drehen Sie den Fuß in alle Richtungen», riet der Mönch.

«Kommt nicht in Frage, daß ich hier herumhampele. Ich muß mich bewegen. Geht nicht anders. Ich renne zu den Duschen. Kommen Sie mit?»

Der Mönch warf sich seinen Hochmut vor. Er hatte geglaubt, der Meister habe sich unterworfen, doch er hatte sich getäuscht. Bewegungslos stehenbleiben, während der Meister losschnellte … das konnte der Mönch nicht. Er wollte das Privileg, im Kampf zu sterben, nicht dem Meister überlassen. Das würde Gott nicht erlauben.

«Tut mir ausgesprochen leid, daß Sie warten mußten», sagte der Offizier Klaus und trat zwischen die beiden Männer und den Eingang zu den Duschen. «Ein technisches Problem. Wir hatten kein Desinfektionsmittel mehr.»

Der Deutsche wirkte vergnügt. Der Meister stieß einen Seufzer aus. Der Mönch blickte auf seine Füße.

Behende schlüpfte eine geschmeidige, schwarzgekleidete Gestalt mit einem schweren Kanister in den Duschblock. Trotz der Uniform hatte der Meister sie erkannt. Die junge blonde Frau aus dem Chalet. Seine Verbündete. Sie hatte ihr Haar zu einem Knoten zusammengefaßt und unter einer Mütze verborgen, deren Schirm sie weit in die Stirn gezogen hatte. Dafür, daß die SS sie unbehelligt ließ, erbrachte sie wohl kleine Dienstleistungen, wenn sie nicht sogar zum Militärpersonal gehörte. Doch daß sie auch den Wahn der Deutschen teilte, konnte sich der Meister nicht vorstellen.

Das Desinfizieren dauerte nur ein paar Minuten. Die junge Frau kam wieder heraus, grüßte den Offizier linkisch und verschwand. Mit einer Handbewegung schickte Klaus den Mönch und den Meister in den Block.

Ein Duschsaal für etwa zehn Personen. Sie zogen sich aus. Kaltes Wasser strömte aus den Duschköpfen. Es biß auf der Haut des Meisters, doch er gewöhnte sich daran. Sich waschen, sich reinigen … das tat gut.

Der Mönch hatte die hinterste Dusche gewählt. Plötzlich bückte er sich und hob eine Steinplatte an. Ein Hohlraum wurde sichtbar. Darin lag ein Leinensack.

Das Wasser wurde abgestellt. Naß, wie er war, eilte der Mönch zu seinen Kleidern, schlüpfte hinein und verbarg den Sack an seiner Brust. Er zog seinen Rosenkranz stramm, damit der Sack nicht rutschte. Der Meister zog sich an.

«Hat sie Ihnen das gebracht?»

Der Mönch überhörte die Frage. Mit vorsichtigen Schritten verließ er den Duschblock als erster.

Der Inhalt des Leinensacks war auf der behelfsmäßigen Schlafstelle in der Kammer der Krankenstation ausgebreitet. Kleine, mit Käse gefüllte Brotkügelchen.

«Das ist mein ganzer Reichtum», erklärte der Mönch. «Dafür riskiert sie jedesmal, wenn sie die Duschen desinfiziert, Kopf und Kragen. Die Kranken sind ganz verrückt darauf. Sie bäckt sie selbst. Sie werden diese Leckerbissen nicht anrühren, Meister, auch wenn Sie vor Appetit vergehen.»

Der Meister zuckte die Achseln.

«Besorgt sie Ihnen nichts Nützlicheres?»

«Ich habe nie mit ihr gesprochen. Sie tut, was sie für richtig hält.»

«Wie haben Sie das Versteck gefunden?»

«Beim ersten Mal, als ich alleine duschen geschickt wurde, hat sie es offen gelassen.»

«Hatten Sie keine Bedenken, daß es eine Falle sein könnte?»

«Doch ... aber ich habe an die Kranken gedacht. Immerhin besser als nichts.»

«Sie könnte uns Medikamente besorgen ...»

Der Mönch begann, die Brotkügelchen zu verteilen. Die

Kranken schluckten sie gierig, beinahe ohne zu kauen. Ein Duft nach Käse, der an Freiheit und glückliche Tage erinnerte.

«Lassen Sie das Mädchen in Frieden», verlangte der Mönch. «Sie bringt sich schon genug in Gefahr.»

Der Meister gab dem alten Astrologen aus Nizza ein Brotkügelchen. Er verlor zusehends an Kraft. Seine Lippen wurden allmählich immer durchscheinender.

«Alles wird brennen», murmelte er, mühsam kauend. «Alles ... Das Feuer wird vom Himmel fallen, niemand wird ihm entgehen ... niemand!»

Der Astrologe richtete sich auf und wiederholte die gleichen Sätze an die zehnmal, dann fiel er zurück und lag reglos, die Augen starr zur Decke der Krankenstation gewandt.

Der Mönch und der Meister nahmen ihre tägliche Arbeit in Angriff. Die Kranken und ihre Betten reinigen, Behandlungen vornehmen, Trostworte sprechen, die niemanden mehr täuschen konnten.

«Warum läßt der Kommandant Sie nicht holen?» fragte der Mönch. «Ist er mit dem, was Sie enthüllt haben, schon zufrieden?»

Die Tür des Blocks ging auf. Klaus, der höhere Offizier. Der Meister blickte ihm entgegen.

«Sie nicht. Der Kommandant erwartet Bruder Benoît.»

Kapitel 13

Der Lagerkommandant speiste zu Mittag. Grüner Salat, Hammelbraten, Ziegenkäse. Seine tägliche Sonderlieferung – das mindeste, um die Moral eines Mannes aufrechtzuerhalten, den das Reich mit einer so wichtigen Mission betraut hatte. Spätabends, wenn alles still war, verfaßte der Kommandant täglich einen ausführlichen Bericht, in dem er das Verhalten des Meisters, der Logenbrüder und des Mönchs genauestens analysierte. Es war unerläßlich, auf diese drei Karten zugleich zu setzen.

Die ersten Ergebnisse waren höheren Ortes als vielversprechend eingestuft worden. Man war zwar noch weit vom Ziel entfernt, doch die Fortschritte waren beständig. Die Abwehr des Meisters begann zu bröckeln. Er wußte, daß er in der Falle saß, und sah keinen Fluchtweg. Sein wunder Punkt war die Loge. Er würde seine Brüder nicht im Stich lassen, und sich selbst durfte er nicht opfern. Also mußte er die verschiedenen Aspekte der Regel preisgeben. Natürlich würde er versuchen, Zeit zu gewinnen und die letzten Geständnisse hinauszuzögern, die Enthüllung der Geheimnisse, die der Erkenntnisloge ihre Sonderstellung und ihre außergewöhnliche Macht verliehen. Die Brüder im roten Block würde das Warten allmählich zermürben. Ihnen fehlte der Beistand ihres Meisters, sie wußten nicht, was mit ihm geschah, und mußten das Schlimmste befürchten. So würden sie schließlich den letzten Rest an Hoffnung verlieren, der sie bisher noch aufrecht erhielt. Sie würden ihren Zusammenhalt nicht bewahren können. Pierre Laniels Tod hatte sie erschüttert, doch der Kommandant wollte noch mehr: einen Keil zwischen sie treiben, sie gegeneinander ausspielen, dem Meister demonstrieren, daß seine Loge zerfiel. Das würde ihn tief treffen.

Der Kommandant rätselte noch immer über die Umstände von Pierre Laniels Tod. Eine Verzweiflungstat? Ein bewußter Selbstmord? Ein Unfall? Er fand keine zufriedenstellende Erklärung. Ein Schachzug, den die Brüder ausgeheckt hatten, aber mit welchen Hintergedanken? Was konnte ihnen Pierre Laniels Tod nützen? Sollten sie sich auf diese Weise des schwächsten Gliedes ihrer Kette entledigt haben? Dabei hatte Pierre Laniel nicht den Eindruck eines zerbrechlichen Menschen erweckt. Theoretisch durfte eine Loge wie diese nicht so brutal gegen eines ihrer Mitglieder vorgehen. Der Meister war zwar von seinen Brüdern getrennt, dennoch übte er wahrscheinlich einen gewissen Einfluß auf sie aus. War Laniels Tod Teil eines Plans, den er geschmiedet hatte?

Diese Unklarheiten störten den Kommandanten. Er ahnte, daß ihm etwas Entscheidendes entging. Trotzdem hatte er das Spiel weiterhin im Griff. Schließlich erfand er die Spielregeln nach seinem Gutdünken.

Der Hammelbraten zerging ihm im Mund. Köstlich.

«Ihr Besucher», verkündete der Adjutant.

«Führen Sie ihn herein.»

Der Kommandant legte seine Gabel beiseite und schob den Teller von sich. Der Adjutant räumte ab und schenkte ein Glas Saint-Émilion ein, den sein Vorgesetzter genüßlich kostete, während die massige Gestalt des Mönchs, von zwei SS-Männern flankiert, ins Büro trat. Der dichte Bart, die erstaunlich saubere Kutte, der Rosenkranz mit glänzenden Perlen ... Bruder Benoît füllte den Raum mit seiner Gegenwart.

«Wir haben lange keine Gelegenheit mehr gehabt, uns zu unterhalten, Hochwürden. Steht alles zum besten?»

«Nein. Medikamente fehlen.»

«Schon wieder dieses Versorgungsproblem! Doktor Branier hat bereits davon gesprochen ... vergessen wir das. Es gibt interessantere Themen. Helmut!»

Der Adjutant schickte die beiden SS-Männer hinaus, schloß die Tür und stellte sich in einen Winkel des Raumes, die Hände hinter dem Rücken verschränkt.

«Das einzige Thema, das mich interessiert, ist die Behandlung der Kranken. Ich weigere mich, über etwas anderes zu sprechen.»

«Sie haben sich nicht zu weigern, Hochwürden. In keiner Hinsicht.»

Der Mönch hielt seinem Blick stand. Dem Kommandanten gefiel dieser Stolz. Er liebte Menschen, die versuchten, ihm Widerstand zu leisten, auch wenn sie von vornherein verloren hatten. Diesen Mönch zu brechen war Teil seiner Aufgabe. Der Mann hatte zahlreiche Vorzüge, darunter die typische Gerissenheit der Geistlichen. Ohne das geringste Bedauern hatte der Kommandant viele von ihnen hinrichten lassen. Schwätzer, die nur leere Phrasen von sich gaben. Geistliche langweilten ihn. Doch dieser Benediktiner verfügte über ungewöhnliche Kräfte. Er praktizierte geheime Künste, die die Techniker des Reichs in wirksame Wissenschaften verwandeln würden.

«Wie entwickelt sich Ihre Zusammenarbeit mit Doktor Branier?»

Der Mönch tat, als habe er die Frage überhört.

«Ein ausgezeichneter Arzt, soviel ich weiß ... was meinen Sie, Hochwürden?»

«Wir tun beide unsere Pflicht. Doch ohne Medikamente können wir nicht helfen.»

Der Kommandant schenkte sich Wein nach.

«Ich habe den Eindruck, Sie versteifen sich allzusehr auf

diesen Punkt. Ich habe Verständnis für Ihre Schwierigkeiten ... aber es wird Ihnen nichts anderes übrigbleiben, als sich den Gesetzen dieser Festung zu beugen. Das Reich schätzt die Kranken nicht. Nur ein wohltätiges Bestreben veranlaßt mich, aus dieser Krankenstation ein Modell zu machen. Medikamente ... ich werde sehen, was sich machen läßt. Vorausgesetzt, Sie zeigen sich um einiges kooperativer.»

Der Mönch runzelte seine dichten Brauen. Zu gerne hätte er den Nazi in seinem Weinglas ertränkt und seine Rotznase von Adjutant an der Wand zerquetscht.

«Doktor Branier ist ein gefürchteter Terrorist», fuhr der Kommandant fort. «Er ist Freimaurer, Kirchengegner, Widerstandskämpfer, er hat getötet und Dutzende von Unschuldigen töten lassen. Dank seiner ersten Enthüllungen ist es uns gelungen, mehrere Sabotagenetze zu zerschlagen. Darunter fanden sich auch Priester und Geistliche, die sich von der Propaganda haben täuschen lassen. Branier ist ein mutiger Mann. Aber er ist entschlossen, sein Leben zu retten.»

«Was geht mich das an?»

Der Mönch hatte eine abweisende, mißbilligende Miene aufgesetzt. Der Kommandant schnalzte mit der Zunge. Der Saint-Émilion war wunderbar vollmundig.

«François Branier ist Meister vom Stuhl einer außergewöhnlichen Freimaurerloge. Sie verfügt über Geheimnisse, die das Reich interessieren. Ich nehme nicht an, daß François Branier die Beichte ablegen wird, doch Sie könnten ihn dazu bringen, Ihnen das eine oder andere anzuvertrauen ... wenn es nicht bereits geschehen ist.»

Der Mönch hob die Augen zur Decke.

«Gott ist mein einziger Vertrauter.»

«Wenn Sie Medikamente wollen, Hochwürden, dann

berichten Sie mir alles, was Branier Ihnen über sein Geheimnis verrät.»

«Sie wollen mich zum Spitzel machen?»

Die Stimme des Mönchs klang heiser.

«Wie man es nennen will, tut wenig zur Sache. Ich erwarte Informationen von Ihnen.»

«Branier und ich sprechen nur über Medizinisches. Ich kann für diese Art Mensch keinerlei Sympathie aufbringen, und ich verspüre nicht die geringste Lust, mich mit ihm zu unterhalten. Er ist Freimaurer und Atheist. Schlimmer als ein Heide. Seine Vertraulichkeiten interessieren mich nicht im geringsten.»

«Dann müssen Sie sich eben zwingen, Hochwürden, wenn Ihnen die Kranken wirklich am Herzen liegen ... Fahren wir mit unserem Radiästhesieunterricht fort?»

Der Kommandant zog eine Schreibtischschublade auf und nahm die Haselgerte heraus, die ihm als Wünschelrute diente. Er stand auf und trat neben den Mönch. Mit Daumen und Zeigefinger ergriff er die Enden der Rute und streckte sie vor sich.

«Halte ich sie richtig?»

«Entspannen Sie sich. Tragen Sie die Wünschelrute auf Brusthöhe. Lassen Sie sie vibrieren.»

Der Kommandant folgte den Anweisungen des Mönchs.

«Helmut!»

Der Adjutant trat an den Schreibtisch und legte fünf verdeckte Karten aus.

«Ich suche das Pikas», verkündete der Kommandant.

Er führte das Ende der Wünschelrute langsam über die Karten. Über der zweiten schlug sie leicht aus. Mit zitternder Hand deckte der Kommandant die Karte auf.

Das Pikas.

«Ich glaube, ich mache Fortschritte, Hochwürden.»

Der Mönch fühlte, wie eine Woge von Pessimismus ihn überrollte.

Guy Forgeaud hatte keinen Anhaltspunkt dafür, wie spät es war. Man hatte ihn in die Werkstatt im Untergeschoß des Turmes geführt und mit der Reparatur eines Jeepmotors und eines Panzerdrehturms betraut, die beide in kläglichem Zustand waren. Offenbar fehlte es den Deutschen an Technikern. Forgeaud schlug vor zu schweißen. Der SS-Mann, der für das Material zuständig war, hatte keine Einwände. So verbrachte der Freimaurer die Zeit damit, seine Schweißnähte gewissenhaft zu sabotieren; sie sahen zwar tadellos aus, würden jedoch bei der ersten Belastung brechen. In dieser Art Arbeit hatte Forgeaud es zur Meisterschaft gebracht. Er ging langsam und äußerst sorgfältig zu Werke.

Der einzige Haken: Es war schwierig, etwas zu stehlen, denn beim Betreten und beim Verlassen der Werkstatt wurde er gründlich durchsucht. Doch wenn man Forgeaud erlaubte, regelmäßig hier zu arbeiten, würde es ihm sicher gelingen, etwas herauszuschmuggeln.

Die Werkstatt war übertrieben sauber. Wenig Arbeitsgerät. Forgeaud glaubte zu träumen. Mitten im Herzen eines Gefängnisses bewegte er sich in seiner Lieblingsumgebung ... Seine Überraschung wuchs, als man ihn allein ließ. Er konnte es sich nicht versagen, alle Winkel zu durchstöbern. Als er in einem schmalen Werkzeugkorridor nach Gewindestangen suchte, stieß er auf eine niedrige Tür mit der Kreideaufschrift «Waffenschmiede». Die Tür war mit einem einfachen Vorhängeschloß gesichert. Forgeaud hielt sich nicht lange auf. Als er in die Werkstatt zurückkam, die Gewindestangen in der Hand, trat der Offizier ein.

«Zufrieden mit Ihrer neuen Aufgabe, Forgeaud?»

«Ich tue, was ich kann ... Ihr Panzerdrehturm sieht übel aus. Mindestens ein Monat Arbeit. Ich muß sämtliche Gewindestangen austauschen und alle Schweißnähte nachbessern.»

«Tun Sie das», stimmte der Offizier zu. «Man wird Ihnen alles Nötige besorgen. Sie werden täglich zehn Stunden hier arbeiten, ohne Pause.»

Der Meister saß an seinem Schreibtisch, hatte den Kopf in die Hände gelegt und konnte sich nicht dazu durchringen zu schreiben. Man hatte ihn aus der Krankenstation geholt, bevor der Mönch zurückgekommen war. Es war sinnlos, Vermutungen anzustellen. Doch dumpfe Angst hinderte François Branier daran, sich zu konzentrieren, Worte zu finden, die nichts verrieten und dem Kommandanten dennoch den Eindruck vermittelten, er lese endlich die geheime Regel der Freimaurerei.

Die Lehrzeit. Der Eintritt des Eingeweihten in die Gemeinschaft. Die ersten Schritte. Endlich glitt die Feder übers Papier. Der Meister war beinahe glücklich über diese Gelegenheit, sich der Besinnung hinzugeben, den irren Lauf der Zeit anzuhalten, in Gedanken zu den Ursprüngen seines spirituellen Abenteuers zurückzukehren.

Er war ein schwieriger, aufsässiger Lehrling gewesen. Er akzeptierte die Anweisungen nicht, weil sie ihm sinnlos schienen. Er verlangte jenen viel ab, die sich «Meister» nannten und seine Fragen nicht beantworteten. François Branier war an der Einweihung verzweifelt und trug sich sogar mit dem Gedanken, die Loge zu verlassen, die ihm der alte Lehrer, sein Pate, empfohlen hatte. Erst ein Gespräch mit dem Zweiten Aufseher, der die Lehrlinge betreute, hatte einen Sinneswandel eingeleitet. Der hatte ihm vorgeworfen, er sei zu sehr er selbst. Zu sehr er selbst ... Aber was blieb denn von der Gemeinschaft, die er sich erträumt hatte? Ein enttäuschter Profaner im Gewand des Eingeweihten, der seine Brüder beschuldigte, ihm nicht das zu bieten, was er erwartet hatte. Ein Ausbund an Eitelkeit und Egoismus, der vergaß, Selbstkritik zu üben. François Branier hatte begriffen, daß er selbst sein gefährlichster Gegner war, das größte Hindernis auf seinem Einweihungsweg. Da hatte er sich dem Wesentlichen zugewandt: den Symbolen und Riten, die ihm offenbart worden waren. Ein Schleier war zerrissen. Die Lehrzeit hatte begonnen.

Das erste Geheimnis war die Beherrschung der Elemente: Erde, Wasser, Luft und Feuer. Sie symbolisierten die Lebenskräfte des Weltalls, die der Eingeweihte kennenlernte. Wie viele Abende, wie viele Stunden hatte er sich mit diesen komplexen Begriffen beschäftigt, um mit ihnen vertraut zu werden, sie zu leben, sie zu entschlüsseln. Der Schriftsteller Jean Serval war der letzte aus einer Generation von Lehrlingen, die eine ähnlich strenge Ausbildung erhalten hatten. Die Meister anderer Logen fühlten sich in seiner Gegenwart unsicher, weil er sie durch die Tiefgründigkeit seiner Ansichten und seiner Kenntnis der Regel weit überflügelte.

Blatt um Blatt füllte der Meister mit Sätzen über die Rituale, die den Lehrling in die Kenntnis der Elemente einweihten. Er las das Geschriebene noch einmal, zögerte, erwog, die Seiten zu zerreißen, fand sie zweideutig genug. Seltsam, diese Rückschau ... seine Lehrzeit war ebenso mühevoll wie aufregend gewesen. Die Entdeckung einer Welt, jener der Loge, doch auch die Empfindung, sich auf endlosen Wegen, in fremden Landschaften zu verirren. Die Lehrzeit, Zeit der Stille, der Loslösung von dem Bild, das er von sich selbst besaß.

Das Gesicht der jungen Deutschen kam dem Meister in

den Sinn. Warum ging sie ein solches Risiko ein, wenn nicht, weil sie den Nazis feindlich gesonnen war? Sie verkörperte die schmale Pforte der Befreiung. Er mußte mit ihr sprechen. Doch was war von ihrer Beziehung zum Mönch zu halten?

Die Tür des Arbeitszimmers öffnete sich. Der Offizier trat mit großen Schritten an den Schreibtisch und griff nach den Blättern, die mit der Schrift des Meisters bedeckt waren.

«Der Kommandant erwartet Sie.»

Der Meister blieb beinahe eine halbe Stunde vor dem Arbeitstisch des Kommandanten stehen. Dieser las die Seiten, die Klaus ihm gebracht hatte, aufmerksam, ohne auch nur einmal aufzublicken.

«Sie sind sehr genau», urteilte er schließlich. «Genau, aber unergründlich. Diese Seiten sind die eines Philosophen. Nicht eines Mannes der Tat.»

Der Kommandant stand auf und lief zwischen seinem Schreibtisch und einem Fenster zum großen Hof auf und ab. Unbewegt und schweigend stand der Adjutant in einer Zimmerecke und beobachtete.

«Ihre Abhandlung ist interessant, Meister. Aber ich glaube, Sie haben mich mißverstanden. Ich verlange von Ihnen das Geheimnis dessen, was Sie Ihre ‹Regel› nennen. Das Geheimnis Ihres Einflusses auf die Welt. Keine esoterischen Reden.»

«Das Mißverständnis liegt bei Ihnen.»

Breitbeinig blieb der Kommandant am Fenster stehen, mit dem Rücken zu seinem Gesprächspartner.

«Inwiefern?»

«Weil unser Einfluß auf die Welt in esoterischen Reden seinen Anfang nimmt. Das ist das erste unserer Geheimnisse. Zuerst schulen wir den Eingeweihten für seine künftigen Aufgaben, auch wenn es nicht den Anschein hat. So als würde man einen Athleten darauf vorbereiten, einen Rekord zu brechen, aber ohne jedes körperliche Training. Allein die innere Einstellung ist entscheidend.»

Der Meister gab sich Mühe, überzeugend zu wirken. Der Kommandant wandte sich unwirsch um, packte den Blätterstoß und streckte ihn François Branier entgegen.

«Sie wollen behaupten, dieses Kauderwelsch sei das Geheimnis Ihrer Loge?»

Der Meister hielt dem wütenden Blick des Kommandanten stand.

«Es ist die Wahrheit. Anders kann ich die Regel nicht formulieren.»

Der Deutsche setzte sich.

«Nun ja, warum nicht ... ich will Ihnen glauben. Aber ich muß vorsichtig sein. Darum habe ich Ihren Bruder Guy Forgeaud in die Werkstatt beordert. Ein Freimaurermeister hat besondere Fähigkeiten. Die wird er uns beweisen, ob er will oder nicht.»

Der Meister erbleichte. Was führte dieser Dämon nun wieder im Schilde? Indem er Forgeaud von den anderen trennte, reduzierte er die Gemeinschaft, nahm ihr Kraft. Sicher hatte er beschlossen, die Maurer einzeln zu brechen, sie Woche für Woche im Lager zu verteilen ...

Guy Forgeaud war fähig zu widerstehen. Er würde einen kühlen Kopf bewahren. Er würde die Umstände zugunsten der Loge nutzen.

«Ihr Bruder Forgeaud ist ein ausgezeichneter Mechaniker», fuhr der Kommandant fort. «Wir haben ihm den Auftrag gegeben, einen Panzerdrehturm zu reparieren, um seinen guten Willen auf die Probe zu stellen. Ich hoffe, er ist nicht so leichtsinnig, ihn zu sabotieren.»

Guy Forgeaud hatte kein anderes Zeitmaß als die Ermüdung seiner Muskeln. Einen guten halben Tag hatte er wohl bereits pausenlos gearbeitet. Vor ihm stand der zerlegte Panzerdrehturm. Er würde seine Sabotage so geschickt tarnen, daß sie selbst für einen Experten unsichtbar war. Ein paar schlechte Schweißnähte wären schnell entdeckt worden. Es war undenkbar, daß es in der SS-Garnison keinen fähigen Mechaniker gab.

Was hatte man mit ihm im Sinn? Stellte man ihm eine Falle, um ihn als Saboteur zu überführen? Forgeaud war kein Mann, der seine Phantasie schweifen ließ. Die Wirklichkeit war vielleicht ganz simpel ... sie brauchten einen Tüftler vom Fach, um schadhaftes Gerät zu reparieren. Was ihn wirklich beschäftigte, war die Loge. Er mußte die nötigen Gegenstände besorgen, damit sie eine «Sitzung» abhalten und in die Zeitlosigkeit der Symbole eintauchen konnten. Im Geiste machte er eine Bestandsaufnahme des Materials, das ihm zur Verfügung stand. Eine wahre Goldgrube. Doch es fehlte Kreide ... eine dumme Kleinigkeit. Gab es ein einziges Stück davon in dieser Werkstatt? Er suchte. Nichts. Er würde das Zeug beschaffen. Er wollte es. Die Loge brauchte es.

Wo er ging und stand verspürte Guy Forgeaud den Drang, alle Fenster nach außen zu finden. Sehen, was draußen vor sich ging, das war schon ein Stück Freiheit. Er schabte an den Mauern auf der Suche nach einem verdeckten Kellerfenster. Dann zog er das große Los: direkt unterhalb der Decke, über einer rostigen Arbeitsbühne, ein Gitter, das gegen die Kälte mit speckigen Lumpen verhängt war. Bevor er die Lumpen anrührte, betrachtete Guy Forgeaud sie lange, um sich ihre Position genau einzuprägen. Als er sie abnahm, blies ihm eiskalter Wind ins Gesicht. Die Nacht brach herein. Der Hof war menschenleer.

Guy Forgeauds Arbeit wurde stündlich von einem SS-Mann kontrolliert. Der Schlosser hatte sich bald an diesen Rhythmus gewöhnt und ahnte das Kommen des Nazis schon voraus. Er konnte nur hoffen, daß die Deutschen ihre Gewohnheiten nicht änderten. Wenn man ihn dabei ertappte, wie er auf der Arbeitsbühne stand und in den Hof spähte ...

Der Mönch und der Meister saßen Seite an Seite in der Kammer.

«Ich habe die Kranken allein versorgt. Der Kommandant hat Sie lange bei sich behalten.»

In der Stimme des Mönchs lag Mißtrauen. Als ob der Meister seine Zeit damit zubrächte, sich zu verstecken.

«Glauben Sie vielleicht, mir macht das Spaß?»

Gereizt spielte der Mönch mit den Perlen seines Rosenkranzes.

«Was wollte er?»

«Immer das gleiche. Das Geheimnis der Loge. Meine letzten Seiten haben ihm nicht gefallen.»

«Er wird Sie fertigmachen», verkündete der Mönch bissig. «Sie tun nicht gut daran, mit diesem Kerl Katz und Maus zu spielen. Er läßt Sie nach seiner Pfeife tanzen, nicht umgekehrt. Wissen Sie überhaupt, ob Ihre Brüder noch am Leben sind?»

«Forgeaud ja. Von den anderen weiß ich es nicht. Aber Sie müßten es doch wissen.»

Der Mönch errötete. Er wandte sich dem Meister zu, der vor sich hin starrte.

«Was soll das heißen? Halten Sie mich noch immer für einen Verräter?»

«Wie kommen Sie denn darauf, Hochwürden? Ich meine nur, Sie könnten es leicht in Erfahrung bringen.»

«Und wie?»

«Durch die junge blonde Frau.»

«Glauben Sie, ich habe Gelegenheit, mit ihr zu plaudern?»

«Zu plaudern vielleicht nicht ... Aber Sie könnten das Versteck in den Duschen benutzen, um ihr Fragen zu stellen. Sie kann sich im Lager frei bewegen. Ich würde mich nicht wundern, wenn Sie noch andere kleine Absprachen mit ihr getroffen hätten. Wegen der Medikamente ...»

«Lassen Sie mich in Frieden mit diesen Medikamenten!» donnerte der Mönch.

Überrascht blickte ihn der Meister von der Seite an.

«Wollen Sie sie denn nicht mehr?»

«Der Preis ist zu hoch.»

«Nämlich?»

«Das geht Sie nichts an.»

Der Mönch zog ein mürrisches Gesicht und fragte sich, weshalb er diesen Freimaurer nicht verriet, der Gott mißachtete und für Gläubige nur Spott übrig hatte. Jeder seiner Kranken war zehnmal mehr wert als dieser Mann, und die Medikamente waren dringend nötig ... Doch er würde sich nicht zum Spitzel erniedrigen lassen, indem er das Vertrauen des Meisters gewann und dem Kommandanten die gewünschten Informationen lieferte. Das Vertrauen des Meisters gewinnen ... war das überhaupt möglich? Dieser untersetzte, stämmige Mann mit der breiten, hohen Stirn, den kräftigen Schultern und dem gelassenen Wesen schien keiner Leidenschaft, keiner Gefühlsregung zugänglich. Er hatte nichts von seinem inneren Gleichgewicht eingebüßt. Bruder Benoît schoß der Gedanke durch den Kopf, daß François Branier einen guten Mönch abgegeben hätte. Doch sofort vertrieb er diese absurde Idee.

«Wer ist diese Frau?» fragte der Meister.

«Keine Ahnung. Ich habe noch nie ihre Stimme gehört. Einmal ist sie hier gewesen, wie ein Schatten.»

Der Mönch enthüllte eines seiner «kleinen Geheimnisse». Der Meister wußte die Geste zu würdigen. Doch zugleich beunruhigte sie ihn. Wie viele andere Informationen dieser Tragweite behielt der Benediktiner für sich? Was war verständlicher, als daß er seinem maurerischen «Verbündeten» kein Vertrauen entgegenbrachte? Doch fädelte er nicht insgeheim einen ganz anderen Plan ein, lockte er ihn nicht auf falschen Fährten in eine Falle? Wie jeder andere Gefangene in der Festung sann sicher auch der Mönch vor allem darauf, seine eigene Haut zu retten. Und seinem Gott zum Sieg zu verhelfen. Wenn er dem Kommandanten das Geheimnis des Meisters lieferte, hatte er die besten Chancen, ungeschoren davonzukommen. Er war gewissermaßen ein Kollaborateur von Gottes Gnaden.

Der Meister nahm es sich selbst übel, daß er den Mönch solcher Niederträchtigkeit verdächtigte. Im allgemeinen vertraute er den Menschen. Doch der böse Zauber der Festung beeinflußte auch ihn. Andererseits durfte er auch nicht zu gutgläubig sein. Schließlich ging es nicht um sein eigenes Schicksal, sondern um das der Loge. In dieser Hölle würde jeder versuchen, seine Schäflein ins trockene zu bringen, auch der Mönch. Mehr noch, lag es nicht in seinem Interesse, die letzte Einweihungsloge verschwinden zu sehen? Bei ihrer Zerstörung mitzuwirken, darauf könnte er sogar stolz sein. Der Mönch war der erbittertste Feind der Loge, im Grunde sogar gefährlicher als der SS-Kommandant.

«Es war vor über einem Monat», fuhr der Mönch fort. «Die SS-Männer waren beim Essen. Die Überwachung war weniger scharf als sonst. Sie war in Uniform. Sie kam herein und legte einen Finger auf die Lippen. Sie hat einen kleinen Kasten mit Medikamenten abgestellt und ist gegangen. Wie ein Lufthauch. Eine Erscheinung. Inzwischen ist mein Vorrat aufgebraucht. Sie ist nicht wiedergekommen. Vielleicht wegen Ihnen.»

«Wäre es Ihnen lieber, wenn ich mich opferte?»

«Die Entscheidung liegt bei Ihnen. Doch das Opfer müßte wenigstens zu etwas nütze sein.»

«Haben Sie eine Idee?»

«Ich will Sie nicht beeinflussen.»

«Herzlichen Dank für Ihr Mitgefühl, Hochwürden! So viel Menschlichkeit hatte ich gar nicht erwartet. Haben Sie noch ein wenig kalte Suppe übrig?»

Der Meister hatte Hunger. Eine unbezwingbare Energie war in ihm erwacht, denn er glaubte, die Lage endlich zu durchschauen. Er hatte seinen wichtigsten, hinterhältigsten Feind erkannt. Der Mönch war der heimliche Herrscher der Hölle.

Kapitel 14

Der Meister wartete. Klaus, der Offizier, hatte ihn früh morgens geholt und in sein Arbeitszimmer im Turm gebracht, wo er die Geheimnisse der Erkenntnisloge niederschreiben sollte. Doch auf dem Tisch lag kein Papier. Der goldene Füllfederhalter war verschwunden. Kein Stift weit und breit. Ein sadistischer Scherz? Vergeßlichkeit? Eine neuerliche Prüfung, die ein kranker Geist ersonnen hatte? Der Meister gab es auf, fruchtlose Vermutungen anzustellen. Warten. Die einzige Lösung. Die Einsamkeit ertragen, die Gegenwart des Bösen akzeptieren, darauf vertrauen, daß er seine Brüder wiedersehen und mit ihnen eine «Sitzung» zu Ehren des Allmächtigen Baumeisters aller Welten abhalten würde.

Der Meister setzte sich auf den einzigen Stuhl des kahlen Raumes, vor den Schreibtisch. Leere. François Branier verfügte über zähe Geduld. Die Zeit konnte ihm nichts anhaben. Er ließ sie widerstandslos durch sich hindurchfließen. Durch die Einweihung hatte er gelernt, daß die Zeit nicht wirklich existierte. Es gab Tag und Nacht, Jahreszeiten, Alterung, Zyklen ... doch mit jedem Tagesanbruch begann der erste Tag der Welt, der erste Augenblick, in dem die Bestimmungen aller Wesen eins waren, in dem das Leben keinem Verfall unterworfen war. Wie jeder Eingeweihte trug François Branier eine Jugend in sich, die sich beständig erneuerte. Seine Toten waren in ihm. Seine Frau, der alte Französischlehrer, Pierre Laniel ... sie verliehen ihm die Kraft, durchzuhalten, die Finsternis zu bezähmen.

Bevor sie die Mysterien zelebriert hatten, hatten die Brüder von «Erkenntnis» mehrfach über die Möglichkeit einer Verhaftung und sogar über die Zerstörung ihres Werkes durch die Barbarei gesprochen. Der Meister hatte den vorgebrachten Befürchtungen nichts entgegengesetzt. Er hatte nicht getröstet, die Wirklichkeit nicht beschönigt. Mit tiefer Freude hatte er erkannt, daß seine Brüder bereit waren. Die Prüfung schreckte sie zwar, doch sie verfielen nicht in Panik. Das Böse gehörte zur Ordnung der Dinge. Der Boden der Loge wurde «Musivisches Pflaster» genannt, er bestand aus einem Mosaik von schwarzen und weißen Fliesen. Im Weiß verborgen, ein schwarzer Fleck. Im Schwarz versteckt, ein Fünkchen Weiß. Die Nazifestung sollte das absolute Böse verkörpern. Doch auch in dieser Finsternis gab es ein Licht. Es war des Meisters Aufgabe, dieses Licht zu erkennen und zu nutzen. Im Grunde war das ja sein Beruf.

Was ihm am meisten fehlte, waren die «Sitzungen». Die Einheit mit seinen Brüdern zu erleben, die Riten zu zelebrieren, zu Ehren des Allmächtigen Baumeisters aller Welten zu arbeiten, die Bruderkette zu bilden, Schritt für Schritt auf dem Weg der Erkenntnis voranzuschreiten, der Regel folgend ... diese Augenblicke zu entbehren war unerträglich. Kein Paradies war ihnen vorzuziehen. Der Meister begriff die Menschen der Antike, die das Jahr mit Riten begleiteten und Tage oder ganze Wochen damit zubrachten, das Heilige immer wieder zu erschaffen, in Einklang zu treten mit den Gesetzen des Universums. Diese Wirklichkeit, von der so wenige Menschen wußten, hatte der Meister im verborgensten Wirken seiner Loge erlebt. Die Eingeweihten arbeiteten nicht für sich selbst. Wie die Mönche des Mittelalters waren sie in der Stille einer Gemeinschaft tätig, die strahlte, ohne sich zur Schau zu stellen, um die Welt im Gleichgewicht zu halten. Wie die Mönche ... Dieser Gedanke verwirrte François Branier.

Der Schlüssel drehte sich im Schloß. Klaus, der höhere Offizier, öffnete die Tür.

Der Meister unterdrückte einen Ausruf der Enttäuschung. Neben dem Offizier stand die junge Blonde in SS-Uniform. Sie hatte ihn also verraten. Wegen eines Blickes verkaufte sie ihn an die Nazis. Sie spielte das Spiel des Mönchs. Der Freimaurer wurde geopfert. Der Meister war zutiefst verletzt, doch er ließ sich nichts anmerken.

«Gibt es ein Problem, Monsieur Branier?»

Der Meister wandte sich ab.

«Mir fehlt es an Bewegung. Wenn es Kräuter zu sammeln gibt, melde ich mich freiwillig.»

Er erwartete eine spontane Reaktion seitens der jungen Frau. Doch sie schwieg und blieb hinter dem Offizier stehen.

«Für die Leibesertüchtigung bin ich nicht zuständig, Monsieur Branier. Sonst noch einen Wunsch?»

Der Meister schüttelte den Kopf. Klaus genoß die Szene wie eine Katze, die zum Tatzenhieb ausholt. Durch eine unmittelbare Zeugenaussage gestützt, würde er den Meister der versuchten Flucht oder eines anderen Vergehens anklagen.

«Los.»

Der Befehl war schneidend. Die junge Frau näherte sich François Branier. Er sah sie nicht an, um es ihr leichter zu machen. Jemanden zu denunzieren bringt selbst den hartgesottensten Verräter einen Augenblick in Verlegenheit. Er wollte sie in unbefleckter Erinnerung behalten, mit einem Lächeln im sonnendurchfluteten Wald.

Sie streckte den Arm zum Schreibtisch aus und trat nervös wieder auf ihren Platz hinter dem Offizier.

«Viel Vergnügen bei der Arbeit, Monsieur Branier», sagte Klaus, als er mit seiner Helfershelferin hinausging.

Auf dem Schreibtisch hatte sie Blätter und ein Faß mit schwarzer Tinte deponiert.

«Wir müssen herausfinden, wo sie den Meister festhalten», drängte der Lehrling Jean Serval.

«Wüßte nicht, wie wir das anstellen sollen», entgegnete Dieter Eckart.

«Ich werde den Hof beobachten, solange es geht. Irgendwann wird er schon auftauchen», sagte Guy Forgeaud.

Die SS-Männer hatten Forgeaud spät am Abend in seinen Block zurückgebracht. Eine gute Stunde lang hatte der Schlosser von seinem ersten Tag der Zwangsarbeit berichtet, um dann in tiefen Schlaf zu fallen. Die Brüder waren sich einig: Die Tür zur Waffenschmiede verbarg eine Falle. Doch Forgeaud gab die Hoffnung nicht auf, sie zu durchstöbern, ohne sich erwischen zu lassen. Mit seinen ersten Schweißarbeiten am Panzerturm war er zufrieden. Die Sabotage war nicht zu sehen. Blieb zu hoffen, daß sie sich als wirksam erweisen würde.

«Wenn Guy es schafft, uns Waffen zu besorgen», sagte Raoul Brissac, «dann gehen wir zum Angriff über.»

«Er wird durchsucht, wenn er die Werkstatt verläßt», wandte Dieter Eckart ein. «Es wäre Irrsinn, ein solches Risiko einzugehen. Einen unserer Brüder haben wir schon verloren.»

«Und wir werden alle krepieren, wenn wir fügsam sind wie Schlachtvieh!» empörte sich Brissac.

«Ich glaube nicht, daß ein Geselle in diesem Ton mit einem Meister zu sprechen hat», versetzte Eckart kühl.

Gereizte Stille entstand im roten Block. Der Lehrling Serval und der Geselle Spinot vermieden es, ihren Bruder Brissac anzusehen. Der wandte sich ab.

«Ich wollte Sie nicht angreifen», erklärte er angespannt. «Ich bin überzeugt, daß wir nur dann eine Überlebenschance haben, wenn wir etwas unternehmen. Zuallererst müssen wir diese Schweine für Pierres Tod bezahlen lassen.»

«Du hast keinerlei Entscheidung zu treffen, mein Bruder.»

Diese Rüge setzte der Diskussion ein Ende. Doch Dieter Eckart ließ sich nicht täuschen. Die Abwesenheit des Ehrwürdigen würde sich bald als unüberwindliches Hindernis erweisen. Binnen kurzem würden sie sich gegenseitig zerreißen.

«Wie sehr ich sie brauche», gestand sich der Meister ein, dem es nicht gelingen wollte, etwas zu Papier zu bringen. Allein die Gesichter seiner Logenbrüder gaben ihm die Kraft, nicht in den Abgrund zu stürzen, in den er sich gezogen fühlte. «Wie sehr ich sie brauche, weil sie wirklich existieren, weil sie zum Bewußtsein erwacht sind, zum wahren Leben.»

Wie an jedem Abend rief sich der Meister nacheinander die Gesichter all seiner Brüder ins Gedächtnis. Er prüfte ihre verborgenen Fähigkeiten, ihre Widerstände, ihre Fortschritte auf dem Weg, die Ursachen für ihre Erfolge und Mißerfolge. Die Erfolge verdankten sie allein sich selbst und ihren Anstrengungen. Für die Mißerfolge war er verantwortlich. Er hatte es nicht vermocht, sie im richtigen Moment zu verstehen, ihnen die Richtung zu weisen, die nächsten Schritte. Oft verbrachte er lange Augenblicke damit, über die Loge nachzudenken. Dann vergaß er die Müdigkeit, vergaß sich selbst.

Er fuhr sich mit der Hand durchs Haar. Wie schwer war sie zu tragen, diese Bürde des Ehrwürdigen, die die Logenmeister einander von Generation zu Generation weitergegeben hatten. Kein König, kein Kaiser, kein Präsident irgendeiner Republik konnte sich ausmalen, was auf den Schultern des Stuhlmeisters einer Einweihungsloge lastete. Gemäß der Regel teilte dieser seine Bürde mit niemandem. An der Spitze des gemeinschaftlichen Lebens, in dem jeder Bruder unter allen Umständen die Unterstützung fand, die er brauchte, umfing ihn diese unendliche Einsamkeit, diese glühende Wüste, in der man sich seine Nahrung selbst erschaffen mußte, dieses unbekannte Land, in dem man alle Wege zum erstenmal beging. Er sehnte sich nach der Zeit zurück, in der er noch kein Ehrwürdiger gewesen war, in der er die Meister, die Aufseher, den Stuhlmeister um Rat fragen konnte. Nun gab es niemanden mehr zwischen ihm und dem Allmächtigen Baumeister aller Welten. «Der Ehrwürdige ist der Mittler zwischen Himmel und Erde», so besagte es die Regel. Was war geblieben vom Individuum François Branier, von seinen Vorlieben, seinen Träumen, seinen Zielen? Sicher, es existierte noch, doch fern von ihm, in einer Sphäre außerhalb seiner selbst. Das Amt des Meisters vom Stuhl hatte von ihm Besitz ergriffen. Das erfüllte ihn weder mit Stolz noch mit Trauer. Es gehörte zu den Gefahren und Notwendigkeiten seiner Berufung. Ein Meister vom Stuhl war nicht mehr sein eigener Herr. Er stand im Dienste seiner Gemeinschaft. Zu dienen hieß, alles zu geben. François Branier war weder mystisch noch romantisch veranlagt. Er hatte keine Wahl, und gerade darin lag seine Freiheit. Um sich selbst sorgte er sich nicht mehr. Er war eins geworden mit seinem Schicksal, ohne Fatalismus. Die Zukunft der Loge hing zum großen Teil von der Route ab, die das Schiff einschlug, dessen Steuermann er war.

Manchmal hätte er den Posten am Ruder gerne verlassen, ihn einem erfahreneren, kompetenteren Bruder anvertraut. Er verfluchte seine Schwächen, seine Eitelkeit, seine Mittelmäßigkeit angesichts der übermenschlichen Aufgabe, mit der er betraut war. Doch das heilige Werk lebte weiter, die Loge entwickelte sich und ließ ihm keine Muße, bei seinen Ängsten zu verweilen. Hier, in dieser Festung, in der die Menschenzeit ausgelöscht war, überfielen sie ihn von neuem wie Schatten. Was war ein Stuhlmeister wert ohne seine Gemeinschaft? Im Grunde gar nichts. Wie konnte er den Weg des Lichts erkennen? Wenn er sich in seinen eigenen Augen erniedrigte, schwächte er die Loge. Doch er hatte auch kein Recht, sich etwas vorzumachen, sich für einen Übermenschen zu halten, Gründe zur Hoffnung zu erfinden. Allein das Ritual verwandelte den Menschen Branier in den Ehrwürdigen Branier.

Mehr denn je verlangte die Loge einen Meister, der seines Amtes würdig war, nun, da er genau das nicht konnte.

Der Mönch hatte seine morgendliche «Visite» beendet. Die Kranken, die sich nicht mehr bewegen konnten, hatte er gewaschen, er hatte die Betten gesäubert und die Patienten behandelt. Wirksam behandelt. Denn die blonde Frau in Naziuniform war wiedergekommen, noch vor Tagesanbruch, und hatte Medikamente gebracht. Der Mönch hatte nur einen Schatten gesehen. Liebevoll hatte er das kleine Paket vom Fußboden der Krankenstation aufgehoben. Damit konnte er sich ein paar weitere Tage über Wasser halten, konnte ein paar Siege über das Leiden erringen.

Wie lange war der Mönch nicht mehr nach draußen gekommen, um Kräuter zu sammeln? Er wußte es nicht. Er hatte vergessen, die Tage zu zählen. Ein schlechtes Zeichen. Noch ein paar Nachlässigkeiten wie diese, und er würde in Resignation verfallen, die schlimmste Art des Versagens.

Bruder Benoît pflegte seine Verantwortung ernst zu nehmen. In seinem letzten Kloster in Saint-Wandrille in der Normandie hatte man ihn als den zukünftigen Abt betrachtet, eine Funktion, die er wegen des hohen Alters des Amtsinhabers inoffiziell bereits ausübte. Diese Erinnerung betraf ihn nicht mehr. Im Geiste erlebte er seine Spaziergänge durch den weitläufigen Park noch einmal, die Stunden, die er meditierend im Wald zugebracht hatte, die spürbare Gegenwart Gottes, die Freude an der praktischen Arbeit, den Genuß an der Lektüre. Was er am meisten vermißte, war das Refektorium. Ein romanischer Saal aus dem XI. Jahrhundert, dessen vollkommene Proportionen jeden Eintretenden heiligten. Die Tische waren in T-Form aufgestellt. Am Kopfende saß der Abt. Teller und Besteck lagen immer auf, als säßen unsichtbare Wesen bei einem Festessen, während die Mönche aus Fleisch und Blut ihrem Tagwerk nachgingen. Sobald Benoît das Refektorium betrat, fühlte er sich in eine andere Welt versetzt, fern von Engstirnigkeit und Niedertracht. Diese zeitlosen Mauern bargen mehr als nur Freude: Harmonie. Wenn jeder Mönch an seinem Platz saß, breitete sich eine Glückseligkeit aus, die Erschöpfung, Sorgen, Zweifel auszulöschen vermochte. Gemeinsam zu essen, gemeinsam zu trinken, gemeinsam zu denken erfüllte die Anwesenden mit einem Licht, das in den Herzen und in der Einsamkeit der Zellen noch lange weiterleuchtete.

Von diesem Geheimnis hatte der Mönch geglaubt, allein die Benediktiner würden es kennen; bis zu jenem Augenblick, in dem er dem Meister begegnet war. Zwar konnte eine Freimaurerloge nichts, aber auch gar nichts mit einem Mönchsorden gemeinsam haben, doch Benoît war erstaunt gewesen über die spirituelle Kraft, die diesen Mann beseelte, über seine Achtung vor einer Regel, die er als sein wertvollstes Gut zu betrachten schien.

Ein Hustenanfall schüttelte die breite Brust des Mönchs. Sicher der Mangel an frischer Luft.

Kapitel 15

«Meister, ich bin ganz und gar nicht zufrieden mit Ihrer Arbeit.» Mit gerunzelter Stirn, verkniffenem Mund und strengem Blick betrachtete der Kommandant François Branier wie ein Lehrer, der die schlechte Arbeit eines Schülers tadelt. In den Händen hielt er die Seiten, die der Meister den Tag über mit seiner kleinen, engen, regelmäßigen Schrift gefüllt hatte.

«Was Sie gerade gelesen haben, ist vollkommen zutreffend. Das schwöre ich.»

«Ich glaube Ihnen aufs Wort, Meister. Was die Enthüllung nebensächlicher Kleinigkeiten angeht, sind Sie unschlagbar.»

«Nebensächlich, die Arbeitstafel der Lehrlingsloge? Die symbolische Bedeutung von Hammer und Meißel, vom Musivischen Pflaster? Das sind wesentliche Bestandteile unseres Einweihungslebens.»

Der Kommandant reichte die Papiere seinem Adjutanten, der sie gewissenhaft abheftete.

«Sie sprechen nur von Einweihung, von Symbolik, von Suche ... unbrauchbar. Das entspricht nicht dem, was ich von Ihnen erwarte.»

«Etwas anderes habe ich nicht zu bieten.»

Mit unerschütterlicher Ruhe stand François Branier vor dem Schreibtisch des Kommandanten. Der SS-Mann log. Ganz sicher interessierte er sich für Esoterik und für die stete Suche innerhalb der Einweihung. Er wußte, daß all dies zur Regel gehörte. Es war sein Auftrag, solche Akten zu studieren. Er war verärgert, weil er sich vor einem unerwarteten Hindernis sah: die Zeit. Sein höchster Trumpf wandte sich gegen ihn selbst. Nun schien er es eilig zu haben, zum Wesentlichen vorzudringen, zum Geheimnis der Loge, zu seiner praktischen Anwendbarkeit.

Warum diese Ungeduld? Warum wurde die Zeit zum Gegner desjenigen, der doch geglaubt hatte, ihr Herr zu sein? Mußten die Deutschen fürchten, den Krieg zu verlieren? Waren die Befreier der Festung schon nahe? Ein neuer Hoffnungsschimmer. Wenn die Hypothese zutraf, konnte der Meister das Spiel gewinnen. Oder es im Gegenteil sehr schnell verlieren ... Wenn der Kommandant in Bedrängnis geriet, würde er brutalere Methoden anwenden, um sein Ziel zu erreichen.

«Die Regel! Sie sprechen von nichts anderem! Eine Maske, um Ihr wahres Geheimnis zu verbergen. Ihre Symbole langweilen mich, Meister. Es sind nur Nebelwände.»

«Sie wissen genau, daß das nicht stimmt.»

François Braniers Stimme hatte gebieterisch geklungen wie bei einer «Sitzung», wenn er eine unpassende Stellungnahme berichtigte. Der Kommandant fuhr hoch.

Der Meister hatte ihn absichtlich provoziert, um herauszufinden, ob seine Hypothese begründet war. Die Augen des Deutschen funkelten, doch das war seine einzige Reaktion. Er nahm eine Zigarette aus einer Perlmuttschatulle. Sein Adjutant gab ihm Feuer.

«Über Esoterik und Symbole werden wir uns später unterhalten, viel später, wenn mir Ergebnisse vorliegen. Das wird der Nachtisch sein, Meister. Das Hauptgericht ist der geheime Aufbau Ihrer Loge und das Netz, mit dem sie ganz Europa überzogen hat. Wir werden Ihre Akte wieder aufnehmen. Lassen Sie uns über Ihre Reisen sprechen.»

Der Meister glaubte, im sonst so ausdruckslosen Blick des Adjutanten Helmut ein belustigtes Leuchten wahrzunehmen.

«Ich bin tatsächlich viel gereist, von Berufs wegen. Schon bei Kriegsbeginn wurde eine internationale Ärzteorganisation ins Leben gerufen, und …»

«Sparen Sie sich die Mühe», unterbrach ihn der Kommandant. «Das ist unglaubhaft. Sie haben dieses Netz für eine geheime Mission benutzt. Und die werden wir nun gemeinsam rekonstruieren, angefangen bei Berlin am Tag nach der Kriegserklärung. Sie reisten unter dem Namen Hans Brunner, Kardiologe. Das sind Sie doch auf diesem Foto, oder?»

Der Adjutant zeigte dem Meister eine vergrößerte Fotografie. Das Innere eines verräucherten Restaurants, zahlreiche Nazioffiziere und einige Zivilisten. An einem Tisch saß François Branier mit zwei alten, weißhaarigen Männern.

«Weshalb das Offensichtliche abstreiten?»

«Eine kluge Antwort, Meister. Wer sind diese beiden Männer, warum haben Sie eine falsche Identität angenommen, was suchten Sie zu dieser Zeit in Berlin?»

«Zwei Kollegen, denen ich behilflich sein wollte, Deutschland zu verlassen.»

«Warum nicht?» bemerkte der Kommandant höhnisch. «Diese Kollegen sind tatsächlich Ärzte, doch auch Mitglieder zweier Berliner Logen, die ein paar Monate zuvor zerschlagen worden waren. Diese beiden Maurer, ehemalige Stuhlmeister, waren uns durch die Maschen gegangen und wagten es sogar, sich in den Parteikadern zu bewegen! Ein paar Wochen nach Ihrem Besuch haben wir sie festgenommen. Sie sind gestorben, ohne etwas anderes preiszugeben als Belanglosigkeiten. Worum ging es bei Ihren Gesprächen, Monsieur Branier?»

Der Meister wußte vom Tod dieser beiden Brüder. Sie gehörten zu denen, die die «Zahl» kannten, die geheime

Regel der Freimaurerei. An jenem Tag, als der Nationalsozialismus sich anschickte, Europa zu erobern, hatten sie ihm erläutert, wie er vorgehen mußte, um die verstreuten Elemente zusammenzutragen, die gewährleisten sollten, daß wenigstens eine Loge überleben und die Gesamtheit der Einweihung bewahren würde. Branier hatte die größten Gefahren auf sich genommen, um seine deutschen Brüder zu treffen. Diese weigerten sich, ihr Land und jene zu verlassen, denen sie noch nützlich sein konnten.

«Wir haben über die Lage der französischen und deutschen Logen gesprochen, die dem Alten und Angenommenen Schottischen Ritus angehören. Der Ernst der Lage wurde den Freimaurern allmählich bewußt. Wir ...»

«Machen Sie sich nicht über mich lustig!» rief der Kommandant und hieb mit der Faust auf den Tisch. «Diese beiden Männer waren Revolutionäre. Sie haben gegen das Reich gekämpft, gegen die Wahrheit, die der Führer verkündet. Sie haben Ihnen den Auftrag erteilt, das Gedankengut der Nationalsozialisten zu bekämpfen, die Freimaurerei als subversives Sabotagenetz zu benutzen! So sieht es in Wirklichkeit aus. Sie sind das geheime Oberhaupt der einflußreichsten Widerstandsbewegung gegen die neue Ordnung. Sie setzen Waffen und Männer ein, die wir zerstören müssen. Ihre Loge ist die letzte Brutstätte des Obskurantismus.»

Der Kommandant drückte seine Zigarette auf dem Rand des Aschenbechers aus. Dem Meister fiel auf, wie nervös und angespannt er war. Er nahm Zuflucht zu pathetischen Reden, als müsse er sich selbst Mut zusprechen.

«Wie könnte eine kleine Loge wie ‹Erkenntnis› so einflußreich sein?» fragte der Meister. «Die letzten Brüder sind Ihre Gefangenen. Die wenige Macht, über die wir verfügten, haben Sie in der Hand.»

«Das scheint nur so. Brüder, die Sie eingeweiht haben, sind noch in verschiedenen Ländern auf freiem Fuß. Überall haben Sie Widerstandsgruppen hinterlassen. Ich will alles säubern. In Deutschland gibt es keine einzige Loge mehr. Es wird nie wieder eine geben. So muß es überall sein.»

Der Kommandant beruhigte sich. Er nahm seine Unterlagen wieder zur Hand.

«Nach Berlin waren Sie in Rom und in Bologna. Dort haben Sie sich als Doktor Renato Sciuzzi und bedeutendes Mitglied der faschistischen Bewegung ausgegeben. Bei einer Verleihung von Auszeichnungen haben Sie mit einem Ingenieur in Rom Kontakt aufgenommen und während der Osterfeierlichkeiten mit einem Tischler in Bologna. Immer die gleiche Strategie: Bei offiziellen Anlässen wagten Sie es, sich im Schutz der Menge öffentlich mit subversiven Personen zu zeigen ... eine kluge Taktik, Monsieur Branier. Es gibt nur ein Problem: die Fotografie. Sie haben Spuren hinterlassen. So sichtbar in der Presse, daß es niemandem aufgefallen ist. Außer mir, vor einem knappen Jahr. Ich habe die Ausschnitte verglichen. Zu häufig fand sich Ihr Gesicht neben jenen von Widerständlern. Was haben Sie in Italien gemacht, Monsieur Branier?»

Der Meister dachte an die dramatischen Augenblicke, die er im sonnigen, warmen, strahlenden Italien erlebt hatte. Das leidenschaftliche Rom, das geheimnisvolle Bologna, ein Land, das sich treiben ließ im Rausch der Gewalt. Eine mehr als enttäuschende Etappe auf François Braniers Weg. Die Maurer zitterten, hielten das Schlimmste jedoch nicht für möglich. Sie rechneten damit, daß das Regime des *Duce* einer gemäßigten Freimaurerei das Überleben sichern würde, und hatten keinerlei Vorkehrungen zum Schutz der Archive getroffen, außer sie in die Provinz zu verbringen, nämlich nach Bologna. Dort hatte François Branier Dokumente eingesehen, die die Regel betrafen. Kurz nach seiner Durchreise wurden sie zerstört, nachdem man als «gefährlich» eingestufte Maurer ohne Gerichtsverfahren exekutiert hatte.

«Ich habe Brüder getroffen, die ich in Paris kennengelernt hatte. Ich habe versucht, ihnen das bevorstehende Drama und die drohende Vernichtung vor Augen zu führen. Vergeblich. Es waren nur belanglose Unterhaltungen.»

«Für Rom mag das zutreffen ... aber warum Bologna, wenn nicht, um eine geheime Zelle zu treffen?»

Mit mechanischer Gleichmäßigkeit notierte der Adjutant die Worte der Gesprächspartner. Der Kommandant würde das Protokoll über Nacht noch einmal studieren, um eine Unstimmigkeit in der Argumentation des Meisters zu entdecken, einen Hinweis, der ihm womöglich entgangen war.

«Bei den eingeweihten Freimaurern gibt es keine Zellen, nur Logen. Mit den Kommunisten haben wir nichts zu tun. In Bologna gab es nicht einmal mehr eine Loge. Lediglich den bedeutendsten italienischen Historiker unserer Bruderschaft.»

Der Kommandant entnahm den Unterlagen auf seinem Schreibtisch ein Foto.

«Dieser Mann?»

Das ebenmäßige Gesicht eines Mannes in den Sechzigern mit silbergrauem Haar, einer großen Hornbrille und einem schmalen weißen Schnurrbart.

«Genau», antwortete der Meister.

«Er ist zwei Tage nach Ihrem Besuch gestorben, wenige Stunden vor unserer Durchsuchung. Ein seltsamer Zufall. Bei ihm haben wir rituelle Schurze gefunden, Medaillen,

Insignien … doch kein einziges Dokument über die subversiven Machenschaften Ihrer Organisation. Sollten Sie derjenige gewesen sein, der ihn eliminiert hat, weil er sich Ihnen nicht anschließen wollte und Sie hätte verraten können?»

Der Meister ließ sich nicht aus der Ruhe bringen. Obwohl er stand, verspürte er keinerlei Müdigkeit.

«Sie kennen unsere Riten doch. Jeder Maurer, der seinen Eid bricht, verdammt sich selbst. Niemand braucht Hand anzulegen.»

«Wollen Sie andeuten, daß er Selbstmord begangen hat?»

«Ich will gar nichts andeuten. Er ist tot.»

«War Ihr Besuch in Bologna also ganz umsonst?»

«Durchaus nicht. Ich habe ein uraltes Einweihungsritual zum Gesellengrad kennengelernt, das auf den Polyedern, den Platonischen Körpern und dem Pythagoreismus beruht. Dank dieser Information wollte die Erkenntnisloge diesen Grad in seiner ursprünglichen Reinheit wieder ins Leben rufen.»

Nervös zündete sich der Kommandant eine neue Zigarette an.

«Keine Kontakte mit den antifaschistischen Kommandos?»

«In der Kürze der Zeit wäre das kaum möglich gewesen … und ich habe nie zur politischen Maurerei gehört. Das werden Ihnen sogar meine schlimmsten Feinde bestätigen.»

Der Deutsche schlug die nächste Seite in seinem Dossier auf.

«In den Jahren 40/41 haben wir Ihre Spur mehrmals verloren. Mir liegt kein eindeutiger Beweis für eine Auslandsreise vor. Haben Sie Frankreich nicht verlassen?»

«Ich habe beinahe fünfhundert Städte bereist. Ich habe jede Nacht in einem anderen Bett verbracht.»

Der Kommandant entspannte sich. Er nahm einen langen Zug an seiner Zigarette.

«Da haben wir's ... Sie haben Ihr terroristisches Netz vervollständigt, ausgehend von den maurerischen Logen, zu deren geheimem Oberhaupt Sie sich aufgeschwungen hatten.»

Der Meister konnte sich eines Lächelns nicht enthalten, so sehr unterschieden sich seine Erinnerungen von dieser Vermutung.

«Das trifft es nicht ganz ... ich wollte mit Brüdern Kontakt aufnehmen, denen daran gelegen war, die Einweihung trotz der Wirren zu bewahren. Ich hoffte, in ganz Frankreich wenigstens hundert Anhänger zu finden. Überall wurde ich verjagt, als trüge ich die Pest am Leib. Die sogenannten Brüder zogen es vor, sich zu verkriechen. Sie fürchteten, denunziert zu werden. Sie hielten mich für einen Spitzel, einen Provokateur. Vor allem besaßen der Begriff ‹Einweihung› und die maurerische Berufung keinerlei tieferen Sinn für sie. Ihr Möchtegernhumanismus hatte dem Krieg nicht standgehalten. Da habe ich begriffen, daß die Freimaurerei tot war. Nur wenige Logen verdienten es, gerettet zu werden. Sie allein würden die Einweihung wieder zum Leben erwecken.»

Beinahe hätte der Meister gesagt: «Nur eine Loge.» Damit hätte er eingestanden, daß «Erkenntnis» ausgewählt worden war, um das Geheimnis zu hüten. Doch nichts war wichtiger, als den Kommandanten darüber im unklaren zu lassen. Die Wahrheit war so einfach, so entwaffnend ... nie würde der SS-Mann ihr Glauben schenken.

«Sie haben diese Reisen also völlig umsonst unternommen? Es ging Ihnen dabei nur um die Einweihung?»

«Treffender kann man es nicht zusammenfassen.»

«Sie tun unrecht daran, mich zu unterschätzen, Meister. Sie waren ein idealer Verbindungsmann für die Widerstandsbewegung. Ihre Aufenthalte in den französischen Städten fallen zusammen mit Attentaten, Sabotageakten, Ermordungen deutscher Offiziere ... Reiner Zufall?»

«Sicherlich. Ich bin unfähig, einen Sprengsatz zu handhaben, ohne dabei selbst in die Luft zu fliegen.»

Der Kommandant lachte hämisch.

«Natürlich ... Sie leiten an, Sie dirigieren, Sie führen nicht selbst aus. Die Widerstandskämpfer amüsieren mich. Wir haben ihre Organisationen unterwandert. Und die Franzosen scheinen besonderen Gefallen an der Denunziation zu finden! Nur das Netz Ihrer Logen fehlt auf meiner Ruhmesliste. Ich will es haben.»

«Ich kann Ihnen nur meine eigene Loge bieten.»

«Keine weiteren Informationen über die subversive Aktivität der Freimaurerei?»

«Von dieser Seite haben Sie nichts zu fürchten.»

Unbeeindruckt schwieg der Kommandant minutenlang. Er blätterte in seinen Unterlagen weiter.

«Von Januar bis März 1942 haben Sie sich in England aufgehalten ... und zwar nicht allein. Dieter Eckart war bei Ihnen. Ebenfalls aus ... spirituellen Gründen?»

Mit der Spitze seines Papiermessers, das er gefaßt hatte wie einen Dolch, zeichnete der Kommandant Figuren auf ein Löschblatt.

«Selbstverständlich. Wir wollten die Großloge von England kontaktieren, um ihr die Lage zu verdeutlichen. In Frankreich hatte mich die Feigheit der Maurer enttäuscht. In England habe ich beinahe einen Tobsuchtsanfall bekommen wegen ihrer bodenlosen Dummheit. Ein Sammelsurium von Zierat, Medaillen, Honoratioren, eingezwängt in ihr Regelwerk aus dem XIX. Jahrhundert, von ihren Quellen abgeschnitten. Die reinsten Mumien. Ganze Clubs voller Mumien. Dieter Eckart war entsetzt. Wir haben mehr als zehn Unterredungen mit jenen gehabt, die behaupteten, die Freimaurerei zu leiten, und die sie zu einer leeren Hülle haben verkommen lassen.»

Der Kommandant wurde unsicher. Er fragte sich, ob der Meister nicht die Wahrheit sagte, so unglaublich sie auch klang. Womöglich war er gar nicht das geheime Oberhaupt einer Organisation mit gefährlicher Macht, sondern nur eine Art Fossil, einer der letzten Eingeweihten? Doch vielleicht war alles nur eine List? Er stellte sich als ein Nichts dar, reduzierte sich auf die Position eines guten und treuen Spiritualisten, eines Unpolitischen, den die Probleme seiner Zeit nicht interessieren. Das Auftreten des Ehrwürdigen, seine autoritär gefärbte Gutmütigkeit, seine Gelassenheit machten diese Figur so plausibel! Nur für einen Hauptverantwortlichen des *Ahnenerbe* nicht, dessen Auftrag es war, die okkulten Mächte der Geheimgesellschaften aufzuspüren und für den Sieg des Reiches einzusetzen. Der Kommandant vermochte kaum noch zu sagen, wieviel Zeit seine endlosen Nachforschungen schon in Anspruch genommen hatten, bis er ins Zentrum des Spinnennetzes vorgedrungen war, zu diesem François Branier, der für sich allein schon als höchst gefährlich einzuschätzen war.

«Ihr Aufenthalt in England hätte also mit einem weiteren Mißerfolg geendet? Sie hätten keinerlei Versuche unternommen, eine terroristische Basis zu organisieren?»

«Keinerlei.»

«Ist es Ihnen in Schottland besser ergangen, wo Sie im Frühjahr des Jahres 1942 eingetroffen sind und das Sie erst im Spätsommer wieder verlassen haben?»

«Eigentlich nicht», antwortete der Meister. «Ich hatte meine Illusionen verloren. Doch ich wollte nach Kilwinning reisen. Dort ist die mittelalterliche Form des Alten und Anerkannten Schottischen Ritus entstanden. Gewissermaßen eine Pilgerfahrt, um neue Kraft zu tanken.»

François Branier verschwieg, daß beinahe alle Mitglieder der Erkenntnisloge sich in Kilwinning eingefunden hatten, um dort eine besondere «Sitzung» abzuhalten und sich am Ursprungsort ihres Ritus zu regenerieren.

Mechanisch blätterte der Lagerkommandant in seinem Dossier von etwa dreißig Seiten, zwischen denen Fotografien und Zeitungsausschnitte eingeheftet waren.

«Ich nehme an, es hat wenig Sinn, Sie nach Ihren übrigen Reisen zu fragen: Spanien, Griechenland, Belgien, die Niederlande, Norwegen ... ich werde immer die gleiche Antwort zu hören bekommen! Keinerlei revolutionäre Aktivitäten, keine subversiven Umtriebe, kein terroristisches Netz! Nur eine Mission in Sachen Einweihung, um verstreute Brüder zusammenzusuchen.»

«Genau», antwortete der Meister. «Nur der Begriff ‹Mission› trifft nicht zu. Ich will niemanden bekehren. Die Eingeweihten sind Erbauer und Bekenner, nicht mehr und nicht weniger.»

Der Tonfall des Kommandanten wurde eisig.

«Monsieur Branier ... Sie glauben doch nicht, daß ich Ihnen das abnehme? Sie sind doch nicht so naiv zu hoffen, daß ich dieses Ammenmärchen schlucke? Das medizinische Alibi? Sie haben sich auf Ihren Reisen nicht ausschließlich mit Ärzten getroffen. Ich habe mir Ihre Aufenthaltsorte und die Persönlichkeiten, die Sie kontaktiert haben, genau angesehen. Viele Physiker, Industrielle, Spezialisten aus der modernsten Technologie. In jedem Land haben Sie mindestens eine Fabrik und ein Forschungslabor besichtigt. Der Grund ist mir klar, seit ich die Mitglieder Ihrer Loge kenne.»

Der Meister nahm all seine Konzentrationsfähigkeit zusammen, um den entscheidenden Angriff abzuschmettern, den der Kommandant nun führen würde.

«Pierre Laniel», erklärte der SS-Mann, «war Unternehmer und ein großer Fachmann in Fragen der Metallbearbeitung. Der Historiker Eckart ist einer der weltweit besten Spezialisten für die Geschichte der Technik. Französische und deutsche Firmen hätten ihn gerne als Berater gewonnen. André Spinot stellt nicht nur Brillen her. Sein privates Steckenpferd ist das Studium von Antriebssystemen. Er hat eine Reihe von Patenten angemeldet, und einige sind von offiziellen Instituten übernommen worden. Raoul Brissac interessiert sich besonders für die Materialfestigkeit. Seine Erfahrung als Geselle hat ihn Kniffe des Handwerks gelehrt, die kein Ingenieur kennt. Jean Serval ist der Sohn eines bedeutenden französischen Physikers. Er selbst verfügt über eine exzellente wissenschaftliche Ausbildung. Thema seiner Doktorarbeit war die Wellenausbreitung. Die Literatur ist nur ein Alibi. Was Guy Forgeaud, Ihren Schlosser angeht, so erweckt er den Eindruck eines guten Handwerkers ohne besondere Fähigkeiten. Sicher nur Tarnung. Insgesamt eine perfekt zusammengestellte Mannschaft, deren Kopf Sie sind. Eine Mannschaft, die den Auftrag erhalten hat, eine ultramoderne Waffe zum Sieg gegen Deutschland herzustellen. Welche, Monsieur Branier?»

Der Kommandant glaubte, die letzten Bollwerke des Meisters eingerissen zu haben. Doch dieser blieb reglos, abwesend.

«Ich weiß nicht, worauf Sie hinauswollen … außerhalb der Medizin sind meine wissenschaftlichen Kenntnisse sehr begrenzt.»

Der SS-Mann schlug einen drohenden Ton an.

«Ich hoffe, Sie haben mir genau zugehört! Es ist ja gerade das Raffinierte, daß Sie an vorderster Front auftreten, der Sie weder Techniker noch Naturwissenschaftler sind. Sie benutzen die Freimaurerei als Deckmantel für eine Mannschaft von Saboteuren. Sie haben geglaubt, niemand würde Ihr Manöver durchschauen. Sie haben vergessen, daß der Führer befohlen hat, die Geheimgesellschaften zu zerstören. Sie können nur Böses ausbrüten.»

Der Meister trat einen Schritt auf den Schreibtisch zu. Der Kommandant hielt den Atem an. Nervös zog der Adjutant seinen Revolver und richtete ihn auf François Branier.

«Ich habe selten so viel Unsinn auf einmal zu hören bekommen», sagte der Meister wütend.

«Sie werden reden. Und Ihre Komplizen ebenfalls.»

«Es gibt nur die Loge, die Regel und die Einweihung. Sonst nichts.»

«Ihre Position wird bald unhaltbar sein, Monsieur Branier. Wie die Ihres Bruders Forgeaud.»

«Was haben Sie mit ihm gemacht?»

Die Stimme des Meisters klang drohend, als verfüge er noch über irgendwelche Macht. Der Kommandant lächelte.

«Ich habe ihn in sein natürliches Umfeld versetzt. Eine Schlosserwerkstatt. Wir werden bald herausfinden, ob er wirklich nur ein einfacher Arbeiter ist.»

Kapitel 16

«Mit Verlaub gesagt, Meister, ich habe den Eindruck, Sie sitzen in der Tinte.»

Der Mönch betrachtete den bedrückten Meister. Seit die SS-Männer ihn in die Krankenstation zurückgebracht hatten, hatte er kein Wort von sich gegeben. Bisher hatte der Mönch ihn in Ruhe gelassen und sogar die Kranken allein versorgt. Doch es konnte nicht ewig so weitergehen. Der Mönch verabscheute Depressive.

«Ich möchte wissen, was los ist ...»

Die Stimme des Mönchs klang eindringlich. Der Meister sah ihn an. «Sie wollen mir einen Bruder draufgehen lassen.»

«Wen?»

«Guy Forgeaud, den Schlosser. Der Kommandant hat ihn in die Werkstatt bringen lassen.»

«Was steckt dahinter?»

«Er will ihm eine Falle stellen. Keine Ahnung, welche. Sie müssen mir helfen.»

Voller Unbehagen strich sich der Mönch über den Bart.

«Ich? Wie denn?»

Der Meister starrte den Mönch so beschwörend an, daß diesen beinahe schauderte.

«Die Blonde ... ich bin sicher, daß Sie beide ein Netz innerhalb des Lagers organisiert haben. Gehen Sie das Risiko ein, es zu benutzen, um Forgeaud zu warnen. Er soll sich ruhig verhalten und den braven Schlosser spielen.»

Der Mönch hustete.

«Haben Sie sich erkältet?»

«Nein. Eine alte Bronchitis. Ich verstehe das nicht. Wieso soll Forgeaud so tun, als wäre er unfähig?»

«Er ist ein begnadeter Mechaniker. Er bastelt Ihnen zusammen, was Sie wollen, auch wenn er sich damit gar nicht besonders auskennt. Der Kommandant ist überzeugt, Forgeaud sei in Wirklichkeit ein hochkarätiger Ingenieur.»

«Und, stimmt es nicht?»

«Natürlich nicht.»

«Und Sie, wofür hält er Sie?»

«Für den Drahtzieher einer Mannschaft von Terroristen unter dem Deckmantel der Freimaurerei.»

«Das wäre gar nicht so schlecht», spöttelte der Mönch.

Der Meister hatte entschieden, ihm die Wahrheit zu sagen. Wenn der Mönch mit den Deutschen unter einer Decke steckte, mußte er anerkennen, daß Branier ehrlich war. Der Meister hatte gezögert. Doch es gab nur einen Weg, Forgeaud zu warnen: den Mönch zu benutzen, ihm jedoch möglichst wenig Informationen zu geben. Er mußte seine Neugierde wecken und ihn dazu bringen, Forgeaud eine Nachricht zu übermitteln, damit dieser auf der Hut war. Die List war eher billig und gefährlich obendrein. Die Erfolgsaussicht war klein. Doch was sonst konnte er tun?

«Sie haben durchaus das Format für einen solchen Streich», urteilte der Mönch. «Ihre Maurerei ist doch nur ein Vorwand. Alles Kulisse. Sie und Ihre Mannschaft dagegen … einem Elitekommando wie diesem hätte sogar ich gerne angehört.»

«Es gibt kein Elitekommando!» rief der Meister. «Nur eine Loge, die fanatischen Verbrechern in die Hände gefallen ist!»

Der Mönch kratzte sich mit bedauernder Miene an der Backe.

«Sie vertrauen mir nicht, Meister. Vielleicht glauben Sie wirklich, ich hätte einen Pakt mit den Nazis geschlossen.»

Der Meister schwieg. Sollte der Mönch davon halten, was er wollte. Solange er noch im Zweifel war, würde er nicht wissen, wie er vorgehen sollte.

«Wie lautet die Nachricht an Forgeaud?»

«Er soll nichts anrühren», antwortete der Meister.

Guy Forgeaud gewöhnte sich an das Zeremoniell. Die SS-Männer holten ihn jeden Morgen bei Tagesanbruch ab und brachten ihn in die Werkstatt. Jeden Morgen umarmte er seine Brüder zum Abschied, als seien die Deutschen Luft.

Als die Werkstattür von draußen verriegelt wurde, achtete Guy Forgeaud nicht darauf. Sein Blick wurde von einem stahlgrauen Gegenstand angezogen, der auf Böcken stand. Ein Metallzylinder mit Flügeln, eine Art Miniaturturbine, die an eine futuristische Rakete erinnerte. Sofort erwachte die Neugier des Schlossers. Er hatte in seinem Leben schon die ausgefallensten Motoren und Antriebssysteme gesehen, aber das hier ... ehrfürchtig umrundete er die Maschine und bemerkte, daß sie an mehreren Stellen verbeult war. Ihn befiel ein heftiges Verlangen, das Ding auseinanderzunehmen. Der Drang zu sehen, wie dieses Monstrum im Inneren beschaffen war, wurde unwiderstehlich. Forgeaud legte die Handfläche auf das kalte Metall, als wolle er es streicheln.

Er wich zurück. Und wenn das Ding ein Köder war? Wenn es ihm unter den Händen explodierte? Vielleicht hatten die Nazis beschlossen, ihm einen schönen Mechanikertod zu bescheren; da hätten sie ihren Spaß dran.

Er bezwang seine Angst. Und die Neugier kehrte zurück. Wie gern würde er das Ding in Einzelteile zerlegen, die Konstruktion begreifen. Wenn es in die Luft ging, ging es eben in die Luft. Bevor er anfing, kletterte er an seinen

Ausguck, um zu sehen, was im Hof vor sich ging. Eine Art Flucht. Ein bißchen gestohlene Freiheit. Auf dem Gerüst geriet er ins Träumen.

Ein schwaches, kaum hörbares Klicken. Die Werkstatttür. Forgeaud erstarrte. Es war zu spät, um herunterzusteigen. Erwischt. Die erste Naziuniform wurde sichtbar. Der Maurermeister würde kämpfen. Er sprang zu Boden und stand Auge in Auge mit einer Frau.

«Rühren Sie diese Maschine nicht an», radebrechte sie in unbeholfenem Französisch.

Sie wandte sich ab und verließ die Werkstatt. Die Tür schloß sich hinter ihr. Von außen wurde sie wieder verriegelt.

Erschöpft von seinem Arbeitstag, schlief der Mönch wie ein Murmeltier. Zwei Sterbefälle. Er hatte die Toten auf die Schwelle der Krankenstation gelegt, die Füße vorneweg. Die SS-Männer hatten sie bei Anbruch der Nacht abgeholt.

Der Meister hatte den Tag in der kleinen Turmstube zugebracht, die ihm als Arbeitszimmer diente. Zu essen und zu trinken hatte er nicht bekommen. Weder Stift noch Papier. Der Kommandant schien das Interesse an seinen Enthüllungen verloren zu haben. François Branier war in leichten, unruhigen Schlaf gefallen und bei jedem Geräusch hochgeschreckt. Wenig erholsam. Das Gefühl der absoluten, schmerzlichen Einsamkeit. Er leerte sein Denken, versetzte sich in einen rein vegetativen Zustand, ein primitives Leben, in dem Erinnerungen und Wünsche aufgehoben waren.

Als die zwei SS-Männer ihn durch die Tür der Krankenstation schoben, war die Sonne schon lange untergegangen. Auf dem Weg durch den Hof hatte der Meister einen

Duft von Frühlingsblumen erhascht. Rund um die Festung zog sich der Winter allmählich zurück. Im Inneren des Blocks stieg ihm sofort der strenge Geruch von Tod, Krankheit, Leiden in die Nase. Er gab acht, den Mönch nicht zu wecken. Als er sich seinerseits ausstrecken wollte, hörte er einen Ruf aus dem hinteren Teil der Krankenstation. Die heisere Stimme des alten Astrologen aus Nizza.

Er hatte sich aufgesetzt. Wütend krallte er die Hände in sein Laken, als sei es sein letzter Halt ans Leben. François Branier faßte ihn an den Handgelenken. Überrascht öffnete der Greis den Mund.

«Wer ist da?» murmelte er erschreckt.

«Doktor Branier. Ich werde Sie behandeln. Beruhigen Sie sich.»

Der Astrologe versuchte aufzustehen. Der Meister hielt ihn fest.

«Ich will hier weg. Ich will zurück nach Nizza.»

«Sobald Sie gesund sind. Sie sind zu schwach, um zu reisen.»

Der Kranke hob den Blick zur Decke der Krankenstation, als habe er eine himmlische Stimme gehört.

«Schön ist es in Nizza. Sonne, viel Sonne ... und Blumen ... wissen Sie, wie die Blumen lieben? Sie warten, bis die Sonne die Nacht vertreibt, und dann öffnen sie ihre Blüten, Blatt für Blatt, um sich keinen Lichtstrahl entgehen zu lassen. Der Tierkreis ist eine Blume. Er öffnet sich, wenn man ihn im Licht betrachtet. Ich habe die Zukunft gesehen. Feuer. Wir alle werden sterben. Wir werden verbrennen, verkohlen wie altes, wurmstichiges Holz. Ich kenne den Tag und die Stunde. Ich allein.»

Die Stimme des Alten war so leidenschaftlich, so drängend, daß der Meister auf ihn einging.

«Warum Sie allein?»

Der Astrologe lächelte. Endlich stellte ihm jemand die richtige Frage.

«Weil ich der einzige bin, der den Beginn dieses Krieges vorhergesehen hat ... und auch sein Ende. Doch es wird niemand mehr übrig sein, der es sieht. Nichts als Feuer, eine Feuerkugel am Himmel.»

François Branier packte den Astrologen an den Schultern und zwang ihn, sich ihm zuzuwenden.

«Wann? Wann wird dieser Alptraum enden?»

Der Astrologe hielt den Atem an.

«Feuer, ein Flammenmeer, bald ... diese Welt ist verloren.»

«Bald? Was heißt das, bald?»

«So genau sagen es die Sterne nicht, ein Monat früher oder später ... sie leben nicht in derselben Zeit wie wir.»

Ein Irrer. Ein armer Irrer. Einen Augenblick hatte der Meister geglaubt, der Alte sei tatsächlich ein Seher und habe ein zukünftiges Ereignis vorausgeahnt. Doch er phantasierte nur, folgte den ziellosen Wegen im Land seiner Umnachtung.

Unvermittelt legte er seine zitternden Hände um François Braniers Kehle und drückte zu. Der Meister wehrte sich nicht.

«Sie haben kein Recht dazu! Sie haben kein Recht, diese Welt zu zerstören, auch wenn sie verkommen ist ... Schwören Sie, daß nicht auch Sie Feuer speien werden!»

«Beruhigen Sie sich», redete der Meister ihm zu und fühlte, wie sich Fingernägel in seinen Hals bohrten.

«Dann sind Sie es ... der Brandstifter? Sie sind es, der die Welt in Flammen setzen wird?»

Was in dem ausgezehrten Körper noch an Leben war, sammelte sich in den Fingerspitzen. François Branier begriff, daß der Alte beschlossen hatte, ihn zu töten. Um die

Gefahr zu bannen. Um sicher zu sein, daß er das verkündete Unheil auslöschte. Der Meister bekam keine Luft mehr. Die Hände des Alten verkrampften sich in äußerster Anstrengung.

Der Meister versetzte dem Astrologen einen Fausthieb auf die Brust. Doch er ließ nicht locker. Im Gegenteil, der mit wenig Kraft ausgeführte Schlag schien ihn zu beleben. Blutstropfen perlten an François Braniers Hals. Mit der linken Hand stieß er den Alten heftig von sich.

Der Astrologe fiel auf sein Lager zurück. Er röchelte leise. Dann schloß er die Augen. Der Meister legte sein Ohr auf die Brust des Alten. Er hörte keinen Herzschlag mehr.

Als der Meister aufwachte, stand die Sonne hoch am Himmel. Unter der Tür der Krankenstation drang ein Lichtstrahl hindurch.

«Ich habe Sie schlafen lassen», sagte der Mönch. «Heute morgen ist das Lager wie ausgestorben. Irgend etwas Ungewöhnliches geht vor. Sie haben nicht einmal den Leichnam abgeholt, den ich nach draußen gebracht habe.»

«Der Astrologe aus Nizza?»

«Nein, ein jüngerer. Ein Wahrsager.»

«Der Astrologe ist auch tot.»

Der Mönch schien überrascht.

«Vor kaum einer Stunde habe ich ihm zu essen gegeben.»

Der Meister stand auf und ging in den rückwärtigen Teil der Krankenstation. Auf seinem Lager stöhnte der Alte kaum wahrnehmbar. François Branier hörte diesem Atmen aus dem Jenseits minutenlang zu und hatte den Eindruck, es müsse jeden Moment zum Stillstand kommen, doch unermüdlich ging es weiter.

Er kam zurück in die Kammer, wo der Mönch Medikamente vorbereitete.

«Gestern abend hat sein Herz nicht mehr geschlagen.»

«Es gibt Wunder, Meister. Sogar hier. Wie kommen Sie mit dem Kommandanten zurecht?»

«Flaute. Meine Enthüllungen interessieren ihn nicht mehr.»

«Lassen Sie sich nicht täuschen. Das ist nur eine neue Taktik. Er probiert alles aus. Er will Ihr Geheimnis. Darin liegt der Sinn seines Lebens. Er hat beinahe alle Trümpfe in der Hand.»

«Warum ‹beinahe›?»

«Weil er sich täuscht. Es gibt nur ein Geheimnis. Die Erkenntnis Gottes.»

«Zu mystisch, Hochwürden. Sie vergessen, daß ich eine terroristische Zelle befehlige, mit dem Auftrag, die neue Waffe zu entwickeln, die Deutschland in die Knie zwingen wird.»

Bruder Benoît zuckte die Achseln.

«Leider zu schön, um wahr zu sein. Wie sollten ausgerechnet Freimaurer eine so geniale Idee haben? Sie sind ein echter Freimaurer. Sie glauben an Ihre Einweihung. Ich fürchte, Ihre Loge ist nichts weiter als eine Ansammlung von biederen Kerlen, die auf Abwege geraten sind.»

Der Meister zog den Kopf zwischen die Schultern und blickte zu Boden. Diese Leier hatte er schon tausendmal gehört. Der Mönch war zu scharfsinnig, um sie ohne Hintergedanken anzustimmen. Er behauptete bewußt etwas Falsches, um die Wahrheit zu erfahren. Er wollte ihn provozieren, wie ein Schachspieler, der einen offensichtlichen Fehler begeht.

«Welches ist der richtige Weg?» fragte der Meister.

«Ihr Allmächtiger Baumeister läßt Sie im Stich. War

nicht anders zu erwarten. Der richtige Weg ist Gott. Er ist die Tür, die Wahrheit und das Leben. Alles, was nicht durch ihn geht, ist verdammt zu sterben.»

«Ganz schön intolerant, Hochwürden. Entweder Sie bekehren, oder Sie exkommunizieren. Ich will nichts weiter sein als ein Bekenner. Ein Bekenner des Lichts.»

«Was wissen Sie schon vom göttlichen Licht?»

«Mindestens ebensoviel wie Sie und sicher noch ein wenig mehr, denn Sie sind nicht eingeweiht», antwortete der Meister. «Sie haben den falschen Weg eingeschlagen, und nun fehlt Ihnen der Mut, auf den richtigen überzuwechseln.»

Dem Mönch stieg die Zornesröte ins Gesicht. Er holte tief Luft. Es gelang ihm, sich zu beherrschen. Der Meister hatte ihn für einen Augenblick aus der Fassung gebracht.

«Wir sind eine Wette eingegangen, Meister.»

«Sie gilt noch, Hochwürden. Ich pflege mein Wort zu halten.»

«Sie sollten sich lieber geschlagen geben. Gott würde Ihnen verzeihen.»

«Der Allmächtige Baumeister hat wenig übrig für die, die sich geschlagen geben.»

Draußen erklangen Schritte von Stiefeln. Der Tote vor der Krankenstation wurde an den Füßen weggeschleift. Man hörte deutsche Befehle.

«Das Leben geht weiter», bemerkte der Mönch.

Kapitel 17

«Glückwunsch, Monsieur Branier», sagte der Kommandant herablassend.

Der Meister war kurz nach Anbruch der Nacht in sein Büro geführt worden. Seit dem Vorabend hatte er die Krankenstation nicht verlassen. Aufreibende Arbeit, neue Kranke. Tschechische Astrologen und Seher, die meisten in erbärmlichem Zustand. Diese Männer waren gefoltert worden. Keiner würde lange am Leben bleiben. Der Mönch hatte ihnen die Letzte Ölung verabreicht.

«Ihre Gabe, Menschen zu führen, ist außerordentlich. Obwohl Sie nicht bei ihnen sind, gehorchen Ihnen Ihre Brüder. Ich bin überzeugt, daß Sie eine Verbindung unterhalten, die ... telepathischer Natur ist.»

Die Augen des SS-Mannes glitzerten. Seine Finger strichen wieder und wieder über eine Metallkugel, die ihm als Briefbeschwerer diente.

Der Adjutant Helmut schrieb in ein großes Heft, das auf dem Stehpult lag.

«Ich habe keinerlei Begabung in diesem Bereich», gab der Meister zurück.

«Tatsächlich?»

«Tatsächlich.»

«Wie erklären Sie sich dann, daß Ihr Bruder Guy Forgeaud die wunderbare Turbine verschmäht hat, die ich ihm als Köder angeboten habe? Ein Modell höchster Geheimhaltungsstufe. Ein Techniker wie er hätte sich darauf stürzen müssen!»

François Branier lächelte gutmütig, wie ein Raubtier, das sich über die Neckerei eines Schwächeren amüsiert.

«Das beweist, daß Guy Forgeaud ein einfacher Schlosser ohne besondere Fähigkeiten ist.»

«Vergessen Sie dieses einfältige Argument, Monsieur Branier. Sagen Sie mir statt dessen, daß meine Strategie plump war, meine Falle naiv!»

«Keine Ahnung.»

Angespannte Stille folgte den Worten des Meisters. Der Adjutant hielt mit dem Schreiben inne und wartete auf die Reaktion des Kommandanten. Der legte die Metallkugel aus den Händen, zündete sich eine Zigarette an und begann, vor dem Fenster seines Büros auf und ab zu gehen. Er marschierte zackig wie eine gutgeölte Maschine.

«Es gibt noch eine andere Erklärung, Meister. Wir brauchen weder Telepathie noch Naivität zu bemühen. Es gibt ein Nachrichtennetz innerhalb der Festung. Erfahrungsgemäß kann auch die strengste Haft nicht verhindern, daß die Gefangenen untereinander Kontakt aufnehmen. Es wird nicht allzu schwierig sein, die Schuldigen zu identifizieren. Was meinen Sie?»

Der Meister fühlte sich eingezwängt wie in einem Schraubstock. Der Kommandant war auf der richtigen Fährte. Wenn Forgeaud die Unvorsichtigkeit begangen hätte, die Turbine zu sabotieren, hätte er seine Fähigkeiten enthüllt. Dadurch, daß er sie nicht angerührt hatte, verriet er die Existenz einer Widerstandsorganisation mitten im Herzen der Festung. Wußte der Kommandant tatsächlich nichts davon? Ließ er nicht etwa den Mönch, die junge Deutsche und einige andere unbehelligt handeln, um sie desto besser unter Kontrolle zu halten? Es sei denn, der Mönch war ein abgebrühter Verräter und arbeitete mit dem Kommandanten Hand in Hand. In diesem Fall mußte die junge Deutsche seine Komplizin sein. Und wie konnte er wissen, ob Forgeaud nicht doch in die Falle gegangen war? Die Information stammte vom Kommandanten, eine höchst zweifelhafte Quelle.

Wieder einmal mußte er den Gedankenstrudel anhalten, einen Orientierungspunkt finden. Am Vorabend seiner Einweihung hatte François Braniers Pate ihm gesagt: «Eines Tages wirst du keinerlei Überzeugung mehr haben, keine Hoffnung, keinen Wunsch. Du wirst in dunkler Nacht verirrt sein und niemanden zu Hilfe rufen können, denn du wirst der Meister vom Stuhl sein. Die Brüder werden alles von dir fordern. Du wirst der einsamste Mensch sein, den die Erde je getragen hat. In jenem Augenblick wirst du entweder zusammenbrechen, oder du wirst beginnen zu erkennen, was Einweihung wirklich bedeutet.»

Der Augenblick, den der alte Weise angekündigt hatte, war nun gekommen.

«Was wissen Sie über dieses Netz, Monsieur Branier?»

«Ich weiß über alles Bescheid», antwortete der Meister.

Der Kommandant hielt einen Moment inne und nahm dann sein mechanisches Gehen wieder auf.

«Ich höre.»

Die Entscheidung hatte sich dem Meister aufgedrängt wie eine Eingebung. Sie hatte alle vernünftigen Argumente vom Tisch gefegt. Was zählte es schon, ob sie sich als Fehler erweisen würde oder nicht? Wenn ja, dann würde es sein letzter sein. François Branier konnte es sich nicht leisten, lange zu überlegen. Allein schon die Tatsache, daß er mit der Antwort zögerte, wäre ein Indiz. Der Kommandant überließ nichts dem Zufall. Dieser Begriff war seinem Denken fremd. Jedes Wort, jede beiläufige Geste war kalkuliert. Der Meister kannte diese Methode gut, denn er hatte sie selbst angewandt. Doch hier, unter diesen Bedingungen, war er seinem Gegner nicht gewachsen. Seine einzige Waffe war Spontaneität. Er mußte der Vision des

Augenblicks folgen und alles auf eine Karte setzen. Wie Pierre Laniel oft gesagt hatte: Es geht, oder es geht schief.

«Dieses Netz existiert nicht.»

«Nehmen Sie sich in acht, Monsieur Branier. Ich werde nicht dulden ...»

«Es ist viel einfacher, als Sie es sich vorstellen. Keiner meiner Logenbrüder unternimmt etwas ohne meinen ausdrücklichen Befehl. Forgeaud ebensowenig wie alle anderen. Wenn sie auf Schwierigkeiten stoßen, warten sie ab.»

«Sie sind ja ein wahrer Diktator», bemerkte der Kommandant skeptisch.

«Die Loge funktioniert nach einer unantastbaren Hierarchie. Das müßten Sie doch gut verstehen, oder?»

Der SS-Mann lief weiter auf und ab.

«Wie übermitteln Sie diese ausdrücklichen Befehle?»

«Durch Zeichen.»

«Was für Zeichen?»

Der Meister legte seine rechte Hand auf die linke Schulter, direkt neben den Hals.

Der Adjutant zeichnete sofort eine Skizze in sein Heft.

«Das ist kein maurerisches Zeichen. Sie haben es eben erfunden.»

«Es ist tatsächlich kein gebräuchliches Zeichen. Nur meine Loge benutzt es. Eine unerläßliche Sicherheitsmaßnahme.»

«Keine verschlüsselten Nachrichten?»

«Doch. Wenn es eine Möglichkeit gibt, sie zu übermitteln.»

«Welchen Schlüssel verwenden Sie?»

«Kreuze und Punkte in einem Gitter. Den herkömmlichen Code, nur leicht abgewandelt. Er fand auch in den deutschen Logen Verwendung. Ihnen liegen sicher einige Beispiele vor. Aber ich habe Forgeaud nicht wiedergesehen und konnte ihm keinerlei Nachricht zukommen lassen. Wie die anderen wird er untätig bleiben, solange er keine Instruktionen erhalten hat, die von mir, und von mir allein, stammen.»

Der Kommandant setzte sich an seinen Schreibtisch und schlug einen Ordner auf.

«Helmut, lassen Sie den Meister zurück in die Krankenstation bringen.»

«Den haben sie uns ja schön zugerichtet!» stellte Raoul Brissac mit Blick auf seinen Bruder Forgeaud fest, dessen Gesicht mit blauen Flecken übersät war.

Nach einer unruhigen Nacht war der Schlosser gerade aufgewacht. Sein Oberkörper wies die Spuren von Schlägen auf.

«Warum haben sie ihn nicht in die Krankenstation gebracht?» fragte der Lehrling Jean Serval.

«Sicher, um ihn vom Meister fernzuhalten», vermutete Dieter Eckart.

Mit einem blauen Auge, blutunterlaufenen Wangenknochen und aufgeplatzter Oberlippe versuchte Guy Forgeaud zu lächeln. «Bruderherzen, ich habe eine Riesendummheit gemacht.»

Die Überlebenden der Erkenntnisloge umringten ihren Bruder, der auf dem Boden des roten Blocks lag.

«Erst mal frühstücken», verlangte André Spinot.

Sie hatten ihre letzte Ration gekochten Kohl nicht angerührt, um Forgeaud ein Festmahl zu bereiten. Sie halfen ihm, sich aufzusetzen und zu essen. Bei jedem Bissen verspürte er die Freude, noch am Leben zu sein.

«Köstlich», lobte er.

Seine Aussprache ließ zu wünschen übrig. Doch die Brüder folgten seinen Erklärungen gebannt.

«Ich habe ihre verdammte Maschine nicht angerührt. Eine Art fliegende Bombe mit Metallflügeln. Dabei hatte ich große Lust, dieses Scheißding auseinanderzunehmen. Aber das hätte Spuren hinterlassen. Mir das Teil vor die Nase zu stellen wie eine Geburtstagstorte, das war schon ein bißchen dreist. Und dann ist da dieses Mädchen in SS-Kostümierung hereingeschneit. Sie hat mir geflüstert, ich soll nichts anfassen, und dann ist sie wieder abgezogen. Aber das Problem war das Nichtstun. Meine Sabotagearbeit war fertig. Es blieb nur noch die Waffenschmiede. Ich konnte nicht widerstehen. Ich habe die Tür aufgebrochen. Keine Waffen, nur Weißweinflaschen. Ich bin nicht dazu gekommen, eine zu kosten. Die SS-Männer haben mich überrascht. Sie haben ganz ordentlich zugeschlagen. Ich bin aus den Latschen gekippt. Als ich wieder zu mir kam, war ich hier. Als ich eure Birnen gesehen habe, dachte ich, ich bin im Freimaurerparadies gelandet!»

Schon zum fünften Mal an diesem Tag rezitierte der Mönch das Totengebet. Er sprach vom Himmelreich, das in seiner Vorstellung der Abtei von Saint-Wandrille glich, dem Refektorium, in dem die Mönche ihr rituelles Festmahl zelebrierten, der Bibliothek, in der sie die Schriften studierten, dem Kreuzgang, in dem sie mit zeitlosem Schritt wandelten und ihre Gedanken sammelten, den Zellen, in denen sie die göttliche Gegenwart erlebten. Vor diese Bilder schob sich jenes des Friedhofs, der in einem Wäldchen verborgen lag, auf der Anhöhe oberhalb der Abtei. Dort waren die Brüder begraben und ruhten im Rhythmus der Jahreszeiten, in der Stille der Tage und Nächte, die von rituellen Gebeten erfüllt waren. Jener Friedhof, auf dem auch der Mönch gerne seine letzte Ruhe gefunden hätte.

Ganz in der Nähe stand unter großen Eichen eine kleine Kapelle mit einem weiten Ausblick über das Tal. Einige Brüder pflegten hier stundenlang zu meditieren. Bruder Benoît, der kräftigste Mönch der Gemeinschaft, der arbeitsamste, der energischste, war auch der beschaulichste. Es kam vor, daß er über der Meditation die heiligen Stunden vergaß, in denen die Brüder die Gebete sprachen. Man schickte den Jüngsten, ihn zu holen.

Der Mönch würde das vollkommene Glück dieser lichterfüllten Einsamkeit nie mehr erleben. Er warf sich vor, daß sein Glaube schwach war, daß er das Wunder ablehnte, das doch nie ausgeschlossen war. Gott führte Seinen Willen aus, nicht jenen eines Individuums. Wenn es dieser Welt bestimmt war, zerstört zu werden, warum sich dagegen auflehnen? Vielleicht war das Ende aller Zeiten angebrochen. Zeuge eines solchen Ereignisses zu werden, das Eingehen der Schöpfung in ihren Schöpfer mitzuerleben, durfte kein Grund zur Verzweiflung sein. Doch hatte die Menschheit den Gipfel des Grauens schon erreicht? Handelte es sich um das Ende oder um den Beginn schrecklicher Erschütterungen, die die letzten Spuren der Harmonie auslöschen würden? Benoît dachte an den ersten Mönchsorden, der den von roher Barbarei überzogenen Okzident zivilisiert hatte. Wie grausam mußte der Tag gewesen sein, an dem die zu zahlreich gewordenen Brüder sich in zwei Orden hatten spalten müssen. Welches Dilemma im Herzen des Abtes, der Brüder auswählen und in die Ferne schicken mußte, damit sie ein neues Kloster gründeten. Auch hier fühlte sich der Mönch im Exil, auf unbekanntem Boden, in einer Welt der Finsternis, in der es seine Aufgabe war, einen Funken Licht zu entdecken. War ihm eine Mission anvertraut? Kein Grund zum Hochmut. Das konnte an der Realität nichts ändern. Doch Gottes

Wirken war frei von Zufall. Wenn er einen Mönch in diese Hölle gebracht hatte, dann gewiß, um zu beweisen, daß das Böse nicht absolut war.

Leiden, Hoffnung, Leben, Tod, Licht, Finsternis ... auf dem großen Schicksalsrad war alles an seinem Platz. Mit Ausnahme einer Unbekannten: dieser Meister. Der Mönch mußte zugeben, daß er sich eine Ausgeburt des Teufels anders vorgestellt hatte. Vielleicht erfüllte auch der Meister eine Mission, doch welche? Was wog der Allmächtige Baumeister vor dem allmächtigen Gott? Der Mönch war sicher, seine Wette zu gewinnen. Er räusperte sich gereizt, was einen neuen Hustenanfall auslöste.

Sein Husten wurde übertönt vom düsteren Heulen der Festungssirenen.

Kapitel 18

Der Steinmetz Raoul Brissac spähte durch den Spalt in der Wand des roten Blocks auf den großen Hof. Er wartete unbeirrbar. Er hätte Jahrhunderte gewartet. Seine Verletzung am Ohrläppchen schmerzte noch immer, doch er kümmerte sich nicht darum. Das Dreckschwein, das ihm seinen Gesellenohrring gestohlen und Pierre Laniel getötet hatte, würde mit dem Leben bezahlen. Im Augenblick war dem Aufseher nicht beizukommen. Ein Bluthund mit stierem Blick, dessen Gesicht Raoul Brissac verfolgte. Er würde nicht leben können, solange dieser Kerl existierte. Der Tod eines Bruders bleibt nicht ungesühnt.

Unmöglich, allein vorzugehen. Doch es kam nicht in Frage, andere Brüder in Gefahr zu bringen. Raoul Brissac geduldete sich, beobachtete Stunde für Stunde. Er lauerte auf die passende Gelegenheit. Sie würde kommen. Er wünschte sie mit solcher Kraft herbei, daß er auf magische Weise die Bedingungen dafür schuf. In der Erkenntnisloge wurde bei der Einweihung zum Gesellengrad der Gebrauch der persönlichen Kraft gelehrt, die Art und Weise, wie man die inneren Energien steuern konnte. Indem man seinen Willen auf das angestrebte Ziel konzentrierte, konnte man den Lauf der Dinge beeinflussen, wenn auch nur in minimalem Ausmaß. Der Meister hätte Brissac möglicherweise vorgeworfen, daß er diese Macht mißbrauchte, geistige Kraft ins Materielle verfälschte. Der Geselle verwarf diesen Einwand. Die Erhaltung der Loge war nur durch Kampf zu erreichen. Man mußte angreifen, die Maschinerie des Gegners lahmlegen, ihm beweisen, daß sein System nicht unfehlbar war. Und vor allem Laniel rächen.

Alles geschah so schnell, daß Raoul Brissac nicht zum Nachdenken kam. Er überließ sich seinem Instinkt. Zuerst sah er einen Mann aus dem Mittelturm wanken. Seine Kleider standen in Flammen. Er hatte keine Kraft mehr zu schreien. Hinter ihm zwei SS-Männer, deren Uniformen ebenfalls brannten. Sie schleppten einen riesigen Ölkessel, aus dem Flammen schlugen und eine Rauchwolke quoll. Einem von beiden, einem wahren Riesen, gelang es mit unsäglicher Anstrengung, ein paar Schritte zurückzulegen. Seine Hände klebten am heißen Metall. Er taumelte gegen die Wand eines Blocks, der sogleich Feuer fing.

Die Sirenen der Festung heulten auf, als die ersten Gefangenen aus dem Block flohen, um nicht lebendigen Leibes zu verbrennen. Die SS-Männer strömten aus ihrer Kaserne, die Waffen im Anschlag. Sie schossen auf die Häftlinge, die in irrer Hoffnung versuchten, die Festungsmauern zu erklettern. Andere Deutsche begannen, die Blocks zu evakuieren, und zwangen die Gefangenen, sich auf Höhe der Toiletten vor dem Turm aufzustellen. Die Freimaurer wurden als letzte geholt.

Minutenlang herrschte heilloses Durcheinander. Das Feuer breitete sich aus, die Verletzten schrien, die Hilfeleistungen kamen nur schleppend in Gang, Verzweifelte versuchten kopflos zu fliehen, das Strahlrohr am Löschschlauch funktionierte nicht richtig, Eimer waren unauffindbar, die SS-Männer schossen in die Luft, um nicht ihre Kameraden zu treffen.

Raoul Brissac hatte den Aufseher entdeckt. In der rechten Hand trug der Geselle eine dünne Metallstange aus dem kleinen Arsenal, das die Loge sich zusammengetragen hatte. Brissac bewegte sich schnell und geduckt. Im Flakkern der Feuersbrunst war er so gut wie unsichtbar.

Ein Block war vollständig zerstört, ein anderer zur Hälfte verkohlt, die Leichen waren eilig aus der Festung geschafft worden: So schätzten die Brüder von «Erkenntnis» die Bilanz ein. Als die Panik sich gelegt hatte, hatten sich die Gefangenen unter der Aufsicht der SS-Männer endlich im großen Hof aufgereiht. Klaus, der höhere Offizier, hatte die Ordnung in weniger als einer Viertelstunde wiederhergestellt. Das Feuer war unter Kontrolle.

Bewacht von einem Dutzend gereizter SS-Männer, waren die Freimaurer in ihren Block zurückgekehrt. Den Brüdern war seltsam unbehaglich zumute. Die akute Gefahr schien zwar gebannt, doch die Angst saß ihnen im Nakken, als sei der Brand nur der Auftakt zu einem größeren Unglück. Die Abendration wurde nicht verteilt.

«Hat niemand den Meister gesehen?» fragte Dieter Eckart.

Serval und Spinot schüttelten den Kopf. Sie hatten Guy Forgeaud gestützt, während Dieter Eckart die Umgebung im Auge behalten hatte, um sie vor Gefahr zu warnen.

«Und du, Raoul?»

Der Geselle Brissac war ebenso mürrisch wie an jenem Tag, an dem er seine erste «Befragung» über sich hatte ergehen lassen, die über seine Einweihung entscheiden sollte. Mit seiner niedrigen Stirn und den engstehenden Augen wirkte er abweisend wie immer.

«Raoul … ich habe dich etwas gefragt», insistierte Dieter Eckart, erstaunt über das verstockte Schweigen seines Bruders.

«Nein. Ich habe den Meister nicht gesehen.»

Die letzte Hoffnung zerrann. Zum erstenmal waren die Brüder der Erkenntnisloge ihren Mitgefangenen begegnet. Mindestens dreihundert, darunter viele Alte.

«Herrgott noch mal, wo kann er nur stecken?» explodierte Guy Forgeaud, dessen Energie durch seine Blessuren kaum gedämpft wurde.

«Ihr glaubt doch nicht etwa ...» fragte André Spinot ängstlich.

«Den Mönch habe ich auch nicht gesehen», bemerkte der Lehrling Jean Serval.

«Vielleicht haben sie beide erschossen», sagte Brissac finster.

«Die Krankenstation hat nicht gebrannt», wandte Dieter Eckart ein. «Die Patienten sind nicht evakuiert worden.»

«Es brennt», sagte der Mönch.

«Klingt nach Panik.»

Der Mönch und der Meister hörten Schreie, deutsche Befehle, eilige Schritte von Stiefeln, Gewehrsalven.

«Ich habe den Eindruck, die wollen uns mitsamt den Kranken hier verschmoren lassen.»

«Das bringen sie fertig», stimmte der Mönch zu. «Ich werde unsere Schützlinge segnen.»

Die schwere Gestalt des Benediktiners setzte sich zu den Kranken in Bewegung. Er wandte sich noch einmal um.

«Bereiten Sie sich in Ihrer Loge nicht auf den Tod vor?»

«Wir erleben unseren symbolischen Tod bei der Einweihung in den Meistergrad. Das ist die einzige Art, ihn von innen heraus kennenzulernen. Wenn ein Bruder stirbt, halten wir eine Trauerloge ab. Wir ehren nicht das Individuum, sondern seinen rituellen Schurz. Für uns stirbt er nicht wirklich. Er geht in den Ewigen Osten ein. Sein Leben verwandelt sich in Licht. Es wird zu einem Stern, der seine Brüder auf Erden leitet.»

Der Mönch setzte eine strenge Miene auf, die vielen Novizen unter seiner Ausbildung wohlbekannt gewesen war.

«Reine Dichtkunst, Heidentum und …»

«Weshalb, Hochwürden? Hat nicht ein Stern die heiligen drei Könige zu Christus geführt?»

Der Mönch brummte eine undeutliche Antwort.

«Sie verachten die Menschheit, Meister. Ihnen liegen nur Ihre Brüder am Herzen.»

«Lassen Sie etwa jedermann auf Ihrem Friedhof beisetzen? Nur Klosterbrüder ruhen dort, soweit ich weiß … Auch Sie bilden eine Elite. Um diese Form der ewigen Ruhe habe ich Sie immer beneidet. Ich habe einige benediktinische Friedhöfe besucht, abgelegen in Wäldern, auf Anhöhen, von Stille umgeben. Alle, die gemeinsam gelebt, gearbeitet, gebetet haben, sind dort vereint für die Ewigkeit. Wenn ein Bruder sich in ihrer Nähe zum Meditieren niederläßt, sieht er ihre Gesichter vor sich. Er weint innerlich, doch er verleiht ihnen Dauer. Er läßt sie weiterleben.»

«Kümmern wir uns um die Kranken», unterbrach Bruder Benoît.

Klaus und vier SS-Männer stürmten in die Krankenstation. Sie drängten den Mönch und den Meister hinaus, zwangen die Kranken aufzustehen und stießen sie mit den Gewehrkolben voran. Drei Patienten konnten nicht aufstehen und wurden durch Kopfschuß exekutiert.

Vor dem Toilettenblock hatten die SS-Männer die Leichen der Verbrannten und verkohlte, noch rauchende Holzreste kreuz und quer auf einen Haufen geworfen. Die Blicke des Mönchs und des Meisters wurden von einem Podium angezogen, auf das man den Leichnam eines SS-Mannes gelegt hatte. Daneben stand der Festungskommandant in seiner untadeligen Uniform, steif, breitbeinig, die Hände hinter dem Rücken verschränkt. Neben ihm sein Adjutant.

In langen, traurigen Kolonnen kamen die Gefangenen aus ihren Blocks und wurden in etwa zwanzig Reihen vor dem Podium aufgestellt. Der Mönch und der Meister standen am linken Ende der ersten Reihe. François Branier hielt vergeblich Ausschau nach seinen Brüdern. Diese standen weiter hinten, außer Sichtkontakt mit dem Meister. Die SS-Männer sorgten dafür, daß die Reihen penibel eingehalten wurden. Dann umstellten sie die Deportierten.

Klagende Musik erklang. Die Ouvertüre aus Wagners *Fliegendem Holländer.* Zwei der Gefangenen wechselten ein paar Worte und bewegten sich. Der Offizier ließ sie sofort aus der Reihe holen und züchtigen. Der Kommandant stand bis zum Ende der Ouvertüre unbeweglich. Der Mönch betete. Der Meister rief den Allmächtigen Baumeister aller Welten an. Weder der eine noch der andere bat um eine besondere Gnade, sie versuchten nur, eine übermenschliche Gegenwart intensiver zu spüren.

Die Ouvertüre klang aus. Manchem wurden die Beine schwer. Kranke brachen zusammen. Der Kommandant wartete, bis völlige Stille eingetreten war. Dann ergriff er das Wort.

«Ein unsägliches Verbrechen wurde verübt. Ein Reichssoldat ist feige und hinterhältig erstochen worden. Ich verlange, daß sich der Schuldige zu erkennen gibt. Andernfalls lasse ich alle Minute zwei Gefangene erschießen. Klaus, die Zeit läuft.»

Der Offizier blickte auf seine Uhr. Der Mönch fragte sich, wer verrückt genug gewesen war, eine derartige Tat zu begehen. Der Kommandant würde sich sicher nicht mit einem einzigen Sühneopfer begnügen. Vielleicht würde er die Krankenstation schließen, Rationen streichen, einen Zwangsarbeitsdienst einführen, die Mißhandlungen verstärken. Sicher hatte eine kleine Gruppe das Durcheinander ausgenutzt, um sich an einem Wächter zu rächen und den Helden zu spielen. Der Mönch sah nur eine Lösung. Er würde nach Ablauf der zwei Minuten selbst vortreten. Und plausibel erklären, wie er vorgegangen war. Ein Jammer, daß er auf diese Weise eine sicher gewonnene Wette verlor. Doch es galt, Leben zu retten.

Dreißig Sekunden waren verstrichen. Der Meister war überzeugt, daß die Brüder von «Erkenntnis» für dieses Attentat verantwortlich waren. Wahrscheinlich der Auftakt zu einem mißlungenen Fluchtversuch. Sie mußten geglaubt haben, er sei tot. Sicher hatten sie beschlossen, nicht elend und untätig zu krepieren. Eine zweite Chance würde es nicht geben. Dem Meister blieb nichts anderes übrig, als sich selbst des Mordes an dem SS-Mann zu beschuldigen.

Er hoffte, damit seine Brüder zu retten. Der Meister der Baustelle hatte die Pflicht einzugreifen, wenn die Arbeiter bedroht waren. Er würde seine Wette verlieren, und das Geheimnis der Zahl würde in der Finsternis verschwinden.

Noch zwanzig Sekunden. Der Offizier zählte jetzt laut. Neunzehn, achtzehn, siebzehn ... der Kommandant wußte, daß der oder die Schuldigen sich bekennen würden. Ein Anfall von Wahnsinn? Ein Gewaltstreich? In weniger als fünfzehn Sekunden würde er es wissen. Er stellte sich vor, wie der Mörder sich halbtot vor Angst melden und die Lippen kaum auseinanderbringen würde. Wahrscheinlich war es doch notwendig, ein paar Gefangene zu erschießen, um den Täter zu überzeugen.

Der Mönch hatte seine Entscheidung getroffen. Fünf Sekunden vor Schluß würde er vortreten. Doch ein Gedanke schoß ihm durch den Kopf. War nicht alles inszeniert? Hatte der Kommandant diesen Mord nicht befohlen, um die Freimaurer in eine ausweglose Situation zu bringen?

Noch dreizehn Sekunden, zwölf, elf …

«Ich war es!»

Eine kraftvolle Stimme übertönte die des Offiziers. Raoul Brissac drängte sich von hinten durch die Reihen der Gefangenen und schob alle, die ihm nicht schnell genug Platz machten, grob beiseite. Der Überraschungseffekt tat seine Wirkung. Die SS-Männer warteten auf einen Befehl, der nicht kam, und so schossen sie nicht. Brüsk blieb Brissac einen Meter vor dem Kommandanten stehen, der sich nicht gerührt hatte.

«Ich habe diesen Mörder liquidiert.»

«Und wie?» fragte der Kommandant.

Raoul Brissac betrachtete den Leichnam, der auf dem Bauch lag. Tief im Nacken steckte ein Metallstab.

«So!» schrie der Geselle und warf sich auf die sterblichen Überreste des SS-Mannes, der Pierre Laniel getötet und ihm seinen Gesellenohrring gestohlen hatte.

Er riß den Metallstab heraus und stieß ihn wieder und wieder in den Leichnam. Sein Blick kreuzte den des Meisters.

Dies war das letzte Bild, das seine Augen sahen. SS-Männer stürzten sich auf ihn.

«Sofort erschießen», befahl der Kommandant.

Raoul Brissac hatte voll Entschlossenheit gehandelt. In seinen Augen hatte der wilde Stolz gelodert, der François Branier schon bei der ersten Begegnung mit seinem künftigen Bruder aufgefallen war. Brissac war ein Ehrenmann. Ein altmodischer, lächerlicher Begriff. Doch der Geselle Brissac scherte sich nicht um den Zeitgeist. Die Ehre der Loge und ihrer Mitglieder war ihm wichtiger als alles andere. Er war zu eigenwillig und hatte es nicht ertragen, an Leib und Seele gedemütigt zu werden. Einmal mehr hatte er jenen Fehler begangen, der ihm den Weg zur Meisterschaft noch versperrte: Er hatte allein gehandelt, eigenmächtig, ohne die Gemeinschaft zu Rate zu ziehen.

«Warum hat er das getan?» fragte der Mönch.

Alle Gefangenen waren wieder in ihre Blocks gebracht worden. Die Krankenstation war nur zur Hälfte belegt. François Branier schien wie abwesend. Dies war die erste Frage, die ihm der Mönch seit gut zwei Stunden zu stellen wagte.

«Er hielt es für seine Pflicht.»

«Sie sehen ja, wo das hinführt ...»

Der Meister sah den Mönch mit einer Strenge an, die diesem einen kalten Schauer über den Rücken jagte. Ausstrahlungskraft ... das war es, was dieser Freimaurer an sich hatte. Eine immense Ausstrahlungskraft, vergleichbar mit jener des ersten Abtes, dem der Mönch begegnet war.

«Das führt in den Ewigen Osten, Hochwürden. Dort wird er leuchten, um unser Leben zu unterstützen.»

Brissac, der Ungezähmte, Brissac, der Unzähmbare ... er war aus Raum und Zeit herausgetreten, um ins Licht einzugehen.

«Ich danke Ihnen für das, was Sie tun wollten», sagte der Meister.

Das traf den Mönch unerwartet.

«Was meinen Sie?»

«Die Entscheidung, die Sie gefällt hatten. Ich habe es auf Ihrem Gesicht gelesen. Sie wären selbst vorgetreten, um ein Massaker zu verhindern. Sie haben Mumm.»

Der Mönch hustete.

«Hatten Sie nicht vielleicht das gleiche vor?»

«Sie hätten sich für einen Freimaurer geopfert ...»

«Ich wußte ja nicht, daß einer von Ihren Brüdern der Schuldige war! Sonst ...»

«Sonst?»

Der Mönch wurde von einem neuerlichen Hustenanfall geschüttelt.

«Sie sollten auf Ihre Gesundheit achten, Hochwürden. Wenn Sie eine Diagnose wünschen ...»

«Nicht nötig. Ich habe noch nie einen Arzt zu Rate gezogen. Ich wüßte nicht, warum ich heute damit anfangen sollte. Ich werde mich selbst behandeln. Wir sollten jetzt schlafen.»

Beunruhigt legte sich der Geistliche auf die Seite. Raoul Brissacs Tod hatte ihn tief beeindruckt. Auch er hatte den letzten Blick des Gesellen aufgefangen, der allein der gesamten Nazimacht die Stirn geboten hatte. In gewissem Sinn hatte er Erfolg gehabt. Die erste Bresche in der Festung war ihm zu verdanken. Der Kommandant war sich der Gefahr bewußt, auch wenn sie nur verschwindend gering war. Wie würde er reagieren? Gerne hätte der Mönch die Maßnahmen vorausgesehen, doch sein Geist konnte sich von der Person Raoul Brissacs nicht lösen. Dieser Freimaurer hatte sein Schicksal mit unbeirrbarer Entschlossenheit auf sich genommen.

Die Freimaurerei war eine schädliche Macht. Das stand außer Frage. Doch die Freimaurer aus dieser Loge ... in welche Schublade sollte er sie stecken? Er mußte zugeben, daß sie sich wie wahre Brüder verhielten. Vielleicht war alles allein mit dem Gemeinschaftsgeist zu erklären. Und doch hatte der Mönch in den Augen Raoul Brissacs jenes Licht erkannt, das nur wenige Ausnahmemönche in sich zu erwecken vermocht hatten.

Der Meister verharrte die ganze Nacht in seiner Niedergeschlagenheit. Pierre Laniel, Raoul Brissac ... zwei Brüder, ein Meister, ein Geselle. Ein reifer Mann, ein junger. Sie hatten sich nicht besonders gut gekannt und keine

Freundschaftsbande geknüpft. Der Geselle hatte die Entscheidungsfähigkeit des Meisters geschätzt, sein ebenso diskretes wie wirksames Engagement, seinen Sinn für große Zusammenhänge. Der Meister hatte das Ehrgefühl des Gesellen gewürdigt, seinen hohen Anspruch, seinen Arbeitseifer. Diese beiden Brüder waren unersetzlich. François Branier würde nie mehr schlafen wie früher. Nur wenige Meter von ihm entfernt baumelte im Nachtwind der Leichnam von Raoul Brissac, den man an einem vor der Krankenstation errichteten Galgen aufgehängt hatte.

Kapitel 19

Drei Tage lang erhielten sie nichts als ein Glas Wasser. Keine Nahrung. Drei Kranke starben. Der Mönch und der Meister hatten weniger zu tun, doch der Vorrat an Medikamenten ging zur Neige. Unter den schweren Fällen waren eine akute Harnvergiftung, eine halbseitige Lähmung, ein Tumor. Der alte Astrologe aus Nizza atmete noch. Die Deutschen hatten ihn in seinem Bett vergessen. Mehrmals am Tag gab er eine Folge unverständlicher Worte von sich, dann fiel er wieder in Benommenheit. Warum hatten die SS-Männer ihn verschont? Wollten sie ihn wegen der Gaben, die man bei ihm vermutete, am Leben halten? War es wirklich nur Nachlässigkeit gewesen?

Der Mönch und der Meister hatten die Krankenstation geputzt, so gut es eben ging; das Gefühl der Sauberkeit gab ihnen Halt. Sie hatten sich an dieses finstere Verlies, an diesen beschränkten Horizont gewöhnt.

«Das Fasten tut mir gut», behauptete der Mönch und trank sein Glas Wasser aus. «Ich hatte ein paar Pfunde zu verlieren.»

«Die Benediktiner gelten als rechte Genießer.»

«Wir schlemmen nicht wie die Freimaurer!»

«Das ist nicht der richtige Ausdruck, Hochwürden. Wir zelebrieren unser rituelles Bankett, ein wesentlicher Bestandteil unserer ‹Arbeitssitzungen›. Geistige und stoffliche Nahrung sind untrennbar. Auch Sie kommunizieren doch durch den Leib und das Blut Christi!»

«Werfen Sie nicht schon wieder alles durcheinander! Ihre sogenannten rituellen Bankette sind nichts als ein Anlaß, Flaschen zu leeren und dummes Zeug zu singen.»

Der Meister kratzte sich am Kinn.

«In den meisten Fällen ist es tatsächlich so. Aber bei meiner Loge nicht. Ein betrunkener Maurer ist ein jämmerlicher Anblick. Man trinkt, soviel man verträgt. Das muß jeder selbst wissen. Spielen Sie nicht den Zimperlichen, Hochwürden. Ihre Brüder haben keine der irdischen Freuden verschmäht.»

«Sie lästern Gott. Was wissen Sie schon von der Askese, die wir uns auferlegen.»

Dem Mönch war wieder einmal die Zornesröte ins Gesicht gestiegen. Der Meister hatte eine besondere Begabung, ihn in Rage zu bringen.

«Es hat vielleicht nicht den Anschein, aber Ihre Askese wird sich von der unseren gar nicht so stark unterscheiden. Alles beruht auf unserer Regel. Daß wir noch am Leben sind, verdanken wir ihr.»

Der Mönch sah den Meister aufmerksam an.

«Woher stammt Ihre berühmte Regel eigentlich? Möglicherweise sogar von uns?»

Die Augen des Mönchs glitzerten beinahe boshaft.

«Sie möchten wohl hören, daß das größte Geheimnis der Freimaurerei christlichen Ursprungs ist? Sie wissen doch: Wir sind die letzten unbelehrbaren Heiden. Wenn Sie unser Winterjohannisfest erleben würden, nach der Erhebung des Meisters vom Stuhl und seiner Beamten ... auf der Festtafel werden die besten Speisen aufgetragen, die besten Weine. Wir verbringen die ganze Nacht bei Tisch.»

Der Mönch zog ein zweifelndes Gesicht.

«Nur Freimaurer?»

«Das Winterjohannisfest ist das geheime Fest der Loge.»

«Mit anderen Worten, Meister, Ihr Gelage hat heiligen Charakter? Wählen Sie da nicht das Vollkommenste auf der Welt, um Ihren Allmächtigen Baumeister zu ehren? Verbringen Sie diese Nacht nicht in gemeinsamer Besinnlichkeit, statt derbe Lieder zu singen?»

Der Meister senkte den Kopf, damit der Mönch nicht sah, wie seine Augen sich trübten. Der Angriff des Benediktiners hatte ihn überrascht. Er war gefaßt auf Kritik, auf Sarkasmus, nicht auf ein Erahnen der Wahrheit.

Die Erinnerung an das letzte Winterjohannisfest durchströmte ihn wie wärmende Sonnenstrahlen. Alle zwanzig Brüder von «Erkenntnis» hatten sich in ihrem Tempel in einem Pariser Vorort versammelt, von dem die Verwaltungsbehörden der Freimaurerei nichts wußten. Die Räumlichkeiten waren weitläufig und von einem der Brüder nach Raoul Brissacs Anweisungen eigens gestaltet worden. Nach seiner erneuten Amtseinsetzung als Meister vom Stuhl hatte François Branier Gesellen und Lehrlinge in den Tempel gebeten, um ihnen die Zusammensetzung des Beamtenkollegiums bekanntzugeben, das jene Brüder umfaßte, die in der Einweihung tätig waren. Dann hatte sich die Gemeinschaft in hierarchischer Ordnung an die Festtafel begeben, die die Lehrlinge hergerichtet hatten. Leberpastete, Lachs, Schmorbraten, Roquefort, Sorbets, Château-Latour und Champagner … der Bankettmeister hatte für diesen besonderen Abend vor Anbruch der Apokalypse die Kasse des Schatzmeisters geplündert. Der Anlaß rechtfertigte die üppigsten Speisen. François Branier hatte das Ritual der «Tafelloge» zelebriert, das mit einer dreifachen Ehrung schloß: des Allmächtigen Baumeisters, der Loge und der Einweihung. Dann hatten die Brüder von «Erkenntnis» nacheinander von ihrer spirituellen Erfahrung berichtet. Sie hatten ein ausgeprägtes Bewußtsein für das Drama, das sich auf Weltebene vorbereitete, doch ihre Berichte waren frei von Angst und Sorge. Der Meister vom

Stuhl hatte ihnen nicht verschwiegen, daß die Loge sich seiner Meinung nach zum letzten Mal vollzählig versammelte. Bald würden sie im Untergrund ums Überleben kämpfen müssen. Die Neuigkeiten aus Deutschland ließen keinen Zweifel: Die Freimaurerei würde überall zerstört und ihre Mitglieder ohne Gerichtsverhandlung exekutiert werden. Wie viele von ihnen würden sich wieder um diesen Tisch einfinden, wenn sich der Sturm gelegt hatte? Falls er sich eines Tages legte ...

«Wollen Sie mir nicht antworten, Meister?»

François Branier erwachte aus seinen Erinnerungen.

«Vielleicht haben Sie es richtig erkannt, Hochwürden.»

Der Mönch sah ihn betrübt an.

«Manchmal sind Sie mir beinahe sympathisch. Sie haben die besten Absichten, Sie und Ihre Brüder, doch Ihr Fehler war es, sich von Gott abzuwenden und ihn durch ein leeres Bild zu ersetzen. Von der Wahrheit sind Sie gar nicht so weit entfernt. Warum wagen Sie nicht den kleinen Schritt?»

«Sparen Sie sich das Predigen», unterbrach ihn der Meister barsch. «Wir haben eine Wette abgeschlossen. Warten wir das Ergebnis ab. Sagen Sie mir lieber ...»

Zwei SS-Männer betraten die Krankenstation. Der Meister stand auf. Doch die Soldaten beachteten ihn nicht, sondern schoben den Mönch nach draußen.

Die Gefangenen des roten Blocks waren niedergeschlagen. Der Lehrling Serval hatte Raoul Brissacs Beobachtungsposten übernommen. Ihm ging der Anblick des Leichnams nicht aus dem Sinn. Die Deutschen hatten ihn einen ganzen Tag hindurch hängen lassen und dann verbrannt. Der Brillenmacher André Spinot hatte sich in verbittertes Schweigen zurückgezogen und aß kaum. Brissac war ihm nicht nur Bruder gewesen, sondern auch Freund. Er hatte seinen Wunsch nach Einweihung geweckt und ihn zur Entdeckung seines wahren Wesens geführt. Er hatte ihn ermutigt, aufgerüttelt und angeleitet. Brissac hatte nur gute Arbeit gelten lassen. Im Umgang mit ihm hatte André Spinot gelernt, sich selbst das Äußerste abzuverlangen. Nun, da der Ehrwürdige Meister und Raoul Brissac verschwunden waren, fehlte ihm jeder Halt.

«Hat keiner von euch den Meister gesehen?» fragte Dieter Eckart zum zehntenmal.

«Ich glaube, ich habe ihn gesehen», antwortete Guy Forgeaud, der sich nur langsam erholte. «Es war wie in einem Nebel ... vielleicht habe ich es auch nur geträumt.»

Niemand reagierte auf Forgeauds Worte. Eckart, Spinot und Serval dachten daran, in welch erbärmlichem Zustand sie ihn aus dem roten Block geführt hatten. Forgeaud war halb ohnmächtig gewesen und kaum fähig, sich auf den Beinen zu halten. Er hatte nur mit Mühe die Augen offenhalten können. Seine Brüder wußten nur zu gut, daß er versuchte, der Loge entgegen aller Wirklichkeit ein wenig Hoffnung zu geben.

«Und wenn wir trotzdem versuchen, eine ‹Sitzung› abzuhalten?» schlug Serval vor. «Sonst verrecken wir hier wie die Ratten!»

«Solange der Tod des Ehrwürdigen nicht eindeutig bewiesen ist, werden wir nichts dergleichen tun», antwortete Dieter Eckart.

André Spinot öffnete den Mund. Doch er besann sich und sagte nichts. Was nützte es herauszuschreien, daß sie François Branier niemals wiedersehen würden?

«Den Ehrwürdigen», sagte Guy Forgeaud, «werde ich selbst suchen gehen.»

Nachdem die Kranken versorgt waren, hatte sich der Meister in die Kammer zurückgezogen. Noch ein oder zwei Tage, und die Medikamente würden zu Ende gehen. Der Mönch war schon seit Stunden weg. Die SS-Männer hatten ihn noch niemals so lange von der Krankenstation ferngehalten. Eine besonders ausführliche Radiästhesielektion für den Kommandanten? Ein eingehender Bericht über die Worte und Taten des Meisters der Erkenntnisloge? Ein strenges Verhör über seine tatsächliche Funktion bei dem Brand? François Branier glaubte, keinen nennenswerten Fehler begangen zu haben, doch der Benediktiner war ein außergewöhnlich scharfsinniger Mensch. Seine wahre Rolle blieb unklar. Der Mönch steckte voller Rätsel, er war nicht zu durchschauen. Den Wert der freimaurerischen Einweihung anzuerkennen hätte für ihn bedeutet, die Grundfesten seiner Welt in Frage zu stellen. Den Meister konnte er nur als Sektierer oder schlichtweg als Terroristen ansehen. Und vor allem war da diese Wette, in der gewissermaßen der Ruf Gottes auf dem Spiel stand. Der Mönch würde alles daransetzen, sie nicht zu verlieren.

François Branier schrak hoch. Eine Gestalt schlüpfte in die Krankenstation. Ein flüchtiger, geräuschloser Schatten. Das entsprach nicht der Gewohnheit der SS. Er sprang auf und lief zum Eingang des Blocks.

Sie. In Naziuniform. Sie stellte ein geschlossenes Kästchen auf den Boden. Gebückt verharrte sie und ließ ihn näherkommen. Er nahm den Deckel ab. Medikamente.

«Wer sind Sie? Warum tun Sie das?»

Scheu richtete sie sich auf. Er packte sie am Handgelenk.

«Wir brauchen Sie. Helfen Sie uns, hier herauszukommen.»

Sie riß sich los, wich ihm behende aus und floh. François Branier brachte den Schatz, den sie abgestellt hatte, sogleich in Sicherheit. Damit konnte er einige Leben verlängern.

Die mürrische Miene des Mönchs ließ nichts Gutes ahnen. Das Gespräch mit dem Festungskommandanten mußte unangenehm gewesen sein. Der Meister saß in der Kammer, vor sich ein Sägeblatt und eine Schere.

«Wo haben Sie denn diesen Kram her?»

«Aus der Medikamentenkiste, die für Sie bestimmt war, Hochwürden. Ich frage mich, wo Sie den restlichen Vorrat versteckt haben. Ich bin nicht dazu gekommen, gründlich zu suchen.»

Der Mönch ließ einige Perlen seines Rosenkranzes durch die Finger gleiten.

«Ich glaube, Gott hätte nichts dagegen, wenn ich Ihnen eine reinhauen würde.»

«Das ist Ihre militante Ader ... Die Kirche hat Störenfriede schon immer ausgemerzt.»

«Ein Jammer, daß sie vergessen hat, alle Freimaurer zu vernichten.»

Der Mönch ballte die Fäuste, er kochte. Der Meister war bereit, die Schläge einzustecken.

«Ich weiß nicht, warum meine Entdeckung Sie derart in Wut bringt. Sie haben mit diesem Mädchen ein Versorgungsnetz eingerichtet und bereiten Ihre Flucht vor.»

«Sie phantasieren. Mit diesem Material werden wir die Kranken versorgen.»

Der Meister zog ein enttäuschtes Gesicht.

«Sie wollen allein abhauen, Hochwürden ... Ihnen mangelt es an christlicher Nächstenliebe.»

«Sprechen Sie nicht von Dingen, von denen Sie keine

Ahnung haben. Für mich selbst will ich nichts. Ob Sie es glauben oder nicht, es ist so.»

«Ich habe keine Berechtigung, die Beichte abzunehmen, und ich würde es auch nicht wollen. Aber mir als Ehrwürdigem Meister vertrauen meine Brüder ihre Geheimnisse an. Ich versuche, ihnen allzu schwere Bürden abzunehmen.»

Der Mönch schnappte nach Luft. Ein kirchenfeindlicher Heide schlug ihm vor, er solle sein Gewissen erleichtern und sich ihm anvertrauen!

«Was glauben Sie eigentlich, mit wem Sie sprechen, Meister?»

«Mit dem, der es hören will, Hochwürden. Sie sind überzeugt, daß das Geheimnis meiner Loge eine Gefahr für unser aller Überleben ist. Sie haben recht. Da wir zusammenarbeiten, sind Sie an der Sache beteiligt, ob Sie wollen oder nicht. Der Kommandant benutzt Sie. Auf welche Weise? Das ist Ihr Geheimnis. Es muß reichlich belastend sein. Sonst würden Sie mir von Ihrer Unterredung mit dem Nazi erzählen. Sicher ziehen Sie es vor, das Lügen zu umgehen.»

Langsam ließ der Mönch seinen Rosenkranz durch die Finger gleiten. Eine gute Methode, um einen kühlen Kopf zu bewahren. Der Meister war gelassen wie ein Ringer in der Pause. Er haushaltete mit seiner Kraft und würde sie erst einsetzen, wenn er es für nötig hielt.

«Ich habe Ihnen nichts anzuvertrauen, Meister. Was der Kommandant von mir verlangt, geht Sie nichts an.»

«Sie beschränken unsere Zusammenarbeit auf das Minimum, Hochwürden. Sie müssen zugeben, daß Ihre Antwort zweideutig ist.»

Der Mönch begann, die Medikamente zu sortieren, die die junge Frau gebracht hatte.

«Sie tun unrecht daran, so mißtrauisch zu sein, Meister. Ich hätte ebensoviel Grund dazu. Sie verbringen viel Zeit mit dem Kommandanten, Sie liefern ihm Pseudo-Enthüllungen ... Und wenn Sie sich auf einen Handel mit ihm eingelassen haben? Wenn Sie die anderen Gefangenen opfern, um selbst ungeschoren davonzukommen?»

François Branier erbleichte.

«Zwei meiner Brüder sind tot. Glauben Sie etwa, ich verkaufe die, die mir noch bleiben, um mich selbst zu retten?»

Der Mönch kehrte dem Meister den Rücken. Seine Stimme klang dumpf, heiser.

«Ich habe dummes Zeug geredet. Aber Sie haben mich provoziert.»

Der Meister stand auf.

«In Ordnung, Hochwürden. Schwamm drüber. Mit den Dummheiten steht es eins zu eins. Vertrauen wir uns. Möge der Allmächtige Baumeister aller Welten uns erlauben, gemeinsam zu kämpfen.»

«Möge Gott uns besser beraten», sagte der Mönch.

Die beiden Männer drückten sich lange die Hand.

Die morgendliche Kühle prickelte auf der Haut des Meisters. Die SS-Männer hatten ihn bei den ersten Sonnenstrahlen aus der Krankenstation geholt, um ihn zu dem grasbewachsenen Hang zu führen, auf dem er schon beim erstenmal Kräuter gesammelt hatte. Quendel, Schöllkraut und Eisenhut waren feucht von Tau. Die Finger des Meisters zerrissen die Stengel, ungeschickt und steif von der Kälte. Man ließ ihn kaum mehr als eine Viertelstunde arbeiten, bis man ihn zurück ins Lager brachte.

Auf dem Rückweg erkannte er den Grund für diesen überraschenden Ausflug. Das Chalet, in dem die junge blonde Frau gelebt hatte, stand nicht mehr. Es war nur noch ein kleiner Haufen verkohlter Bretter übrig, vor dem ein SS-Mann Wache stand, sicher um zu verhindern, daß irgendein Gespenst von dem hier verübten Verbrechen Zeugnis ablegte. Sie hatte sich also erwischen lassen. Die Verbündete von draußen war verschwunden.

«Ein Verletzter», verkündete der Offizier Klaus. «Nicht transportfähig.»

Von zwei Soldaten begleitet, hatte der SS-Mann diese Nachricht ohne jede Gefühlsregung überbracht. Als die Deutschen die Krankenstation betreten hatten, waren der Mönch und der Meister gerade dabeigewesen, zwei Kranken Chinin zu verabreichen. Mit der gleichen raschen Bewegung hatten beide die Tabletten in den Kleidern ihrer Patienten versteckt.

«Ich komme», sagte François Branier.

Der Offizier vertrat ihm den Weg.

«Nein. Nicht Sie. Der Mönch.»

Der Meister witterte einen schweren Schlag. Die SS-Männer trafen ihre Wahl nicht zufällig. Der Mönch griff nach Verbandszeug. Auch er war beunruhigt. Normalerweise wurden Kranke und Verletzte in die Krankenstation gebracht. Und weshalb wurde Doktor Branier so demonstrativ übergangen?

Der große Hof lag im Sonnenlicht. Doch der Wind war eiskalt. Noch gab sich der Winter nicht geschlagen. Zwischen den SS-Männern ging der Mönch auf den Mittelturm zu. Man führte ihn in die Schlosserwerkstatt hinunter. Vor der Werkbank kauerte stöhnend Guy Forgeaud, die linke Hand blutend an seine Brust gepreßt.

«Was ist passiert?»

«Ein Unfall ...»

Der Freimaurer wies seine Hand vor. Der kleine Finger war zerquetscht und nur noch eine einzige Wunde. Die Verletzung war schauerlich. Der Mönch setzte Forgeaud auf eine Kiste und ließ ihn den Rücken gegen die Werkbank lehnen.

«Er muß in die Krankenstation.»

«Kommt nicht in Frage», antwortete der Deutsche barsch.

Willkürliche Grausamkeit? Klaus konnte man das zutrauen. Doch der Mönch argwöhnte einen anderen Grund.

«Dann lasse ich ihn hier verrecken. Ich habe nichts, um ihn angemessen zu versorgen.»

Der Deutsche schien verärgert.

«Sagen Sie mir, was Sie brauchen. Wir holen es. Sorgen Sie dafür, daß Forgeaud seine Arbeit schnellstmöglich wieder aufnehmen kann.»

Der Mönch verlangte Kompressen, Desinfektionsspray, Schmerzmittel ... Klaus gab es auf deutsch an einen SS-Mann weiter, der in die Krankenstation der Kaserne eilte, um das Gewünschte zu holen. Während der Mönch sich um die Wunde kümmerte, wich der höhere Offizier Guy Forgeaud nicht von der Seite. Wie der Geistliche erwartet hatte, war es unmöglich, mit dem Freimaurer ein Wort zu wechseln.

Der Mönch hatte verstanden. Guy Forgeaud hatte sich die Verletzung absichtlich zugefügt, um in die Krankenstation gebracht zu werden. Dort hätte er den Meister gesehen. Oder erfahren, daß er tot war. Der Freimaurer mußte nahezu unerträgliche Schmerzen haben. Er knirschte heftig mit den Zähnen.

«Weg da», fuhr der Mönch den höheren Offizier an. «Sie stehen mir im Weg.»

Klaus zögerte, überrascht von der Arroganz seines Gefangenen. Doch der Mönch hatte begonnen, die Wunde zu verbinden und trat ihm beinahe auf die Füße. Steif ging der Offizier einen Schritt zur Seite.

Guy Forgeaud nützte die Gelegenheit, um dem Mönch in die Augen zu schauen. In seinem Blick lag eine Frage: «Lebt der Meister»? Doch Klaus stand schon wieder neben ihm. Er beobachtete sie beide so scharf, daß ihnen das Blut in den Adern gerann. Der Mönch durfte nicht die geringste Unvorsichtigkeit begehen. Das konnte für den Verletzten fatale Folgen haben.

Während er den Verband fertigstellte, spürte er die Verzweiflung des Freimaurers, der fürchtete, er habe umsonst gelitten.

«So, mein Freund. Sie sind ja noch am Leben.»

Kapitel 20

«Der Ehrwürdige Meister lebt», teilte Guy Forgeaud seinen Brüdern mit. Seine Augen glänzten fiebrig. In seinem zerschmetterten Finger wütete ein Vulkan. Wenn er seine Brüder nicht um sich gehabt hätte und nicht gezwungen gewesen wäre, sich seinem Meistergrad entsprechend zu verhalten, hätte er seinen Kopf gegen eine Wand geschlagen, um sich zu betäuben.

«Woher willst du das wissen?» fragte André Spinot in scharfem Ton, um seine Hoffnung zu verbergen.

«Vom Mönch! Als er mich verbunden hat, hat er einen Satz gesagt ... ‹Sie sind ja noch am Leben.›»

Auf den Gesichtern von Dieter Eckart, André Spinot und Jean Serval zeichnete sich Enttäuschung ab. Sie hatten eine konkrete Tatsache erwartet.

«Glaubt ihr mir nicht?» fragte Guy Forgeaud erstaunt.

«Doch, schon ...» antwortete Eckart. «Aber weißt du, dieser Satz ... er meinte nur dich.»

Guy Forgeaud biß sich die Lippen blutig, um nicht zu schreien.

«Nein ... er meinte nicht mich ... dann hätte er sich anders ausgedrückt ... ich habe in seinem Blick gesehen, daß er mir eine Nachricht über den Meister mitteilte. Ich schwöre euch, ich gehe ihn suchen. Unternehmt ... unternehmt solange ... nichts.»

Bewußtlos sank Guy Forgeaud auf die Seite.

Im roten Block herrschte Dunkelheit. André Spinot saß neben Guy Forgeaud, der unruhig schlief. Dem Gesellen war nicht einmal danach, sich hinzulegen. Er war sicher, daß er jahrhundertelang wach bleiben konnte. Aus Angst.

Er wollte nicht sterben, ohne das Gesicht seines Mörders zu sehen, und er kannte weder Tag noch Stunde. Er wußte lediglich, daß der Zeitpunkt näherrückte.

Der Lehrling Jean Serval trat zu Dieter Eckart, der in einem Winkel des Blocks saß.

«Ich würde gerne mit dir reden, Dieter», sagte Serval mit bebender Stimme.

«Schieß los.»

Serval zögerte. Zum Glück war es dunkel. Eckart konnte sein Gesicht nicht erkennen.

«Ich will sterben, Dieter. Ich kann nicht mehr.»

«Wir alle sind an diesem Punkt, mein Bruder.»

Jean Serval zitterte.

«Ich will auf der Stelle sterben. Ich halte es nicht mehr aus.»

«Das hat keinerlei Bedeutung», antwortete Dieter Eckart.

Der Lehrling fühlte sich verspottet, beinahe beschimpft.

«Wie kannst du so etwas sagen ...»

«Was du denkst und was du fühlst, mein Bruder Lehrling, ist vollkommen gleichgültig. Deine Pflicht ist es, zu gehorchen und zu schweigen. Die überschießenden Reaktionen und die Disharmonien in dir unter Kontrolle zu bringen.»

Wütend ballte Jean Serval die Fäuste.

«Das sind nur leere Worte. Du verstehst nichts. Du siehst ja nicht, wie es um uns steht, du weißt nicht ...»

«Ich sehe und ich weiß», unterbrach ihn Dieter Eckart barsch. «Dein Aufbegehren ist sinnlos. Es vergeudet wertvolle Energie. Es schwächt uns alle. Willst du dich umbringen? Dann tue es, ohne viele Worte zu machen. Und sei dir bewußt, daß du die Loge um eines ihrer wesentlichen Mitglieder bringst. Wenn du dein Leben wegwirfst wie irgendein verzweifelter Nichteingeweihter, dann verrätst du uns. Du verrätst dich.»

Jean Serval schlug die Hände vors Gesicht und brach in Tränen aus.

Langsam löffelten der Mönch und der Meister einen Teller Kohlsuppe. Seit zwei Tagen hatten sie die Krankenstation nicht verlassen, als habe der Lagerkommandant jedes Interesse an ihnen verloren. Fünf Tschechen waren an den Folgen der hier oder anderswo erlittenen Mißhandlungen gestorben.

Der Mönch hatte eine gute Stunde damit zugebracht, seine Kutte zu säubern. Der Meister hatte es ihm gleichgetan und seinen grauen Anzug gebürstet, der ihn an die Freiheit erinnerte. Der Mönch und der Meister waren die einzigen Gefangenen der Festung, die noch ihre ursprüngliche Kleidung trugen, als wolle der Kommandant sie dadurch noch stärker isolieren, sie aus der Masse herausheben.

Der Meister rieb den Stoff zwischen Daumen und Zeigefinger. Schweiß und Staub hatten ihre Spuren hinterlassen, und vorzeigbar war der Anzug nicht mehr. Aber seinen Zweck erfüllte er noch.

Die beiden Männer musterten sich, als hätten sie einander noch nie gesehen.

«Warum sind Sie eigentlich Mönch geworden?» fragte François Branier.

Der Mönch betete seinen Rosenkranz ab.

«Weil ich Gott kennenlernen wollte und die Menschen schon kannte.»

«Enttäuscht von ihnen?»

«Noch nicht einmal. Ich habe ihre Grenzen erkannt. Ich bin ziemlich außergewöhnlichen Typen begegnet, doch alle kümmerten sich nur um sich selbst. Keiner verstand es zu geben.»

«Genügte es Ihnen nicht, Priester zu werden?»

Der Mönch senkte den Kopf, als habe man ihn bei einem Fehler ertappt.

«Ich habe mit vielen Priestern zu tun gehabt … ich suchte etwas anderes. Ein Leben in einer Gemeinschaft, mehr Brüderlichkeit. Ich hatte gerade mein Medizinstudium beendet, da traf ich zufällig in einer Buchhandlung im *Quartier Latin* einen alten Mönch. Er sprach mich an, weil er mich für einen Verkäufer hielt. Er fragte mich nach einer Heilkräuterfibel. Zuerst fand ich ihn ziemlich vertrottelt. Ich war mehr als unfreundlich. Doch er ließ sich nicht abschütteln. Wir kamen ins Gespräch. Wir haben zusammen zu Abend gegessen und die ganze Nacht diskutiert. Am Morgen machte er sich wieder auf den Weg in sein Kloster. Ich bin ihm gefolgt. Mit seinen gut siebzig Jahren war er unglaublich in Form. Dabei hatte er gegessen und getrunken für vier. Müdigkeit schien er nicht zu kennen. Ich dagegen war völlig erschöpft. Dieser Alte faszinierte mich. Seinetwegen habe ich die Klosterlaufbahn eingeschlagen, zuerst in Saint-Wandrille. Meinen Gesprächspartner habe ich erst nach langer Zeit der Exerzitien wiedergesehen. Ich habe erfahren, daß er das Amt des Abtes innehatte. Von ihm habe ich alles gelernt.»

François Branier war erschüttert. Es war ihm, als höre er seine eigene Geschichte.

«Lebt er noch?»

«Er ist vor fünf Jahren gestorben», antwortete Bruder Benoît. «Ich bin von Kloster zu Kloster gezogen, weil ich seine Abwesenheit nicht ertrug. Dann habe ich mir gesagt, daß ich ein Feigling bin. Ich habe um Erlaubnis gebeten, nach Saint-Wandrille zurückzukehren. Es wurde mir gestattet. Dort habe ich versucht, die Leere auszufüllen. Ein Mensch und ein Mönch zu werden, nichts weiter. Ich habe meinen Brüdern gedient. Ich habe die Ämter übernommen, die man mir übertrug. Als der Ordensälteste mir zu verstehen gab, daß ich der nächste Abt werden sollte, glaubte ich, er mache sich über mich lustig. Dabei war das sonst gar nicht seine Art. Dann kam die Kriegserklärung. Die Mönche wurden verteilt. Mir wurde Morienval übertragen, eine romanische Abtei im Département *Oise*. Dort wurde ich von der SS verhaftet. Nicht wegen meines Glaubens, sondern weil sie mich verdächtigen, übernatürliche Kräfte zu benutzen! Stellen Sie sich vor ... Magnetismus und Radiästhesie! Als ob das etwas Übernatürliches wäre! Die Benediktiner verwenden diese Heilmethoden seit Jahrhunderten. Auch Sie, Meister, verfügen über solche Kräfte ...»

François Branier schrak hoch. Gebannt von den Worten des Mönchs, hatte er seine eigene Situation völlig vergessen.

«Ich wünsche Ihnen, daß Sie eines Tages Abt werden, und ich wünsche es Ihnen auch wieder nicht.»

«Und warum nicht?»

«Eine Gemeinschaft zu leiten ist eine übermenschliche Aufgabe. Keine Erfahrung, keine Kenntnis reicht aus. Niemand kann wissen, ob der Bruder, der damit betraut wird, auch wirklich fähig ist, seine Brüder zu führen. Wenn man dieses Amt übernimmt, geht man das größte Risiko ein, das ein menschliches Wesen überhaupt eingehen kann. Sie halte ich dessen für fähig, Hochwürden.»

Der Mönch warf dem Meister einen mißtrauischen Seitenblick zu. Er fragte sich, ob der Freimaurer ihn nicht verspottete. Doch sein Ton klang aufrichtig. Seine Ergriffenheit war offensichtlich.

«Ich habe auf Gott gesetzt, Meister. Ich bin ohne Sorge. Im Gegensatz zu Ihnen.»

«Was sollte ich Ihrer Meinung nach fürchten?»

«Sie fürchten, dem Schlag nicht standzuhalten. Ihrem Amt nicht gewachsen zu sein. Weil Sie Ihrem Allmächtigen Baumeister nicht vertrauen.»

«Da muß ich Sie leider enttäuschen, Hochwürden. Daß ich dem Schlag nicht standhalte, ist sehr wohl möglich. Meine Kraft hat Grenzen, wie Ihre auch. Daß ich kein guter Meister bin? Das Urteil liegt nicht bei mir. Darüber werden meine Brüder entscheiden. Bis zum nächsten Winterjohannisfest haben sie mich wiedergewählt. Bis dahin muß ich die Loge leiten, so gut ich kann. Der Allmächtige Baumeister aller Welten? Er steht über allem Glauben. Ob man ihm vertraut oder nicht ist bedeutungslos. Er erschafft die Welt in jedem Augenblick. Unsere Aufgabe ist es, sie zu entziffern.»

«Seine Schöpfung ist wohl recht theoretischer Natur.»

«Nein, Hochwürden. Es gelingt mir nicht, sie Ihnen zu vermitteln. Aber ich schwöre Ihnen, sie ist die Freude. Die einzig wahre Freude.»

Dem Benediktiner lief es kalt den Rücken herunter. Er sträubte sich dagegen, doch es war ihm bewußt, daß er einen unvergeßlichen Augenblick erlebte. Eingeschlossen in diesem Block, atmete er reine Luft. Jene Freude, von der der Meister sprach, kannte er, weil er sie im Kloster, unter seinen Brüdern, erfahren hatte. Wie konnte ein Freimaurer Zugang zu solchen Mysterien gefunden haben?

Unter einem heftigen Hustenanfall krümmte er sich vornüber.

«Sie sind doch beinahe Arzt», bemerkte der Meister. «Glauben Sie nicht, es wäre an der Zeit, etwas gegen diese ... Bronchitis zu unternehmen?»

«Jeder trägt sein Kreuz. Ich komme mit meinem ganz gut zurecht.»

Ein Sonnenstrahl fiel in die Krankenstation und beleuchtete die Gesichter der beiden Männer. Klaus, der höhere Offizier, hatte die Tür entgegen seiner Gewohnheit lautlos geöffnet. Er kam herein und trat vor den Meister.

«Folgen Sie mir», befahl er François Branier. «Ich habe eine Überraschung für Sie.»

Kapitel 21

Der Meister war darauf gefaßt, einmal mehr verhört zu werden. Die Sonne strahlte hoch am Himmel und wärmte die Luft. Er folgte Klaus zum Mittelturm. François Branier hob den Blick zum Obergeschoß, aus dem die Läufe schwerer Maschinengewehre hervorragten. Der Offizier wirkte nervös. Er stieß einen der beiden SS-Männer beiseite, die den Turmeingang bewachten, und stieg in den zweiten Stock hinauf, gefolgt von seinem Gefangenen. Vor einer Tür blieb er stehen und klopfte. Sie führte nicht zum Büro des Kommandanten. Helmut, der Adjutant, öffnete. Er ließ François Branier eintreten und schloß die Tür hinter ihm. Der Offizier blieb draußen.

Der Meister stand in einem Raum, der vollständig mit rotem Samt ausgekleidet und mit Kerzen schwach beleuchtet war. Im Hintergrund sah er ein niedriges Bett, auf dem der Kommandant lag.

«Eine Unpäßlichkeit», erklärte der Adjutant. «Ich habe ihn in sein Zimmer bringen lassen. Untersuchen Sie ihn.»

Instinktiv beugte François Branier sich über den Kranken. Er fühlte sich unvermittelt in die private Atmosphäre der Hausbesuche versetzt, bei denen er automatisch zur Vertrauensperson wurde. Doch dieses Haus war ein Gefängnis und der Patient ein Henker.

«Holen Sie einen Nazi-Arzt.»

«Der Kommandant ist der einzige deutsche Mediziner in diesem Lager, Monsieur Branier.»

Ein Kollege … doch möglicherweise log Helmut, vielleicht hatte der Kommandant eine makabre Komödie inszeniert.

«Sie haben kein Recht, die Behandlung zu verweigern», drängte der Adjutant.

Genau diese Frage stellte sich Doktor Branier gerade.

Der Kommandant hatte einen starren Blick, ein schneeweißes Gesicht, verkniffene Lippen. Sicher ein Herzanfall.

«Haben Sie Medikamente da?»

Der Adjutant öffnete die Tür eines Schrankes, in dessen Fächern sich Arzneimittel stapelten. Damit konnte man die schwersten Krankheiten behandeln. Den Kommandanten sterben lassen, sich den Adjutanten vom Hals schaffen, den Schrankinhalt in die Krankenstation bringen, behandeln, heilen ... ein irrwitziger Traum. Der Meister würde von den SS-Männern niedergeschossen, noch bevor er den Turm verlassen hätte.

«Entscheiden Sie sich, Monsieur Branier. Sonst lasse ich den Mönch rufen.»

Der Benediktiner würde sich natürlich barmherzig zeigen. Er würde den Platz des Meisters einnehmen, wenn dieser sich weigerte, den Kommandanten zu untersuchen. François Branier knöpfte den Uniformkragen des Kranken auf, dann untersuchte er den Augenhintergrund.

«Verlassen Sie das Zimmer», verlangte er, an Helmut gewandt. «Ich kann keine Zuschauer brauchen, wenn ich arbeite.»

«Aber ...»

«Tun Sie, was ich sage, oder ich rühre keinen Finger.»

Der Adjutant zögerte. Den Mönch zu holen war die letzte Möglichkeit. Doch er hatte keinerlei Zutrauen zu den Heilkünsten des Geistlichen.

«Ich gebe Ihnen fünf Minuten.»

Der SS-Mann schlug die Tür zu.

Der Mönch betete. Doch das verhalf ihm nicht zum gewohnten Seelenfrieden. Angst peinigte ihn. Vielleicht lag es daran, daß der alte Astrologe aus Nizza gestorben war, nachdem er einmal mehr das baldige Kommen des zerstörerischen Feuers prophezeit hatte. Vielleicht auch daran, daß sein Instinkt ihm eine so schreckliche Prüfung ankündigte, daß er nicht die Kraft haben würde, sie zu bestehen.

Mit jedem Hustenanfall wurde der Mönch schwächer. Nicht nur körperlich. Das Kloster, seine Brüder, die rituellen Gebetsstunden, das Leben in der Ordensgemeinschaft fehlten ihm zu sehr. Bisher hatte er dem Sturm standgehalten. Doch seine Kräfte erlahmten. Der Meister konnte die Kranken auch allein versorgen. Und wofür sonst lohnte es sich zu kämpfen? Sich in Gott vergessen, sich in Ihm verlieren, sich von Seiner Unendlichkeit aufnehmen lassen … wäre das nicht der beste Weg? Jedenfalls der schnellste, um die wahre Heimat zu erreichen.

Der Mönch vertrieb die Versuchung. Schlimmer: die Resignation. Der schlechte Gesundheitszustand … nur ein Alibi. Er hatte angefangen, Ausreden zu suchen, sich selbst zu belügen. Die Wahrheit war, daß Gott ihn mied. Warum? Warum antwortete er nicht mehr auf seine Gebete? Wegen seiner Gespräche mit dem Freimaurer? Oder einfach, weil sein Kampfgeist erlahmte und er im Begriff war, zu einem ganz gewöhnlichen Deportierten zu werden?

«Wir sind gar nicht mehr weit vom Ziel entfernt», sagte Guy Forgeaud. «Das Allernötigste für eine ‹Sitzung› haben wir schon beinahe beisammen. Wenn wir die verdammte Kreide finden würden, könnten wir loslegen …»

Die Widerstandskraft des Schlossers versetzte seine Brüder in Erstaunen. Er erholte sich schnell, als werde er gehegt und gepflegt.

«Vorausgesetzt, der Meister ist bei uns», mahnte Dieter Eckart.

Der Geselle André Spinot hatte den Wachposten übernommen und spähte durch den Spalt in der Wand des Blocks. Er dachte an nichts anderes. Er vergaß die Festung, die Angst, den schleichenden Tod. Er schaute.

Der Lehrling Serval arbeitete. Die beiden Meister hatten ihn angewiesen, über eine wichtige Stufe der Einweihung zum ersten Grad zu meditieren, über die Reinigung durch das Feuer, bezogen auf den Augenblick, in dem der Ehrwürdige Meister mit Hammer und flammendem Schwert den neuen Eingeweihten erschuf.

«Ich weiß, Dieter», antwortete Forgeaud. «Es gibt nur drei Möglichkeiten: Entweder der Ehrwürdige Meister ist in der Krankenstation oder eingeschlossen im Mittelturm, oder ... er ist tot.»

«Nein ...»

Forgeaud legte seinem Bruder die Hand auf die Schulter.

«Mach dir keine Sorgen, Dieter. Einen Ehrwürdigen wie ihn schafft man sich nicht so einfach vom Hals.»

«Ich würde dir so gerne glauben, Guy ... so gerne.»

«Wenn du dich hängenläßt, gehen wir alle drauf. Du bist unser Mittelpunkt, wenn François nicht da ist. Wir wissen alle, daß die Ereignisse dir nichts anhaben können. Du wirst sie leiten müssen, diese ‹Sitzung›.»

«Ich darf es nicht, Guy. Auch hier nicht. Auch unter diesen Umständen nicht.»

Forgeaud senkte den Kopf. Dieter Eckart hatte recht.

«Weißt du, Guy, François Branier ist nicht irgendein Ehrwürdiger. Ich habe Dutzende kennengelernt, gute, schlechte, halbherzige, fanatische. Keiner war wie er. Unser Ehrwürdiger ist ein spiritueller Meister, mein Lieber. Ein Kerl vom Format der alten Äbte, die den Okzident erbaut haben. Er allein weiß, wohin er uns führt. Ich werde ihm folgen bis zum Ende. Wie wir alle. Weil er uns dazu zwingt, über uns hinauszuwachsen. Etwas zu werden, was wir noch nicht sind.»

Guy Forgeaud sog Dieter Eckarts Worte auf wie einen belebenden Lufthauch. Er erkannte die wahre Größe des Meisters, als würde von einem fernen, beinahe unerreichbaren Wesen gesprochen, das doch ganz nahe war.

«Er ist es», rief André Spinot, «er ist es!»

Der Geselle verließ seinen Wachposten und fiel Guy Forgeaud um den Hals.

«Im Hof», schluchzte Spinot, die Stimme heiser vor Ergriffenheit. «Der Meister ... mit dem Offizier ... der Meister lebt! Er lebt!»

François Branier trat aus dem Zimmer des Kommandanten. Der Adjutant ging im Flur auf und ab. Er schaute auf die Uhr. Die fünf Minuten waren um.

«Er ist über den Berg», sagte Branier. «Er braucht mehrere Tage absolute Ruhe und intensive Pflege.»

«Danke, Doktor Branier. Ist es sehr ernst?»

«Allerdings. Er müßte eingehend untersucht werden.»

Helmut schien betreten. Stiefel erklangen im Flur. Klaus sprach den Adjutanten auf deutsch an.

«Wie geht es dem Kommandanten?»

François Branier wandte sich ab. Niemand wußte, daß er diese Sprache verstand.

«Nicht besonders gut», antwortete der Adjutant.

«Ist er in der Lage, seine Pflichten zu erfüllen?»

«Er braucht Ruhe und ...»

«In diesem Fall», unterbrach ihn der SS-Offizier, «sehe ich mich gezwungen, das Lagerkommando zu übernehmen. Helmut, ich verlange alle sechs Stunden einen ärztlichen Bericht. Ich übernehme das Büro des Kommandanten. Ich erwarte Sie dort für einen sofortigen Lagebericht.»

Der Adjutant schlug die Hacken zusammen und hob die Hand zum SS-Gruß. Der Meister wartete geduldig.

«Sie bleiben in der Nähe, Doktor Branier», befahl der Offizier auf französisch. «Sie tragen die volle Verantwortung für die Gesundheit des Kommandanten.»

«Unmögliches kann man nicht verlangen. Wahrscheinlich ist eine Operation unumgänglich.»

«Ich werde einen Spezialisten anfordern. Bis dahin liegt sein Leben in Ihrer Hand.»

Im roten Block waren die Brüder der Erkenntnisloge wie benommen. Sie wandten keinen Blick von André Spinot, der zugleich lachte und weinte. Er konnte es kaum glauben.

«Bist du dir ganz sicher, André», fragte Jean Serval. «War es wirklich der Meister?»

«Ohne jeden Zweifel! Ich habe mich nicht getäuscht, das schwöre ich dir! Stellt euch vor, der Meister ist am Leben!»

Der Brillenmacher war selten so gesprächig. Der Lehrling Jean Serval war ebenso aufgeregt wie er. Dieter Eckart zeigte seine Gefühle nicht.

«Damit ist es nicht getan», sagte Guy Forgeaud. «Wir müssen ihn da rausholen. Haben die SS-Männer ihn in den Turm gebracht?»

«Ja», antwortete Spinot eifrig. «Ich werde das Gebäude nicht mehr aus den Augen lassen.»

Forgeaud grübelte.

«Wenn wir uns nur eine Waffe besorgen könnten ...»

«Träumen wir nicht, Guy. Wir können nur abwarten und beobachten.»

Serval trat vor Dieter Eckart.

«Und wenn ich heute nacht versuche, hier herauszukommen? Wir bräuchten nur den Spalt zu vergrößern. Ich könnte in den Turm schleichen und ...»

Der Meister unterbrach den Lehrling.

«Kein Selbstmord, mein Bruder. Seien wir wachsam, und rufen wir den Ehrwürdigen Meister in unsere Mitte, indem wir unsere Einigkeit stärken. Das wird ihn zu uns bringen.»

«Ausgezeichnet, Hochwürden», bemerkte der höhere Offizier, nachdem er die Krankenstation besichtigt hatte. «Ein Vorbild an Sauberkeit.»

Verängstigt kauerten sich die Kranken auf ihren Lagern zusammen. Sie fürchteten, aus dieser Hölle vertrieben zu werden, um in eine andere, noch schrecklichere zu geraten. Der Mönch blieb sitzen und betete seinen Rosenkranz.

Klaus blieb vor ihm stehen.

«Sie verfallen solchem Aberglauben?»

«Jeder hat so seine Methode, um Gott nicht zu vergessen ... Ihre ist vielleicht das Uniformtragen.»

Das Gesicht des SS-Mannes wurde hart.

«Lassen Sie das, Hochwürden. Ihre Arroganz wird Sie teuer zu stehen kommen, glauben Sie mir. Niemand hat das Recht, den Kommandanten dieses Lagers zu beleidigen.»

Der Mönch hob nicht einmal den Kopf.

«Ist Ihr Vorgänger verstorben?»

Ein winziges Lächeln erschien auf den kalten Lippen des Deutschen.

«Mit Ihnen ist man zu duldsam verfahren. Sie lügen, seit Sie hier sind.»

Ruhig begann der Mönch, die Ärmel seiner Kutte sauberzureiben. Etwas Spucke erleichterte die Arbeit.

«Ich und lügen? Das verbietet mir meine Religion. Es wäre eine Sünde, und ich habe niemanden, bei dem ich die Beichte ablegen könnte.»

Soeben hatte der Mönch den Fehler begangen, auf den Klaus gelauert hatte.

«Doch, das haben Sie, Hochwürden ... Sie und Meister Branier beichten sich doch gegenseitig. Ich bin überzeugt, Sie haben einander alles gesagt, und er hat Ihnen sein Geheimnis anvertraut.»

In der Krankenstation hätte man eine Stecknadel fallen hören können. Der Mönch stand auf, zog seine Kutte und den Rosenkranz zurecht und blickte dem Offizier ins Gesicht.

«Nur ein Mann Gottes kann einem Mann Gottes die Beichte abnehmen. Der Meister und ich, wir haben uns nichts, aber auch gar nichts zu sagen. Ich betrachte ihn als einen Heiden, der in den Flammen der Hölle schmoren wird.»

Klaus trat einen Schritt zur Seite.

«Hier hat Ihr Gott nichts verloren. Seine Gegenwart ist verboten. Sie haben sicher ein Gebiet gefunden, auf dem Sie sich mit dem Meister einigen können. Sie haben einen Pakt geschlossen. Ich kenne das Verhalten von Gefangenen. Sie haben nichts anderes im Sinn, als sich aufzulehnen, zu fliehen, irgendeinen Plan zu schmieden, um sich der Illusion hinzugeben, sie seien noch freie Menschen. Früher oder später verbünden sich selbst die erbittertsten Feinde.»

Der Mönch fühlte den Augenblick nahen, den er über alles fürchtete.

«Sie täuschen sich. Der Meister und ich sind weitaus

mehr als nur Feinde. Keine Art des Gesprächs ist zwischen uns möglich.»

Klaus wandte sich zur Tür der Krankenstation.

«Hochwürden», sagte er mit dem Rücken zum Mönch, «ich gebe Ihnen eine letzte Chance. Verraten Sie mir sofort das Geheimnis der Loge.»

Die Stimme des Benediktiners zitterte nicht.

«Es gibt kein Geheimnis. Er hat mir nichts anvertraut.»

Die Tür schlug zu. Der Mönch kniete nieder und betete.

Kapitel 22

«Der Kommandant ist verstorben.»

Ungläubig betrachtete François Branier den Adjutanten. «Wann?»

«Vor einer Stunde, Doktor Branier. Der Offizier hat das Lagerkommando übernommen. Folgen Sie mir.»

Der Meister verließ den kleinen Raum, in den man ihn seit gut zwei Tagen ohne jede Nahrung eingeschlossen hatte. Eine Kammer, in der er die meiste Zeit mit Schlafen verbracht hatte.

Warum hatte man ihn isoliert? Warum hatte man ihn daran gehindert, den Kranken zu betreuen, ihn nochmals zu untersuchen?

Von SS-Männern flankiert, stieg der Meister die Turmtreppe hinunter und trat hinaus in den großen Hof. Dort standen in gestreiften Anzügen sämtliche Gefangene der Festung. Sie waren auf zwei Gruppen verteilt, dazwischen ein schmaler Korridor. In der ersten Gruppe, die Brüder der Erkenntnisloge, Dieter Eckart, Guy Forgeaud, André Spinot, Jean Serval. Zwei Meister, ein Geselle, ein Lehrling. Die Überlebenden.

Sie sahen ihn. Sie ließen sich die Freude nicht anmerken. Die SS überwachte sie mit angelegten Waffen. Eine unheilvolle Atmosphäre lag über der Festung, Endzeitstimmung. Niemand rührte sich. Die Gefangenen und ihre Wächter schienen zu Stein erstarrt.

Die Tür der Krankenstation öffnete sich. Zwei SS-Männer führten den Mönch hinaus und zwischen den beiden Gruppen hindurch. Es war mild, beinahe schwül.

Die Stimme des Offiziers erklang hinter dem Meister.

«Stellen Sie sich neben den Mönch.»

Der Meister trat vor, von hundert Augenpaaren verfolgt. Mit langsamen Schritten ging er links um die nächststehende Gruppe herum. Dieser Gehrhythmus erinnerte ihn an die Prozessionen zum Johannisfest, wenn er hinter dem Zeremonienmeister das Beamtenkollegium auf dem Weg zur rituellen Festtafel anführte. Wohin führte sein Weg diesmal? In welches Labyrinth war er geraten?

Vor dem Mönch blieb der Meister stehen. Die anderen Gefangenen nahm er nicht wahr, sie waren nur noch eine graue, verschwommene Masse. Das Gesicht des Mönchs war ernst. François Branier wurde angst. Zum erstenmal fühlte er sich wehrlos ausgeliefert.

«In diesem Lager werden neue Sitten einkehren», verkündete Klaus. «Sie alle werden zu Wartungsarbeiten herangezogen. Wir werden Ordnung schaffen. Die Krankenstation wird gesäubert. Ein wahrer Schweinestall. Zwei Ärzte! Einer davon ist zuviel ...»

Langsam wandten der Mönch und der Meister die Köpfe dem Offizier zu, der sich vor den Mittelturm gestellt hatte, damit ihn alle hörten.

Klaus erteilte einen deutschen Befehl. SS-Männer führten den Mönch und den Meister zu ihm.

«Ich befehle Ihnen, miteinander zu kämpfen. Der Sieger wird die Krankenstation weiter betreuen. Der Besiegte wird erschossen. Es sei denn, er stirbt schon während des Kampfes.»

Der Mönch fuhr empört auf.

«Ich werde gegen niemanden kämpfen. Töten Sie mich, wenn Sie wollen. Ich bin bereit.»

Der Benediktiner sprach mit dem Stolz eines Abtes, der alleine Horden von Barbaren in den Weg tritt.

«Einverstanden, Hochwürden. Unter der Bedingung, daß Sie mir vorher das Geheimnis der Erkenntnisloge verraten.»

«Niemals hat sich ein Freimaurer einem Betbruder wie diesem hier anvertraut», protestierte François Branier.

«Dieser Freimaurer ist Gesindel der übelsten Sorte», gab der Mönch zurück. «Wie können Sie annehmen, daß ich ihm auch nur einen Augenblick zugehört habe!»

Klaus blickte vom Mönch zum Meister.

«Da Sie sich derart verabscheuen, kämpfen Sie miteinander!»

«Ich werde keinen Geistlichen schlagen. Das wäre zu billig.»

Der SS-Mann zitterte vor Wut und bewahrte seine Selbstbeherrschung nur mit Mühe.

«Nun gut, meine Herren. Schwören Sie bei Ihrem Gott, Hochwürden, daß Sie das Geheimnis von ‹Erkenntnis› nicht kennen?»

Der Benediktiner hob den Blick zum Himmel.

«Ich schwöre es.»

«Sie lügen!» brüllte der SS-Mann. «Sie beide stecken unter einer Decke!»

Der Mönch und der Meister rührten sich nicht.

«Durchhalten», dachte der Benediktiner. «Durchhalten, bis es ihn zur Verzweiflung treibt, bis er seinen Plan aufgibt.»

«Abstreiten, hartnäckig abstreiten», sagte sich der Meister, «bis er es selbst nicht mehr glaubt.»

«Ich weiß, daß Sie sich dem Mönch anvertraut haben», fuhr der SS-Offizier, an den Meister gewandt, fort. «Sie unterstützen sich gegenseitig mit Ihren geheimen Kräften. Das hat jetzt ein Ende. Einer von Ihnen wird sterben. Der andere wird allein sein. Und schließlich reden.»

Wer von ihnen beiden würde sterben? Der Mönch dachte an seine Wette. Gott würde entscheiden. Das tat er immer. Er würde die Lösung wählen, die seiner göttlichen Liebe entsprach. Der Benediktiner hatte nichts zu fürchten. Wenn dies das Ende seiner Erdenreise war, würde er in seine himmlische Heimat einkehren. Und doch fühlte Bruder Benoît sich noch reich an zukünftigen Taten, an tausendundeinem Gebet, um das Göttliche zum Leben zu erwecken. Aber er begehrte nicht auf. Er unterwarf sich auch nicht. Er akzeptierte den Willen des Herrn aller Dinge, weil dessen Blick weiter reichte als der seine.

Er oder der Mönch? Der Meister dachte an die Wette. Der Allmächtige Baumeister aller Welten würde handeln, wie es der Regel entsprach. In ihr gab es keinen Zufall und keine Halbheiten. Nur eine riesige Werkzeichnung kosmischen Maßstabs, auf der jedes Element des Bauwerks sich an der richtigen Stelle befand, auch wenn der Mensch nichts davon begriff. Der Meister würde seinem Tod zum richtigen Zeitpunkt entgegentreten, und er wollte sich seiner würdig erweisen. Hatte er sich nicht seit dem Beginn seiner Einweihung darauf vorbereitet, seit jener langen Meditation in der «Vorbereitungskammer», wo er Auge in Auge mit einem Totenschädel sein profanes Schicksal ausgelöscht hatte?

Der Offizier lächelte. Er war hochzufrieden mit seinem Plan. «Jeder von Ihnen ist für eine Hälfte der Inhaftierten verantwortlich», erklärte er. «Deshalb habe ich sie auf zwei ‹Mannschaften› verteilt. Die Katholiken sind in Ihrer Mannschaft, Hochwürden, und die Mitglieder der Erkenntnisloge in Ihrer, Meister, zusammen mit den Astrologen. Der Besiegte verurteilt seine Mannschaft zum Tode. War es in der Alten Welt nicht genauso? Das sollte Sie motivieren zu kämpfen … um Leben zu retten!»

Der Mönch schloß die Augen. Um das Grauen zu bannen und um sich zu konzentrieren. Der Meister wiederholte im stillen die Worte, die er gerade gehört hatte, um die unerbittliche Wirklichkeit ganz zu begreifen.

«Da wir es nicht umgehen können, Hochwürden», sagte François Branier mit heiserer Stimme, «schlachten wir uns ab!»

Der Mönch sah ein seltsames Leuchten im Blick des Meisters. Eine Botschaft. Der Mönch konnte sie nicht entziffern, doch er beschloß, dem Meister zu vertrauen.

«Sind Sie bereit, Hochwürden?» fragte Klaus ungeduldig. «Es sei denn, einer von Ihnen entschließt sich zu sprechen.»

«Dieses Geheimnis existiert nur in Ihrer Phantasie», sagte François Branier.

«Der Meister hat mir nichts anvertraut», bestätigte der Mönch. «Lassen Sie von diesem Irrsinn ab. Das bringt Sie nicht weiter.»

Klaus trat ein paar Schritte zurück. Er stieg auf ein kleines Podest und erklärte den Gefangenen auf deutsch, tschechisch und französisch, worum es bei dem Kampf gehen sollte. Empörte Rufe wurden rasch durch Gewehrkolbenhiebe erstickt. Hunderte fiebernder Blicke richteten sich auf den Mönch und den Meister.

Die Finger der Mitglieder der Erkenntnisloge berührten sich, um die Bruderkette anzudeuten. André Spinot hielt den Blick gesenkt. Jean Serval tat es ihm gleich. Dieter Eckart packte Guy Forgeaud fest am Handgelenk, denn er fühlte dessen Drang, sich zwischen die Kontrahenten zu stürzen, und der schaurigen Szene ein Ende zu setzen.

«Bereitet sie vor!» befahl Klaus.

SS-Männer packten den Mönch und den Meister. Die einen zerrissen das Oberteil der Kutte, die anderen zerrten

Jacke und Hemd herunter. Die künftigen Gegner spürten den milden Frühlingswind auf ihren nackten Oberkörpern. Sie hatten die gleiche kraftvolle Muskulatur, den gleichen vielversprechend breiten Brustkorb.

«Kämpfen Sie!» schrie der Offizier. «Oder ich lasse alle zehn Sekunden auf jeder Seite zehn Gefangene erschießen.»

Ängstliches Murmeln ging durch die Reihen der Deportierten. Ein Ruf erklang.

«Los doch, Priester! Mach ihn alle!»

Alle erwarteten, daß der Rufer erschossen würde. Die SS-Männer rührten sich nicht. Der Anheizer schrie weiter, und bald stimmten seine Nachbarn ein.

«Freimaurer vor!» antwortete ein Mitglied aus François Braniers Mannschaft und löste damit eine Serie von Anfeuerungsrufen aus.

Für die Dauer einer Minute lieferten sich die Mannschaften ein Wortgefecht. Plötzlich fielen Schüsse. Auf beiden Seiten brach in der ersten Reihe ein Mann zusammen. Entsetzte Stille trat ein.

«Ich will keinen Lärm während des Kampfes», erklärte der Offizier. «Bitte sehr, meine Herren. Bis der Tod eintritt.»

Der Meister tat einen Schritt auf den Mönch zu, ließ plötzlich den rechten Arm vorschnellen und versetzte seinem Gegner einen Fausthieb auf die Brust. Der Mönch spürte nur leichten Schmerz. Der Meister hatte seinen Schlag abgebremst.

«Schlag zu, Mönch. Schlag wie ich!»

François Branier hatte eine grimmige Miene aufgesetzt, als wolle er seinen Gegner zerfleischen. Er traf ihn in der Lebergegend. Der Benediktiner ging auf das Spiel ein und krümmte sich in übertriebenem Schmerz, dann versetzte er dem Meister einen Hieb mit dem Ellbogen, der ihn aus dem Gleichgewicht brachte und taumelnd zurückweichen ließ.

«Du wirst deine Gottlosigkeit noch bereuen», wetterte der Mönch, verschränkte seine Fäuste und reckte sie wie ein Hammer über den Kopf des Meisters.

Dieser versuchte auszuweichen. Zu spät. Der Hieb traf ihn an der linken Schulter. Er stieß einen Schmerzensschrei aus. Mit einem Fußtritt gegen das Knie des Mönchs schaffte er sich Luft. Er schickte sich an, erneut zuzuschlagen, als Klaus sie unterbrach.

«Das reicht! Sie simulieren! Kämpfen Sie, und zwar sofort!»

Die SS-Männer legten auf die ersten Reihen der beiden «Mannschaften» an.

Auf der Stirn des Mönchs erschienen tiefe Falten. Der Meister hatte Mühe zu atmen.

«Diesmal, Hochwürden, geht es um Gott oder den Allmächtigen Baumeister. Tut mir leid, aber ich muß versuchen, meine Brüder zu retten.»

Der Mönch hätte bereitwillig die Backe hingehalten, doch er durfte es nicht zulassen, daß Dutzende von armen Teufeln erschossen wurden. All ihre Hoffnung zu überleben setzten sie in ihn. Weder Christus noch der Heilige Benedikt hatten sich verhalten wie wehrloses Schlachtvieh. Der eine war gekommen, um das Feuer in die Welt zu bringen, der andere hatte gegen die Barbaren gekämpft. Er als Mönch mußte einen Meister besiegen, um Christen zu retten. Auch wenn er nicht den geringsten Drang verspürte, François Branier zu schlagen.

Der Meister fühlte die Hoffnung seiner Brüder auf sich lasten. Er sah sie nicht. Sie standen irgendwo in den Reihen seiner «Mannschaft». Aber er spürte ihre aufmerksame

Gegenwart. Für sie mußte er kämpfen, einen Menschen verletzen, ja töten, den er bewunderte. Er selbst hätte jede Todesart für sich diesem schaurigen Duell vorgezogen.

Die Gegner schoben sich aufeinander zu. Jeder wollte einen Schlag anbringen, einen einzigen, damit diese Marter bald zu Ende war. Sie wußten bereits, daß sie diese Momente niemals vergessen würden. Sie sahen sich lange in die Augen, hielten stumme Zwiesprache, baten einander um Vergebung. Nicht sie selbst waren es, die da zu blutrünstigen Bestien werden würden. Sie löschten sich aus hinter einer Funktion, wurden Gewitter, Sturm, Blitz, die töten ohne jede Absicht.

Mit dem Kopf voraus rannte der Mönch in den Meister; dem blieb die Luft weg, und er sackte zusammen. Er kam wieder auf die Beine, trotz unerträglicher Schmerzen in der Brust. Wutentbrannt schlug er zu. Der linke Augenbrauenbogen des Mönchs platzte auf. Blut floß. Mit brennendem Kopf rempelte der Benediktiner seinen Gegner erneut. Die beiden Männer packten sich.

Der Mönch schlug zu und befreite sich aus dem Ringergriff. Der Meister taumelte. Ein schwarzer Schleier tanzte vor seinen Augen, er konnte den Mönch nicht mehr erkennen. Er begriff, daß es zu Ende war. Er hatte verloren. Auch seine Brüder würden sterben. Er würde sich nicht lächerlich machen, indem er herumzappelte wie ein Hampelmann. Er brauchte nur noch aufrecht den tödlichen Schlag zu erwarten.

Der Mönch hustete gekrümmt. Mit letzter Kraft richtete er sich auf. Er nahm die Gestalt seines Gegners nur noch verschwommen wahr, eine Gestalt, die er zerstören mußte. In seine verschränkten Fäuste legte er die Kraft eines Holzfällers, der seine Axt niedersausen läßt, und schickte sich an, den Meister zu töten.

Ein schriller Schrei ließ ihn verharren. Die Stimme von André Spinot.

«Ich bin Jude!» rief der Freimaurer. «Ich bin Jude, und ich scheiß auf die Deutschen! Die SS soll verrecken! Ihr werdet den Krieg verlieren!»

Sekundenlang waren die Deutschen unfähig zu reagieren. André Spinot drängte sich durch die Reihen der Deportierten, rannte am Mönch und am Meister vorbei und stürmte auf den Offizier zu.

Die Bedrohung riß Klaus endlich aus seiner Betäubung. Er empfing Spinot mit einem Stiefeltritt in den Bauch.

Irr vor Angst stürzten sich mehr als fünfzig Gefangene auf die Festungsmauern. Sie überrannten den Meister, trampelten den Mönch nieder. Andere warfen sich in Panik zu Boden. Einige griffen die SS-Männer an.

Der Offizier gab Feuerbefehl.

Kapitel 23

Der Tod schmeckte nach Nacht. François Branier genoß ihn in vollen Zügen und ließ sich von den Stimmen, die in seine Stille drangen, davontragen. Im Nebel zeichneten sich Gesichter ab. Guy Forgeaud, Dieter Eckart, Jean Serval. Der Meister streckte die Hand nach seinen Brüdern aus, doch er griff ins Leere. Es war ein Wunder. Forgeaud lächelte, Eckart ergriff seine Hand. Serval weinte.

«Die Loge ... ihr, die Loge?»

Der Schleier zerriß. Seine Brüder waren noch nicht fähig zu sprechen. Sie ließen dem Meister Zeit, ins Leben zurückzufinden.

«Wo sind wir?»

«In unserem Block», antwortete Dieter Eckart. «Du bist in dem Augenblick in Ohnmacht gefallen, als der Mönch dich umbringen wollte.»

Beunruhigt richtete François Branier sich auf.

«André? Wo ist André?»

«Tot. Er hat sich als Jude ausgegeben und einen Tumult ausgelöst. Es war ein Gemetzel. Sie haben geschossen. Andrés Leichnam haben sie mitten auf dem Hof verbrannt.»

Dieter Eckarts Stimme hatte nicht gezittert. Er sagte die Wahrheit, so wie er sie gesehen hatte. Er pflegte sie niemals zu beschönigen, mochte sie auch noch so unerträglich sein.

Bruder André ... der Ehrwürdige und die Logenmeister hatten sich unendliche Mühe gegeben, um ihn aus seinem Narzißmus zu reißen und ihm den Weg zum Licht zu öffnen. André war es schwergefallen, sich zu entwickeln, seine Ängste zu überwinden, das innere Gleichgewicht zu finden, das ihm geholfen hätte, schneller voranzukommen. Er war zu empfindsam und hatte sich Gewalt antun müssen, um seine bloße Zuneigung in echte Brüderlichkeit zu verwandeln. Während seiner Suche hatte er außerordentlichen Mut bewiesen und sich neue Fähigkeiten angeeignet. Indem er sich als Jude ausgegeben hatte, hatte er dem heiligen Körper der Loge sein Blut geopfert, wie er es in seinem Eid zur Einweihung in den Lehrlingsgrad geschworen hatte.

André Spinot hatte die Gemeinschaft gerettet und war seiner Ewigkeit entgegengetreten, seiner unaufhörlichen Verwandlung, über die der Allmächtige Baumeister wachte. Da er in den Ewigen Osten eingegangen war, blieben nur noch vier Brüder.

Eckart ließ François Branier keine Ruhe.

«Weder du noch ich haben Muße, um ihn zu trauern, Ehrwürdiger Meister. Wir haben zu tun.»

Dieter Eckart hatte mit der ihm eigenen Autorität gesprochen. Durch seine Haltung ließ er seine Brüder die Nazifestung vergessen. Er rief in ihnen die Erinnerung an die Gewölbekeller wach, in denen sie so viele «Sitzungen» abgehalten hatten, an die altehrwürdigen Steine, die vollkommenen Bauwerke, in denen der Mensch sich etwas weniger sterblich fühlte.

«Was ist mit dem Mönch?» fragte François Branier.

Statt zu antworten, halfen Eckart und Forgeaud dem Meister auf. Ihn schmerzte der ganze Körper, und er hatte Mühe, sich auf den Beinen zu halten. Vor allem seine Brust tat ihm weh. Doch es war erträglich.

«Ihr könnt mich loslassen ... es geht schon.»

Der Meister sah den Mönch. Er lag auf dem Fußboden des Blocks. Die Brüder der Erkenntnisloge hatten seine Kutte wieder in Ordnung gebracht.

«Ist er ...»

«Nein», antwortete Dieter Eckart. «Er atmet. Er wurde niedergetrampelt.»

«Warum haben sie ihn hierhergebracht?»

«Keine Ahnung.»

Der Meister glaubte zu verstehen. Von nun an betrachtete der Offizier den Mönch als Vertrauten der Freimaurer. Der Benediktiner würde ihr Schicksal teilen, wenn er sie nicht verriet. War er denn ein Verräter? François Branier wurde erneut vom Zweifel befallen. Wenn der Mönch die Rolle des Spitzels gespielt hatte, dann für den Kommandanten. Dieser war tot, vielleicht hatte Klaus sogar nachgeholfen. Der Offizier war weniger raffiniert als der Kommandant. Er war ungeduldig, jähzornig und machte sich nicht die Mühe, den Mönch und den Meister länger gegeneinander auszuspielen. Er erhoffte sich nichts mehr von einem Konflikt, an dem sie zerbrochen wären. Er zog es vor, sie dem gleichen Lager zuzuordnen.

Dieses Verhalten ließ nichts Gutes ahnen. Der Kommandant war ein kalter, berechnender Unmensch gewesen. Klaus war eine Bestie, berauscht von seiner neuen Macht.

«Hat mich wirklich der Mönch so zugerichtet?»

«Ein toller Bursche!» sagte Guy Forgeaud bewundernd. «Du hast als erster klein beigegeben, aber ich glaube, auch er hätte keine Kraft mehr gehabt, dich fertigzumachen. Er war genauso am Ende.»

«Wenn André nicht eingegriffen hätte, hätte er mich getötet.»

Der Meister beugte sich über den Mönch. Das Gesicht des Benediktiners strahlte friedliche Gelassenheit aus.

«Was ist mit der Krankenstation?»

«Zerstört», sagte Dieter Eckart. «Die letzten aufständischen Gefangenen hatten sich darin verschanzt. Die SS-

Männer haben den Block in Brand gesteckt. Jeder, der sich nach draußen retten wollte, wurde erschossen. Ich schätze, mehr als die Hälfte der Inhaftierten ist tot.»

«Wie lange war ich bewußtlos?»

«Ein paar Stunden.»

«Hat die SS euch in Ruhe gelassen?»

«Hier hat sich kein Schwein blicken lassen», sagte Guy Forgeaud. «Der Hof ist leer. Totenstille.»

Die vier Brüder setzten sich.

«Wir haben ein bißchen Material gehamstert», sagte Forgeaud. «Wäre ein Jammer, wenn es Rost ansetzte.»

«Hast du einen Plan?»

«Nein, Ehrwürdiger Meister. Wir haben auf dich gewartet, um einen zu schmieden.»

«Ehrwürdiger Meister», mischte sich Eckart ein, «ich glaube, es wäre an der Zeit ...»

«Ich weiß, Dieter. Wir werden sie abhalten, diese ‹Sitzung›. Danach können wir in Frieden sterben.»

Jean Serval fuhr erschreckt auf.

«Sterben ... glaubt ihr denn ...»

«Tun wir es bald», drängte der Meister. «Noch heute nacht. Ich bin sicher, daß Klaus den Kommandanten aus dem Weg geräumt hat. Ihm bleibt vielleicht nicht viel Zeit, seinen Vorgesetzten zu imponieren. Sein höchster Trumpf wäre es, uns unser Geheimnis zu entreißen, egal mit welchen Mitteln.»

«Folter», murmelte Serval.

«Wir sollten keine Zeit verlieren», sagte Forgeaud. «Wir haben Kerzen, eine Schachtel Streichhölzer und Werkzeug, das als Zollstab, Winkelmaß und Zirkel dienen kann.»

«Es fehlen die Tafel und Kreide», bemerkte Dieter Eckart. «Ohne die Tafelzeichnung keine ‹Sitzung›.»

«Heute nacht gehe ich raus und besorge das Zeug», schlug Forgeaud vor.

«Kommt nicht in Frage», lehnte der Meister ab. «Wir müssen eine andere Lösung finden.»

Der Mönch stieg die Anhöhe nach Saint-Wandrille hinauf. Er lief durch das Unterholz, auf dem das Licht des jungen Frühlings lag. Er fühlte sich leicht, beinahe körperlos. Nur die Form der Bäume war scharf umrissen; über ihren hundertjährigen Stämmen hingen Nebelschwaden. Irritiert verließ der Mönch den Pfad, um den Nebel zu durchdringen. Sogleich verschwand die Sonne. Er versuchte vergeblich, sich an einem Stamm festzuklammern, und fiel nach hinten. Ein endloser Sturz, bei dem ihn eine Sonne blendete, die sich allmählich in ein Gesicht verwandelte.

Das Gesicht des Meisters.

«Ich freue mich, Sie wiederzusehen, Hochwürden.»

Der Mönch hatte die Augen geöffnet. Sofort fühlte er einen stechenden Schmerz in der Leistengegend. Er stöhnte und klammerte sich ans Handgelenk des Meisters, der ihm half, den Oberkörper aufzurichten.

«Ich bin ebenso ramponiert wie Sie, Hochwürden. Wir schlagen beide ganz schön hart zu.»

«Ich habe es also nicht geschafft, Sie umzubringen ...»

«Meine Knochen sind stabil.»

François Branier erzählte dem Benediktiner, was geschehen war. Eckart und Forgeaud hielten sich abseits in einer Ecke des Raumes; sie betrachteten den Geistlichen als Eindringling. Jean Serval stand an seinem Beobachtungsposten. SS-Männer liefen im Hof umher. In der Kaserne schien helle Aufregung zu herrschen.

«Ich brauche Ihre Hilfe, Hochwürden.»

Der Mönch seufzte.

«Haben Ihre Leiden Ihnen endlich den Weg zu Gott gewiesen?»

«Wir haben beschlossen, eine rituelle ‹Sitzung› abzuhalten, und zwar hier. Indem wir diesen Ort heiligen, erwekken wir das Licht, unsere wahre Nahrung, zu neuem Leben. Danach ist alles bedeutungslos.»

«Wie schön für Sie. Aber ich wüßte nicht …»

«Ich brauche Ihren Rosenkranz.»

Das Gesicht des Mönchs war gezeichnet von den stechenden Schmerzen, die seinen Körper peinigten, doch aus der Empörung schöpfte er neue Kraft.

«Den rührt niemand an.»

«Wir werden ihn uns nicht mit Gewalt nehmen. Ich bitte Sie als Freund darum. Selbstverständlich bekommen Sie ihn zurück.»

Die Augen des Mönchs loderten. Vielleicht bedauerte er, daß er den entscheidenden Schlag nicht hatte anbringen können, der den Ehrwürdigen ins Jenseits befördert hätte. Forgeaud fragte sich, warum der Logenmeister soviel Geduld aufbrachte.

«Sie wollen meinen Rosenkranz für Ihre satanischen Praktiken verwenden?»

Der Meister schmunzelte.

«Nicht schon wieder diese alte Leier, Hochwürden. Wir zelebrieren Riten wie Sie auch. Satan würde bei uns nicht aufgenommen werden. Er ist weder frei noch von gutem Ruf.»

Das Argument überzeugte den Mönch nicht.

«Dieser Rosenkranz ist vom letzten Abt zu Saint-Wandrille eingesegnet worden. Er ist mein wertvollster Besitz.»

Der Meister nickte.

«Ich verstehe Sie. Für mich war das der Schurz, der von Stuhlmeister an Stuhlmeister weitergegeben wurde. Doch an einem Ort wie diesem etwas zu besitzen ... entspricht das Gottes Willen?»

«Kümmern Sie sich um Ihre eigenen Angelegenheiten!» explodierte der Mönch.

François Branier senkte die Stimme, so daß nur der Mönch seine Worte verstehen konnte.

«Ich wollte Ihnen etwas sagen, Hochwürden ... ich habe schlecht gekämpft, weil ich nicht kämpfen wollte. Ich habe versucht, Sie zu hassen, an Ihrer Stelle das Dogma zu sehen, die Inquisition, den religiösen Fanatismus. Vergeblich. Da waren nur Sie, niemand sonst. Als Ihr Gesicht zu verschwimmen begann, war es zu spät. Ich fühlte mich völlig ausgelaugt. Ich konnte mich nicht mehr wehren. Ihr Gott hatte gesiegt.»

«Noch nicht ganz», protestierte der Mönch. «Wir sind ja beide noch da. Unsere Wette gilt noch. Und ich habe noch immer die Absicht zu gewinnen.»

Der Meister sah den Mönch an und versuchte, seine Seele anzurühren.

«Hatten Sie noch die Kraft, zuzuschlagen, zu töten?»

«Was tut das zur Sache?»

Schweigend rangen sie miteinander.

«Wenn Ihr Rosenkranz eine geheiligte Reliquie ist, dann droht ihm keine Gefahr.»

Das Gesicht des Mönchs verdüsterte sich.

«Dieser Rosenkranz wird meinen Leib nicht verlassen. Sie müssen ihn schon meinem Leichnam entreißen.»

«Ich bestehe nicht darauf. Pech für uns.»

Dem Mönch fielen die Augen zu. Er war wie gerädert und wollte nur noch schlafen.

«Ich werde das Material besorgen», sagte Forgeaud.

«Nein!» protestierte Jean Serval. «Ich als Lehrling muß diese Gefahr auf mich nehmen.»

Guy Forgeaud glühte die Stirn. Seine Verletzung peinigte ihn. Er nahm seinen Bruder bei den Schultern. Er war einen guten Kopf größer als Serval.

«Hör mir gut zu, mein Bruder Lehrling. Hier wie anderswo leben wir nach der Regel. Du bist Lehrling, ich bin Zweiter Aufseher. Du stehst unmittelbar unter meiner Befehlsgewalt. Du bleibst hier, und ich werde gehen. Weiter gibt es nichts zu sagen.»

Jean Serval wandte den Blick zum Ehrwürdigen. Doch der hatte nichts hinzuzufügen.

Die Nacht war hereingebrochen, viel milder als gewöhnlich. Der Frühling versprach schön zu werden. Jean Serval spähte durch den Spalt und beobachtete den Hof unablässig. Die SS-Wachen vor der Kaserne wurden regelmäßig abgelöst. Sonst tat sich nichts. Auf dem Holzboden des Blocks lag eine Feile, die Forgeaud aus dem Versteck geholt hatte. Der Mönch schlief. Auch Dieter Eckart war eingeschlafen, nachdem er zuvor zwei Tage kein Auge zugetan hatte.

«Reicht dir das als Waffe?»

«Es muß, Ehrwürdiger Meister», antwortete Guy Forgeaud.

«Die Werkstatt?»

«Die Tür bekomme ich irgendwie auf. Ein Stück Bindfaden wird sich wohl finden. Das muß uns genügen. Und die Kreide ... ich tue, was ich kann.»

«Willst du nicht lieber hierbleiben?»

Guy Forgeaud hatte Angst. Im Grunde war sein Plan aussichtslos.

«Doch, ich würde lieber bleiben. Das wäre vernünftig. Aber wir sind keine vernünftigen Menschen. Wir wollen unsere Einweihung mitten in der Hölle vollziehen. Wir wollen der Arbeitstafel der Loge Gestalt verleihen. Die bloße Vorstellung genügt uns nicht. Wir sind Erbauer. Dafür riskieren wir Kopf und Kragen. Und ich als erster. Wenn du erlaubst, Ehrwürdiger Meister. Und es ist richtig so.»

Der Ehrwürdige und Guy Forgeaud gaben sich den Bruderkuß.

«Die Luft ist rein», sagte Serval.

Kein SS-Mann mehr im Hof. Die Scheinwerfer waren erloschen.

Guy Forgeaud trat an die Tür des Blocks. Er würde zur Werkstatt kriechen. Als er sich auf alle viere niederließ, packte ihn eine Hand an der Schulter.

Kapitel 24

Der eiserne Griff des Mönchs ließ Guy Forgeaud erstarren.

«Brauchen Sie meinen Rosenkranz unbedingt?» fragte der Benediktiner den Meister.

Der nickte.

«Was haben Sie damit vor?»

«Wir werden ihn auf dem Boden dieses Blocks auslegen und als Symbol benutzen.»

Sehr behutsam, als wäre er zerbrechlich, nestelte der Mönch den Rosenkranz von seiner Taille. Als er ihn dem Meister reichen wollte, zögerte er noch einmal. Sich davon zu trennen war, als gebe er sich selbst auf, beinahe als schwöre er seinem Glauben ab.

Er nahm sich solchen Fetischismus übel. Erst der Gebrauch, den er von dem Rosenkranz machte, verlieh ihm seinen Wert. Nun war er dem Meister beinahe dankbar, daß er ihm diesen profanen Teil seines Wesens entriß.

Als der Meister den Rosenkranz entgegennahm, befiel den Mönch das seltsame Gefühl, in eine andere Welt zu gelangen. Er hatte ein Gebet in die Hände eines Atheisten gelegt. Durch wieviele Finger waren diese Ebenholzkugeln geglitten, die durch die bloße Wiederholung einer Bewegung das Denken zu Gott erhoben? Der Rosenkranz war Zeuge unzähliger Stunden der Einsamkeit in den kargen Zellen gewesen, die durch die göttliche Gegenwart erhellt wurden. Manchmal hatte der Mönch sich gefragt, an welchen Bruder dieser Rosenkranz nach seinem Tode übergehen würde. Und nun war er im Besitz eines Freimaurers!

Warum erklärte er sich bereit, ihnen zu helfen? Wenn

Guy Forgeaud versucht hätte, den Block zu verlassen, wäre er getötet worden. Die Loge hätte keine «Sitzung» gemäß der Regel abhalten können. Kein Verlust für die Kirche. Doch welcher Kirche gehörte ein Benediktinermönch an? War er nicht über alle Zeit hinweg mit jenen ersten Ordensgemeinschaften verbunden, in denen Hand und Geist noch eins waren? Strebte er nicht danach, den Menschen zu erbauen wie ein Baumeister, mit den Materialien Glaube, Gebet und Arbeit?

Der Meister sah ihn verlegen an.

«Brauchen Sie sonst noch etwas?» fragte der Mönch gereizt. «Meine Kutte vielleicht?»

«Ich brauche Sie selbst, Hochwürden. Sie müssen bei unserer ‹Sitzung› mitwirken.»

Der Mönch glaubte, er habe sich verhört.

«Sie haben wohl den Verstand verloren ...»

«Lassen Sie mich erklären. Alle hier anwesenden Brüder möchten diese ‹Sitzung› erleben. Dieter Eckart und Guy Forgeaud sind Meister. Sie werden symbolisch die Ämter der Loge erfüllen. Jean Serval ist Lehrling. Sobald wir hier herauskommen, wird er sein Gesellenstück in Angriff nehmen.»

Der Mönch und der Lehrling wechselten einen flüchtigen Blick. Serval war außer sich vor Freude über diese Möglichkeit, sich mit neuen Mysterien zu beschäftigen. Er konnte sich kein größeres Glück denken. Neue Energie durchströmte ihn. Ja, sie würden mit heiler Haut davonkommen! Der Mönch dachte an die zehn Klösterlichen Offizien, die das Alltagsleben seines Ordens bestimmten, im Frieden der göttlichen Werkstätte. Hatten die Freimaurer sie kopiert, oder war die gleiche hierarchische Struktur überliefert und wegen ihrer unersetzlichen Vorteile bewahrt worden?

«Ihre Geheimnisse gehen mich nichts an, Meister. Ich will Ihre Erklärungen nicht hören.»

«Unsere ‹Sitzungen› müssen unter Deckung stattfinden», fuhr François Branier unbeirrt fort. «An einem Ort wie diesem brauchen wir einen sogenannten Tempelhüter. Das ist ein Beamter, der über die Sicherheit unserer Arbeiten wacht. Er steht außerhalb der Loge und warnt seine Brüder, sobald Gefahr im Verzug ist. Ich bitte Sie, diese Aufgabe zu übernehmen, Hochwürden. Sie werden an unseren Mysterien nicht teilhaben. Doch Sie werden ihnen einen ungestörten Verlauf ermöglichen.»

Der Mönch war so empört, daß er sogar seine Schmerzen vergaß. Er hatte vom ersten Augenblick an geahnt, daß der Meister vor nichts zurückschreckte, doch daß er ihm nun vorschlug, Freimaurer zu werden …

«Ich denke, ich habe mein Möglichstes getan», antwortete der Benediktiner. «Alles Weitere wäre zuviel verlangt.»

«Das sehe ich anders», entgegnete der Meister. «Diese ‹Sitzung› ist lebenswichtig für uns alle. Der Allmächtige Baumeister wird es Ihnen danken.»

Der Mönch brummte vor sich hin. Der Meister stellte ihn auf eine harte Probe. Er nutzte seine Erschöpfung aus und ließ ihm keine Zeit, sich zu besinnen.

«Ich versichere Ihnen, Hochwürden, daß unsere ‹Sitzung› nichts enthält, was Ihren Gott beleidigen könnte.»

Die Brüder warteten gespannt auf die Antwort des Mönchs. Wenn einer von ihnen die Aufgabe des Wachhabenden übernehmen mußte, konnte er nicht an den Arbeiten teilnehmen. Das wäre ein unerträgliches Opfer. Die Bruderkette wäre nur vollständig, wenn der Mönch auf die Bitte des Meisters einging.

Der Benediktiner setzte sich. Ihm war schwindelig. Er

hatte Hunger, doch die Müdigkeit fiel von ihm ab. Die Schläge hatten seine Lebenskraft nicht beeinträchtigt. Und wenn jenseits der Tür dieses düsteren Blocks der Park der Abtei von Saint-Wandrille lag, mit seinen Bäumen und den singenden Vögeln? Wenn es genügte, diese Grenze zu überschreiten, um wieder in das Paradies auf Erden einzutreten?

Saint-Wandrille stand leer. Keine Mönche mehr. Auch dort hatte der Krieg seinen Tribut gefordert. Die hohen Mauern bargen nur noch Abwesenheit. Das letzte Paradies war dieser Block voller Freimaurer, die noch an das Heilige glaubten. Selbst wenn sie auf dem Irrweg waren, selbst wenn sie heidnische Riten zelebrierten, vernichteten sie das Grauen. Sie erhielten die Hoffnung am Leben.

«Was müßte ich tun?» fragte der Mönch und starrte ins Leere.

Die Brüder der Erkenntnisloge umringten den Meister.

«Nichts weiter, als durch den Spalt in der Wand nach draußen schauen und uns warnen, wenn sich SS-Männer unserem Block nähern. Ihre Hilfe ist von unschätzbarem Wert, Hochwürden.»

«Beeilen Sie sich», verlangte der Mönch und stellte sich an seinen Posten.

Der Wachhabende hatte sein Amt aufgenommen. Der Meister und die drei anderen Überlebenden der Loge fanden zu den Gesten zurück, die den Tempel entstehen ließen. Der Meister saß im Osten, Dieter Eckart zu seiner Rechten, Guy Forgeaud zu seiner Linken. Jean Serval an der nördlichen «Säule».

Guy Forgeaud öffnete das Versteck. Er nahm einen Hammer heraus, den er dem Meister reichte. Dieser schlug damit an die rückwärtige Wand.

«Nehmt Platz, meine Brüder.»

Dieser schlichte Satz brachte die Welt wieder ins Lot. Jeder Bruder fand seinen Platz in einem makellosen Universum.

«Würdige Brüder», fuhr der Meister fort, «unsere Regel verlangt, daß wir unsere Rituale nicht auswendig lernen. Wir schaffen sie immer wieder neu. Um diesen Ort zu heiligen und die Loge zu eröffnen, bitte ich euch, mit mir den Allmächtigen Baumeister aller Welten anzurufen. Machen wir uns bereit, meine Brüder.»

Der Meister legte den behelfsmäßigen Hammer auf sein Herz. Eckart und Forgeaud taten es ihm gleich. Der Lehrling legte die rechte Hand auf Höhe seiner Kehle.

Der Mönch spähte in die Nacht. Der Hof lag beinahe vollständig in Dunkelheit. Im Inneren des Blocks waren die Brüder kaum zu erkennen. Der Benediktiner war wütend. Wütend auf den Meister, weil der ihm verschwiegen hatte, daß er zwar nichts sehen, dafür aber jedes Wort hören würde. Und wütend auf sich selbst, weil er das nicht rechtzeitig begriffen hatte.

«Bruder Erster Aufseher», fragte der Meister, «was ist nötig, damit eine Loge gerecht und vollkommen ist?»

«Daß sie erleuchtet ist», antwortete Dieter Eckart.

«So sei es.»

Guy Forgeaud stellte drei Kerzen auf den Boden.

«Möge die Weisheit erschaffen», sagte der Ehrwürdige, «möge sie sichtbar werden, und möge sie sich vollenden.»

Mit einem Streichholz entzündete Guy Forgeaud die Kerzen. Drei Sterne leuchteten nun am Firmament des roten Blocks, der zum Tempel geworden war.

«Mögen die drei Großen Lichter enthüllt werden», befahl der Meister.

Dieter Eckart benutzte das Werkzeug, das Guy Forgeaud besorgt hatte. Auf den Zollstab legte er Zirkel und Winkelmaß, dargestellt durch die Schraubenschlüssel.

«Möge der Bruder Lehrling die Arbeitstafel zeichnen.»

Jean Serval trat in die Mitte des durch den Ehrwürdigen und die beiden Meister gebildeten Dreiecks. Eigentlich durfte nur der Stuhlmeister den Schöpfungsakt vollziehen, der darin bestand, die Symbole zu enthüllen. Doch er konnte diese Aufgabe an einen Lehrling übertragen. So floß die Energie vom Stuhlmeister bis zum jüngsten Mitglied.

Jean Serval erblaßte. Womit sollte er die Zeichnung anfertigen? Ihm schoß der Gedanke durch den Kopf, daß die Brüder in ihrem unbändigen Willen, das Ritual abzuhalten, diese Kleinigkeit vergessen hatten. Der Ehrwürdige bemerkte die Ratlosigkeit seines Bruders. Er reichte Dieter Eckart den Rosenkranz des Mönchs, und der gab ihn an den Lehrling weiter. Serval legte den Rosenkranz so auf dem Boden aus, daß er ein Rechteck bildete. Er stellte die Schnur des Landvermessers mit ihren Kräfteknoten dar. Sie begrenzte den heiligen Raum, in dem sich die magischen Figuren entfalteten.

Der Ehrwürdige nickte dem Lehrling zu, um ihm zu bedeuten, daß seine Arbeit gut war und er sich wieder setzen durfte. Der Rosenkranz des Mönchs konnte als Logentafel dienen.

Jean Serval verspürte einen unwiderstehlichen Drang: Diese außergewöhnliche «Sitzung» verlangte nach Besserem. Mit einer raschen Bewegung griff er nach der Feile, die Guy Forgeaud beiseite gelegt hatte, und schabte sich die Haut des linken Unterarms auf, bis es blutete. Dabei hatte er körperlichen Schmerz schon immer gefürchtet. Beinahe wäre er in Ohnmacht gefallen, doch er überwand sich und stippte den Zeigefinger der rechten Hand in sein

Blut. Er kniete nieder und zeichnete die Symbole auf die abgetretenen Holzdielen.

Er begann mit dem Dreieck, der ersten durch gerade Linien eingeschlossenen geometrischen Fläche. In den Norden zeichnete er eine Sonne mit einem Punkt in der Mitte, in den Süden einen aufgehenden Mond. Dann die drei Fenster, das Musivische Pflaster mit den schwarzen und weißen Feldern, Hammer und Meißel, das Senkblei, die Wasserwaage, die zwei Säulen, den rohen und den behauenen Stein, das Tempeltor.

Der Lehrling richtete sich wieder auf. Das Holz hatte sein Blut schon aufgesogen.

«Zu Ehren des Allmächtigen Baumeisters aller Welten», sagte der Ehrwürdige, «erkläre ich die Logenarbeiten für eröffnet. Meine Brüder, bilden wir die Kette.»

Die drei Meister und der Lehrling vereinten ihre Hände und versetzten den Mensch so wieder in den Zustand der Harmonie und Einheit. Während sie die Fülle des Augenblicks genossen, öffnete sich plötzlich die Tür des Blocks.

Auf der Schwelle stand Helmut, der Adjutant des verstorbenen Kommandanten.

Kapitel 25

Der Mönch hatte sie verraten. Er hatte den SS-Mann auf den Block zukommen sehen und sie nicht gewarnt. Vielleicht hatte er dem Deutschen sogar zu Beginn der «Sitzung» ein Signal gegeben, damit die Freimaurer mitten in ihrem Ritual überrascht wurden.

«Lösen wir die Kette, meine Brüder», befahl der Ehrwürdige.

Die Hände trennten sich, die Gedanken nicht. Die Logentafel war noch sichtbar. Der Mönch wandte sich um und verließ seinen Wachposten. Sein Gesicht war kreidebleich. In seinen Augen las der Ehrwürdige Bestürzung und Reue.

Der SS-Mann trat ein und schloß die Tür des Blocks hinter sich. François Branier fühlte sich gedemütigt. Für ihn war der Mönch beinahe wie ein Bruder. Er hatte ihm sein ganzes Vertrauen geschenkt – zu Unrecht. Sein Irrtum würde die Loge teuer zu stehen kommen.

Er war so bestürzt, daß er die Reaktion des Mönchs nicht begriff. Der Benediktiner stürzte sich trotz seiner Verletzungen auf den Deutschen und packte ihn an der Kehle, als wolle er ihm das Genick brechen.

«Nein!» schrie der Adjutant. «Ich bin einer von euch! Ich bin ein Bruder!»

Zögernd lockerte der Mönch seinen Griff. Eckart, Forgeaud und Serval warteten verblüfft auf die Entscheidung des Meisters. Sie waren noch immer in der «Sitzung». Niemand durfte ohne seine Aufforderung das Wort ergreifen.

«Wenn du ein Bruder bist», sagte François Branier auf deutsch, «nenne mir das Erkennungswort des Lehrlings.»

Der Adjutant starrte den Stuhlmeister an. Er bewegte die Lippen, brachte jedoch kein Wort heraus.

Aus Wut darüber, daß er seine Aufgabe schlecht erfüllt hatte, wollte der Mönch den SS-Mann höchst eigenhändig in die Hölle befördern. Offensichtlich kannte er das Losungswort nicht, also mußte er sterben.

«Lassen Sie ihn los, Hochwürden», verlangte der Stuhlmeister.

Überrascht gehorchte der Mönch. Der SS-Mann stellte die Füße in einen rechten Winkel, trat einen Schritt vor und blieb stehen, den Blick auf die Logentafel gerichtet, die mit dem Blut des Lehrlings gezeichnet war. Er trat zwei weitere Schritte vor und vollführte mit der rechten Hand das Erkennungszeichen.

«Ehrwürdiger Meister», sagte er, «ich bin der letzte Überlebende einer Berliner Loge, deren Mitglieder alle erschossen oder deportiert wurden. Wie sie habe auch ich an Hitler geglaubt. Ich habe zur Thule-Gesellschaft gehört, in der es noch andere Maurer gab. Das hat mich gerettet. Doch irgendwann werden sie mich identifizieren. Ich muß täglich damit rechnen, daß ich verhaftet werde.»

Dieter Eckart glaubte noch immer, es handele sich um eine Falle. Doch der Adjutant war tatsächlich allein gekommen und hatte ein großes Risiko auf sich genommen. Guy Forgeaud wurde es warm ums Herz. Mitten in der Hölle tauchte ein unbekannter Bruder auf. Jean Serval war ebenso ergriffen wie bei seiner Einweihung. Er fühlte sich verwirrt, überwältigt. Das Leben endete nicht mehr am Tor ihres Gefängnisses.

«Deutschland wird den Krieg bald verlieren», erklärte Helmut. «Morgen, übermorgen, in einem Monat ... aber verlieren wird es.»

«Gehst du noch weiter, mein Bruder?» fragte der Meister: Eine rituelle Frage, um den Einweihungsgrad des Deutschen zu erfahren.

«Die Mysterien des flammenden Sterns sind mir bekannt.»

«Gehst du noch weiter?»

«Nein, Ehrwürdiger Meister. Ich bin Geselle, und das Geheimnis der Meister kenne ich nicht.»

«Die drei Einweihungsgrade sind in dieser Loge vertreten», schloß der Meister. «Wir können arbeiten in Weisheit, in Stärke und in Schönheit.»

Unsägliche Freude erfüllte die Herzen der Brüder. Es war ihnen gelungen, der Festung zu entkommen, dem Krieg, dem Unglück zu entfliehen.

«Hochwürden», sagte der Ehrwürdige, «bitte nehmen Sie Ihr Amt als Wachhabender wieder auf.»

Seit jenem weit zurückliegenden Tag, an dem seine Großmutter ihn dabei erwischt hatte, wie er Schokolade stahl, hatte der Mönch nicht mehr gefühlt, wie ihm die Schamröte ins Gesicht stieg. Er hatte sich auf diese maurerische «Sitzung» eingelassen und darüber beinahe vergessen, daß er Ordenstracht trug. Beinahe hätte er sich von der Magie der rituellen Handlungen verführen lassen. Beschämt wandte er den Freimaurern den Rücken, um erneut zu beobachten, was im Hof vor sich ging. Die Ohren konnte er sich leider nicht zuhalten.

«Bittet ein Bruder im Interesse der Loge um das Wort?»

Der Adjutant hob die Hand.

«Du hast das Wort», sagte François Branier.

«Der Offizier hält seit zwei Stunden eine Besprechung mit seinen wichtigsten Untergebenen ab. Es ist ihm gelungen, sie zu überzeugen: Sie haben beschlossen, alle Gefangenen erschießen zu lassen und die Festung zu räumen. Man weiß, daß ein Angriff bevorsteht, dem die Garnison nicht standhalten kann. Das letzte ungelöste Problem ist die Erkenntnisloge. Um Ihnen Ihr Geheimnis zu entreißen, bleibt nur noch die brutalste Folter. Der Offizier wird alles auf eine Karte setzen. Er und seine Handlanger können jeden Moment hier auftauchen. Ich wollte Sie warnen, und ich werde mit Ihnen sterben.»

Jeder verarbeitete die Schreckensnachricht. Sie kam nicht unerwartet, und doch hatten alle gehofft, daß diese Bedrohung an ihnen vorübergehen, daß sie Gefangene der Sonderklasse bleiben würden. Bisher hatte man sie isoliert, während der Stuhlmeister allein um ihr Überleben gekämpft hatte. Nun stürzte das Kartenhaus zusammen. Wenn die Tür des Blocks sich zum letztenmal öffnen würde, dann würde das Nichts über sie hereinbrechen.

«Der Wachhabende wird uns vor jedem Eindringling warnen», sagte der Meister. «Diese Gefahr gehört zu unserer Einweihung. Meine Brüder, ich bitte euch, euch ans Werk zu machen. Mein Bruder Dieter, entspricht alles der Regel?»

Dieter Eckart betrachtete die Logentafel.

«Alles ist gerecht und vollkommen, Ehrwürdiger Meister. Jeder Bruder hat sich von seinen Unvollkommenheiten befreit und erfüllt sein Amt.»

Die rituellen Worte durchströmten Jean Servals Körper wie Feuer. Sie brannten ihm in der Seele. Als Lehrling mußte er während der feierlichen «Sitzung» schweigen. Wenn er Geselle wurde, falls er die Prüfung bestand, würde auch er das Wort ergreifen dürfen. Dann würde er die Energie zurückgeben können, die er erhalten hatte.

Jean Serval war sich jetzt ganz sicher. Die Tür des roten Blocks würde sich nicht öffnen und die Nacht hereinlassen. Diese «Sitzung» würde ewig dauern. Das Gesicht des Meisters spiegelte Gelassenheit und Zuversicht.

«Woher kommen wir, mein Bruder Zweiter Aufseher?»

«Aus einer Johannisloge, Ehrwürdiger Meister.»

«Woran arbeiten die Eingeweihten?»

«Sie behauen den rohen Stein, indem sie die Regel anwenden.»

«Sind die Lehrlinge zufrieden?»

«Die Schönheit wohnt in ihnen, Ehrwürdiger Meister.»

«Mein Bruder Erster Aufseher, haben die Gesellen dem rohen Stein Form gegeben?»

«Die Stärke wohnt in ihnen, Ehrwürdiger Meister.»

«Den Meistern obliegt es, die Weisheit weiterzugeben, die ihnen übermittelt worden ist. So wird das Licht geboren. Nehmt Platz, meine Brüder.»

Unwillkürlich suchte jeder nach der steinernen oder hölzernen Bank, auf die sie sich gewöhnlich setzten. Sie begnügten sich damit, sich im Schneidersitz auf dem Holzboden des Blocks niederzulassen.

«Meine Brüder», fuhr der Meister fort, «unsere letzten Arbeiten betrafen die Pflichten des Eingeweihten gegenüber dem Allmächtigen Baumeister aller Welten, und genauer das Geheimnis der Zahl, das unsere Loge hütet.»

«Die SS hatte sich also nicht getäuscht», dachte der Mönch.

«Entgegen unseren Gewohnheiten», erklärte François Branier, «habe ich mich entschieden, euch dieses größte Geheimnis der Einweihung zu enthüllen. Niemand von euch ist Stuhlmeister, doch zum Stuhlmeister in euch werde ich sprechen. Heute nacht sollt ihr, wie ich, zum Hüter der Zahl werden, die unserer Bruderschaft Unsterblichkeit verleiht.»

Dieter Eckart meldete sich zu Wort.

«Ehrwürdiger Meister, dieser Vorschlag scheint mir der

Regel nicht zu entsprechen. Keiner von uns ist ermächtigt, dieses Geheimnis zu empfangen, und noch weniger, es weiterzugeben. Wir werden in Erfüllung unseres Amtes sterben, und das ist unser höchster Wunsch. Uns wird die unermeßliche Freude zuteil, diese letzte ‹Sitzung› zu zelebrieren. Wenn unser Geheimnis mit uns verschwindet, dann hat es der Allmächtige Baumeister so gewollt. Und ich erinnere dich daran, daß ein Profaner ... beinahe unter uns ist.»

Der Mönch war nicht so naiv zu glauben, der Meister habe seine Anwesenheit vergessen. Er wollte sich umwenden, grüßen und den Block verlassen. Er hatte nicht die Absicht, noch mehr zu hören.

«Unser Wachhabender erfüllt seine Aufgabe aufs beste», erklärte François Branier. «Er hört, was im Inneren des Tempels gesprochen wird, aber wie wir ist er zum Stillschweigen verpflichtet.»

Der Mönch wandte den Kopf. Sein Blick traf den des Meisters, der darin Zustimmung las. Diesmal spürte der Mönch, daß der Meister ihm volles Vertrauen entgegenbrachte. Er saß in der Falle. Der Meister zwang ihn, zu bleiben und ein Geheimnis zu bewahren, das er nicht hatte teilen wollen.

«Mein Bruder Dieter hat nicht unrecht», erklärte Guy Forgeaud, nachdem er das Wort erhalten hatte. «Du darfst das höchste Geheimnis nur deinem Nachfolger anvertrauen, Ehrwürdiger Meister. Das ist nicht das Ziel dieser ‹Sitzung›.»

Obwohl sie die Meinung der beiden Meister teilten, schwiegen der Geselle und der Lehrling.

Der Ehrwürdige war mit seiner «Mittleren Kammer», die aus allen Meistern der Loge bestand, noch niemals uneins gewesen. Sie hatten nie gegen die Regel der Einstimmigkeit verstoßen, denn zwischen den Brüdern herrschte vollkommene Harmonie.

«Vielleicht wird einer von uns überleben», beharrte François Branier. «Die Vernichtung unserer Loge steht unmittelbar bevor, und deshalb ist es unerläßlich, daß wir alle das Wesentliche wissen. Mein Vorschlag ist sehr ungewöhnlich und widerspricht der Regel. Doch wir müssen jede Überlebenschance nutzen.»

Dieter Eckart bat erneut um das Wort.

«Wir müssen alles ablehnen, was der Regel entgegenläuft. Wie oft hast du uns eingeschärft, daß in ihr die Antworten auf all unsere Fragen liegen? Warum sollte es heute anders sein?»

«Weil heute unser letzter Tag ist, mein Bruder.»

Guy Forgeaud hob die Hand.

«Das hat keinerlei Bedeutung, Ehrwürdiger Meister. Die Einweihung kann nicht verschwinden, selbst wenn wir sterben. Wenn diese Welt verkommen genug ist, um einen Ehrwürdigen umzubringen, dann verdient sie nur den Untergang. Wir sollten unsere Regel unter keinen Umständen verletzen.»

Der Mönch konnte nachvollziehen, was der Meister versuchte. Vor allem zählte das Weitergeben, selbst unter den schlimmsten Bedingungen. Sich nicht mehr fragen, ob ein Bruder würdig oder unwürdig war, ihn einfach als Bruder betrachten und davon ausgehen, daß dies allein ihm erlaubte, die höchsten Geheimnisse zu erfahren.

Der Ehrwürdige war gescheitert. Er durfte die Meinung der beiden Meister nicht übergehen. Die Hierarchie würde eingehalten, die Regel nicht überschritten, doch das Geheimnis würde allein auf seinen Schultern lasten.

«Ich stelle also fest, daß mein Vorschlag abgelehnt ist», erklärte der Ehrwürdige. «Wir werden ...»

François Braniers Worte gingen in einem schrillen Pfeifen unter, das unglaublich schnell an Lautstärke zunahm und schließlich unerträglich wurde. Unwillkürlich hielten sich die Brüder die Ohren zu.

Dann flog alles in die Luft.

Kapitel 26

Eine Bombe. Das Feuer vom Himmel, das der alte Astrologe aus Nizza angekündigt hatte.

Ein Angriff auf die Nazifestung.

Während der paar Zehntelsekunden, die zwischen dem Ende des Pfeifens und dem Explodieren der Bombe verstrichen, waren dem Meister tausend Gedanken durch den Kopf geschossen. Sie war direkt vor der Tür des Blocks eingeschlagen. Dann ein weiteres Pfeifen, zwei, zehn …

Der rote Block war in die Luft geflogen. François Branier hatte es nach hinten geschleudert. Sein einziger Reflex war es gewesen, sich die Unterarme schützend vor die Augen zu halten. Bretter trafen ihn mit voller Wucht und verletzten ihn am Rücken. Staub machte ihn blind. Dann gelang es ihm aufzustehen.

Um ihn herum lag alles in Trümmern. Das Gesicht des Mönchs war blutüberströmt, aber er stand aufrecht.

Der Lehrling Jean Serval, dessen linker Arm leblos herunterhing, befreite Guy Forgeaud, der unter Brettern eingeklemmt war. Neben ihm, Dieter Eckart mit zerschmettertem Schädel. Sein Leichnam lag quer über dem von Helmut, dem SS-Adjutanten, dem Bruder, der mitten in der Hölle aufgetaucht war.

Der Mönch schien unfähig, sich zu rühren. Er wankte wie eine Statue, die von ihrem Sockel stürzen wird. Der Meister packte ihn am Arm. Serval half Forgeaud auf.

«Ich bin blind», sagte der Schlosser.

Die Häufigkeit der Explosionen nahm zu.

«Hauen wir ab!» verlangte Guy Forgeaud. «Wir haben eine Chance herauszukommen.»

François Branier war nicht danach zumute, auch nur einen Schritt zu tun. Er wollte hierbleiben, neben Dieter Eckart.

«Kommen Sie», redete der Mönch ihm zu. «Ihr Bruder hat recht. Wir müssen es versuchen.»

Einander stützend kletterten sie über die Trümmer. Der Ehrwürdige wollte stehenbleiben, zu Dieter Eckart sprechen. Der Mönch zog ihn weiter.

«Das nützt nun auch nichts mehr», murmelte der Benediktiner.

Jean Serval und Guy Forgeaud waren schon im Hof. Trotz seines zerschmetterten Arms führte der Lehrling den blinden Meister, der mit Staub und Blut bedeckt war.

Die Explosionen kamen vereinzelter. Die Angriffswelle verlor an Intensität. Die Festung lag in den letzten Zügen. Kein Block stand mehr. Die SS-Kaserne brannte. Der Mittelturm war zerfetzt. In der Umfassungsmauer klafften Löcher und Risse. Gefangene rannten über den Hof, andere schlugen sich mit den überlebenden SS-Männern und versuchten, ihnen die Waffen zu entreißen. Es wurde geschossen, geschrien, gestorben. Flammen erhellten die Nacht.

Der Ehrwürdige konnte nur mühsam gehen. Jede Anstrengung vergrößerte seine Schmerzen. Seine Rückenverletzung mußte schwer sein. Der Mönch hatte sich erholt. Der Vorgeschmack der Freiheit verlieh ihm neue Kräfte.

«Lassen Sie mich doch, Hochwürden ... ich bin Ihnen eine Last.»

«Ein Wachhabender verläßt seinen Ehrwürdigen niemals. Reden Sie kein dummes Zeug. Laufen Sie!»

Eine Bombe explodierte ganz in ihrer Nähe, und sie warfen sich zu Boden. Dichter Rauch hüllte sie ein. Sie verloren Serval und Forgeaud aus den Augen, die sich auf eine Bresche in der Umfassungsmauer zukämpften.

«Geschafft!» schrie Serval. «Wir haben es!»

Der Lehrling konnte den grasbewachsenen Hang schon sehen. Sie mußten nur noch über ein paar Trümmer klettern, sich ins Leere werfen, und dann rennen, rennen ... Serval zog Forgeaud heftig voran, der sich mit eiserner Willenskraft ans Leben klammerte. Er konnte sich kaum auf den Beinen halten. Doch in diesem Gefängnis würde er nicht sterben.

«Halt!» befahl die Stimme von Klaus, dem SS-Offizier.

Seit Beginn des Angriffs hatte er pausenlos auf Flüchtende und auf desertierende SS-Männer geschossen. Er hatte schon mehrere Magazine leergefeuert. Der Lauf seines Maschinengewehrs glühte. Doch er war noch immer der Herr dieser Festung. Niemandem würde die Flucht gelingen.

Jean Serval wollte den Befehl des SS-Mannes nicht hören. Die Freiheit war zu nah.

«Auf den Boden!» befahl Guy Forgeaud.

In Panik, mit Tränen in den Augen, wandte sich der Lehrling um. Ein Brennen zerriß ihm die Seite, und er krümmte sich vor Schmerz. Er berührte die Wunde und blickte verständnislos auf seine blutige Hand. Er wankte auf den SS-Mann zu, der weiter schoß.

«Nein, nicht jetzt, ich werde Geselle, ich werde ...»

Klaus lachte ein irres Lachen. Die Freimaurer würden nicht davonkommen. Noch im Sterben taumelte Serval weiter auf ihn zu. Das Magazin des Maschinengewehrs war leer, doch der Offizier hielt seine Waffe noch immer auf die beiden Brüder gerichtet. Guy Forgeaud tat noch einen Schritt und brach über dem SS-Mann zusammen. Seine Hände fanden dessen Hals und drückten zu. Doch er hatte nicht mehr die Kraft zu töten.

Bevor Guy Forgeaud in den Abgrund stürzte, fand er

das Augenlicht wieder. Nur einen kurzen Moment. Lang genug, um zu sehen, daß ein Bombensplitter dem Offizier den Kopf abgerissen hatte.

Der Mönch und der Meister liefen im Kreis, sie hatten jede Orientierung verloren. Ein ganzes Wandstück brach aus der Umfassungsmauer und erschlug ein Dutzend Gefangene, die versucht hatten hinaufzuklettern. Vom Rauch hustete der Mönch unablässig. Er hatte die Szene zwischen Klaus und den beiden Brüdern beobachtet. Der Meister nicht, ihm hatte sich ein rötlicher Schleier vor die Augen gelegt, und er nahm nur Schatten wahr. Hinter ihnen erklang das Brummen eines Motors. Der Panzer kam auf sie zu. Er würde sie überrollen. Der Meister begriff, daß er keinen seiner Brüder wiedersehen würde und daß er seine Wette verloren hatte.

Nicht er würde verschwinden, sondern das Geheimnis, dessen Hüter er war. Ein Geheimnis, das seine Vorgänger als lebenswichtig für die Menschheit angesehen hatten. Es hatte die Pyramiden hervorgebracht, die Tempel, die Kathedralen, diese Leuchtfeuer, diese Inseln der Schönheit und der Harmonie, die unmerklich auch auf den rohesten Menschen wirkten. In diesem Augenblick erkannte François Branier, daß er der letzte dieser Giganten war. Er verließ eine Welt, in der es keinen Platz mehr für ihn gab. Die Einweihung würde verschwinden, weil die Menschheit das kalte Licht des Nichts vorzog. Es gab keinen einzigen Bruder mehr, dem er die Hand reichen konnte. Und doch lebten sie alle in ihm weiter. Sie lebten in jeder Zelle seines Körpers, in jedem Tropfen seines Blutes. Es gab nur noch den Mönch, der sich vergeblich mühte, ihn vorwärts zu zerren, ihn dem metallenen Ungeheuer zu entreißen, das sich anschickte, sie zu zermalmen.

Nun verkörperte François Branier das Amt des Ehrwürdigen Meisters. Die Gemeinschaft der Brüder, die in den Ewigen Osten eingegangen waren, wohnte in ihm, er bildete das Kettenglied, das sie zugleich mit dem Allmächtigen Baumeister und mit der Welt verband. Manchem Weisen mochte es auch ohne Hilfe gelingen, die Wahrheit zu entdecken. Er aber brauchte die Unterstützung des bescheidensten Eingeweihten. Sie waren alle unersetzlich.

François Branier ließ sich vom Leben seiner Brüder erfüllen. Nun fühlte er sich fähig, weiterzugeben, eine Loge neu zu erschaffen, in der nichts von dem, was sie gemeinsam erlebt hatten, verraten wurde. Er wurde zum Ehrwürdigen Meister.

Doch es war zu spät. Überall Feuer. Die Festung lag in Trümmern. François Branier, der letzte Stuhlmeister der Erkenntnisloge, ließ seinen Kopf nach hinten sinken und schloß die Augen.

Epilog

Im Spätsommer des Jahres 1947 war die Sonne sanft wie eine Liebkosung. Die *Ile-de-France* hatte seit Frühlingsmitte eine außergewöhnliche Wärme erlebt. Birn- und Apfelbäume waren überladen mit schweren Früchten, die im Laufe der sonnigen Tage allmählich heranreiften.

Das Dorf lebte beschaulich im althergebrachten Rhythmus der Traditionen, weitab von den Umtrieben der Stadt; abends um sieben waren Felder und Obstgärten menschenleer. Man saß beim Aperitif, sprach über die Ernten, bereitete sich auf den Herbst vor. Kein Geräusch störte die leichte Septemberluft; kein Geräusch, bis auf das Singen von Hammer und Meißel eines Steinmetzen, der rittlings auf einem Baugerüst saß.

Der Mönch unterbrach seine Arbeit, legte das Werkzeug beiseite und wischte sich über die Stirn. Es wurde frisch. Trotz seiner robusten Konstitution fürchtete er die abendliche Kühle ein wenig. Die Nachwirkungen der Lungenstauung, die ihn beinahe ins Grab gebracht hätte, waren noch nicht ganz abgeklungen.

Der Mönch arbeitete schon seit dem Morgen. Die Kapelle war beinahe vollendet. In einer Woche würde er sie einweihen können. Er hatte den Bauplan der hohen Kirche der Abtei zu Saint-Wandrille übernommen. Reiner romanischer Stil, nüchtern und ohne jeden Zierat.

Als der Mönch auf einem Stück Land, das ihm von der Gemeinde zur Verfügung gestellt worden war, seine Baustelle eröffnet hatte, hatten die Dorfbewohner ihm tatkräftige Hilfe angeboten. Der Benediktiner hatte abgelehnt und erklärt, es handele sich um ein Gelübde. Er müsse die

Kapelle allein und eigenhändig erbauen. Sie würde unter dem Schutz des Heiligen Franziskus stehen. Wenn sie fertig war, würde er sie dem Dorf übereignen, unter der Bedingung, daß sie gewissenhaft instand gehalten wurde. Einmal im Jahr würde darin eine Messe zu Ehren der Brüderlichkeit der Gerechten gelesen. Niemand hatte mehr erfahren. Man hatte sich an die stumme Gegenwart dieses seltsamen Benediktiners gewöhnt. Wenn er in sein Kloster zurückgekehrt wäre, würde man ihn im Dorf vermissen.

Der Mönch strich mit der Hand über einen Granitblock, den er frisch eingefügt hatte. Dieser Stein war beseelt. Er vibrierte. Er war Gebet. Zu gerne hätte Bruder Benoît den Rest seines Lebens in dieser Kapelle verbracht. Doch die Ordensgemeinschaft verlangte nach ihm. In die Abtswürde erhoben, durfte er sich den Luxus der Einsamkeit nicht mehr leisten. Tausend Aufgaben, von der praktischsten bis zur geistigsten, erforderten seine Anwesenheit und seine Aufmerksamkeit. So wollte es die Regel. Keine Abweichung war denkbar.

Der Mönch kletterte vom Gerüst herunter, säuberte sein Werkzeug, räumte es in eine Truhe, die er ins Innere des Bauwerks trug, dorthin, wo bald der Altar stehen würde, ein Stein aus der Zeit der Kathedralen, den Saint-Wandrille der Kapelle gestiftet hatte.

Das Grundstück war weitläufig, umstanden von Eichen und Buchen. Im Westen stand eine Reihe Pappeln mit silbrigem Blattwerk. Kein Haus in Sichtweite. Der Mönch stieg auf sein Fahrrad und trat ruhig in die Pedale. Er schlug einen Feldweg zum Dorf ein. Die Sonne versank hinter den Getreidefeldern. Raben flogen krächzend zum Wald. Schwalben tanzten am Himmel, einzelne segelten auf den Mönch herunter und grüßten ihn mit einem Flügelschlag.

Der Benediktiner liebte diese Stunde, in der Gott ihm so nahe schien, daß wie von selbst eine stumme Zwiesprache entstand. Der Mönch war nicht mehr Herr seiner selbst. Seine Gedanken entfalteten sich im Abendrot. Sie wurden aufgesogen von den flüchtigen Lichtschimmern, in denen sich der sterbende Tag und die anbrechende Nacht vereinten. Er brauchte nicht mehr zu wählen, zu entscheiden; das Leben webte sich selbst.

Auf dem Dorfplatz saßen zwei Bauern diskutierend unter einer Platane. Sie grüßten den Mönch, als er sein Fahrrad an die Mauer des Rathauses lehnte, ein schönes Gebäude aus dem späten XVIII. Jahrhundert. Langsam stieg der Mönch die Stufen der Außentreppe hinauf. Seit er aus der Hölle entkommen war, seit Gott ihm erlaubt hatte, seine Wette zu gewinnen, genoß der Benediktiner jeden Augenblick, den er erlebte.

Er trat ins Rathaus. In der Eingangshalle duftete es nach Bohnerwachs und altem Holz. Die Hand am Geländer, stieg er die knarrenden Treppenstufen hinauf. Das Arbeitszimmer des Bürgermeisters lag im zweiten Stock. Die Tür war angelehnt. Der Mönch stieß sie auf.

«Guten Abend, Herr Bürgermeister.»

«Hatten Sie einen guten Tag, Hochwürden?»

«Ausgezeichnet.»

«Ein Gläschen Bier?»

Der Mönch ließ sich nicht bitten. Er hatte Durst. Durch die Fenster des Arbeitszimmers sah er auf das Blattwerk der großen Linden, die dem Platz Schatten spendeten.

«Gehen wir, Hochwürden?»

Der Mönch stand auf. Seit langem hatte er auf diesen Augenblick gewartet. Der Bürgermeister ging dem Benediktiner voraus. Sie verließen das Rathaus durch den hinteren Ausgang, überquerten eine Rasenfläche und betraten ein von hohen Mauern umgebenes Grundstück. Im rückwärtigen Teil, ein dreistöckiges Bauernhaus. In einem Winkel des Geländes stand eine den keltischen Hügelgräbern nachempfundene Steinkonstruktion, deren Zugang durch eine schmiedeeiserne Pforte verschlossen war. Der Bürgermeister zog einen Schlüssel aus der Tasche.

«Hier haben Sie also Ihre Loge erbaut, Ehrwürdiger Meister.»

«Ja, Hochwürden. Da der Allmächtige Baumeister mir erlaubt hat, meine Wette zu gewinnen, habe ich Wort gehalten. Ich habe alles mit eigenen Händen erbaut. Wie Sie.»

«Ich nehme an, Profanen ist der Zutritt nicht gestattet? Sie haben meine Kapelle besichtigt, ich werde Ihre Loge nicht besichtigen können. Gott scheut es nicht, sich zu zeigen, doch Ihr Allmächtiger Baumeister hält sich verborgen.»

François Branier schloß die Pforte auf.

«Ich habe den Eindruck, Hochwürden, daß Ihr Gott nicht ganz so leicht zu sehen ist, wie Sie behaupten. Treten Sie ein. Sie sind kein Profaner mehr, seit Sie die Aufgabe des Wachhabenden übernommen haben. Muß ich Ihnen ins Gedächtnis rufen, daß die Wachhabenden ehemalige Stuhlmeister sind? Fühlen Sie sich hier wie zu Hause. Allerdings erwarte ich, daß Sie sich revanchieren. Ich würde mich sehr freuen, von einem Abt empfangen zu werden.»

«Na gut», brummte der Mönch und stieg die Treppe hinunter, die zur Loge führte.

Etwa zehn Stufen, ein rechtwinklig abknickender Gang, ein Vorzimmer mit einem kleinen Nebenraum.

«Hier meditieren die künftigen Eingeweihten vor ihrem ersten Tod», erklärte der Meister.

Er öffnete eine andere Tür, die zur eigentlichen Loge

führte. Ein Sparrengewölbe, besät mit Sternen. Ein Boden aus schwarzen und weißen Fliesen. Im Hintergrund, drei Stufen zu einer Art Podest, auf dem drei kleine Schreibtische standen. Über dem mittleren, ein Delta. Der Mönch trat ein und entdeckte rechts und links der Tür zwei Säulen, deren Kapitelle mit Granatäpfeln geschmückt waren. In der Mitte des Tempels standen drei weitere Säulen, dazwischen eine weiße Tafel. Die Fläche, auf der bei jeder «Sitzung» die Schöpfersymbole dargestellt wurden, die der Mönch im Block gesehen hatte, gezeichnet mit dem Blut eines Bruders, das im Holzboden versickerte.

«Haben Sie schon einen Nachfolger gefunden?»

«Noch nicht», antwortete der Meister. «Es ist mir gelungen, einige Brüder zu sammeln, um eine neue Einweihungsloge zu gründen. Für das nächste Jahr wollen sie mich als Meister vom Stuhl behalten. Danach lassen sie mich hoffentlich in den Ruhestand gehen. Den würde ich sehr gerne bei Ihnen verbringen, Hochwürden ...»

«Menschen wie Sie und ich haben kein Recht auf Ruhestand, Meister. Und ich werde die Anwesenheit eines Häretikers in meinen Mauern nicht dulden. Hier sind Sie nützlicher. Es gibt viel zu tun, um einigen wenigen den Sinn für das Leben wiederzugeben. Wenn sie ihn gefunden haben, werden sie die anderen retten.»

Der Mönch und der Meister ließen sich auf einer der Holzbänke nieder, auf denen bei den «Sitzungen» die Brüder saßen. Die majestätische Ruhe des blanken Steins, seine zeitlose Gelassenheit drangen langsam in ihre Seelen.

Auf einem kleinen Altar neben dem Mönch stand ein Weidenkorb mit «Metallen». Darunter der Ohrring des Gesellen Raoul Brissac, den der Meister in den verkohlten Überresten der Festung gefunden hatte.

«Gibt es Neuigkeiten von unserer jungen Deutschen?»

«Sie wird bald eine Lehrstelle an der Universität erhalten.»

Der jungen blonden Frau war es gelungen, zu fliehen und die Alliierten zu benachrichtigen.

«Wenn Guy Forgeaud den Panzer nicht sabotiert hätte», erinnerte sich der Mönch, «wären wir jetzt nicht hier. Ich glaubte wirklich, er würde uns zermalmen. Plötzlich blieb er stehen. Eine Bombe hat ihn zerfetzt. Sie haben nichts davon gesehen. Sie waren ohnmächtig.»

Guy Forgeaud, Dieter Eckart, Pierre Laniel, André Spinot, Raoul Brissac, Jean Serval, Meister, Gesellen und Lehrling, alle waren von der Hölle verschlungen worden.

Das Mysterium eines Ehrwürdigen, dachte François Branier, ist seine Einsamkeit. Wenn er alles gegeben hat, wenn er sich ganz und gar seiner Loge opfert, wenn sein Leben aus den Leben seiner Brüder besteht, was bleibt ihm an Eigenem? Das Aufgeben dessen, was man für die eigene Person hielt, das eigenartige Licht einer Welt, in der es keine Fragen und Antworten mehr gibt, in der der Allmächtige Baumeister eine Gegenwart ist, die sich selbst genügt ... Ein Ehrwürdiger hat weder Vertrauten noch Freund. Er ist allein, denn sein persönliches Schicksal zählt nicht mehr, nicht einmal in seinen eigenen Augen. Vielleicht hat er Angst vor einer Aufgabe, der er nicht gewachsen ist, vielleicht zweifelt er an allem. Bedeutungslos. Diese Gefühle sind nicht zu teilen. Die Brüder erwarten vom Ehrwürdigen, daß er die Loge führt, ihren Weg erhellt, ihr die nötige Energie verleiht.

«Warum haben wir beide gewonnen?» fragte der Mönch.

«Weil wir gar nicht verlieren konnten», antwortete der Meister.

Draußen brach die Nacht herein. Einer jener gedämpften Sonnenuntergänge der *Ile-de-France* mit seinem Geleitzug aus orangeroten Wolken, die die letzten Sonnenstrahlen auffingen.

Der Mönch und der Meister verließen die Loge und liefen Seite an Seite, die Hände hinter dem Rücken verschränkt, den Grasweg entlang, der sich weitab vom Dorf in den Feldern verlor.

«Die Mönche von Saint-Wandrille haben großes Glück, Sie als Abt zu gewinnen, Hochwürden.»

«Kümmern Sie sich gefälligst um Ihre eigenen Angelegenheiten», gab der Mönch barsch zurück. «Denken Sie lieber daran, Meister auszubilden und Ihr berühmtes Geheimnis weiterzugeben. Ich glaube keine Sekunde an seinen Wert, aber jedes Mittel ist recht, um Rohheit in Reinheit zu verwandeln.»

«Ausnahmsweise, Hochwürden, bin ich ganz Ihrer Meinung.»

Weder dem Mönch noch dem Meister war danach, diese Nacht zu verlassen. Hoch vom Himmel herunter sahen die Sterne ihre beiden Gestalten, die einander auf seltsame Weise ähnelten, in der Dunkelheit umherwandern.

Le Norois, Winterjohannisfest 1984

Die Originalausgabe erschien 1985
unter dem Titel «Le Moine et le Vénérable»
bei Éditions Robert Laffont, S. A., Paris

Umschlaggestaltung: C. Günther/W. Hellmann
Foto: G + J Photonica/T. Shimada
Satz Sabon PostScript (PageOne)

Christian Jacq

Christian Jacq, geboren 1947 bei Paris, promovierte in Ägyptologie an der Sorbonne. Er veröffentlichte zahlreiche wissenschaftliche Aufsätze und wurde von der *Académie française* ausgezeichnet. Neben Beiträgen zur Fachliteratur schrieb er mehrere erfolgreiche Romane. Mit «Ramses», der großen Romanbiographie über den legendären Pharao Ramses II. und das Goldene Zeitalter Ägyptens, gelang ihm auf Anhieb der Sprung an die Spitze der Bestsellerlisten.

Christian Jacq
Ramses Band 1:
Der Sohn des Lichts
Deutsch von
Annette Lallemand
448 Seiten. Gebunden
Wunderlich und als
Wunderlich Taschenbuch
Band 26082

Ramses Band 2:
Der Tempel der Ewigkeit
Deutsch von
Ingrid Altrichter
416 Seiten. Gebunden
Wunderlich
Wird Ramses, kaum dreiundzwanzig Jahre alt, der schweren Aufgabe, Pharao zu sein, ohne die weise Führung seines allzufrüh gestorbenen Vaters gewachsen sein?

Ramses Band 3:
Die Schlacht von Kadesch
Deutsch von
Annette Lallemand
448 Seiten. Gebunden.
Wunderlich

Unterhaltung

Ramses Band 4:
Die Herrin von Abu Simbel
Deutsch von
Ingrid Altrichter
448 Seiten. Gebunden
Wunderlich

Ramses Band 5:
Im Schatten der Akazie
Deutsch von
Ingrid Altrichter
448 Seiten. Gebunden

Ferner liegen vor:

Der lange Weg nach Ägypten
Roman
(rororo 22227)

Die letzten Tage von Philae
Roman
(rororo 22228)

Der Mönch und der Meister
Roman
(rororo 22430)

Der Agypter *Roman*
(Wunderlich Taschenbuch 26027)

3649/3